La corona

La corona

Kiera Cass

Traducción de María Angulo Fernández

Rocaeditorial

Título original: *The Crown*

Copyright © 2016 by Kiera Cass

Primera edición: junio de 2016

© de la traducción: María Angulo Fernández
© de esta edición: Roca Editorial de Libros, S. L.
Av. Marquès de l'Argentera 17, pral.
08003 Barcelona
actualidad@rocaeditorial.com
www.rocalibros.com

Impreso por LIBERDÚPLEX, s.l.u.
Crta. BV-2249, km 7,4, Pol. Ind. Torrentfondo
Sant Llorenç d'Hortons (Barcelona)

ISBN: 978-84-16498-14-7
Depósito legal: B-10.178-2016
Código IBIC: YFB

RE98147

A Guyden y a Zuzu, los mejores
personajes que he creado

Capítulo 1

—*L*o siento —murmuré, y me preparé para lo peor.

Reconozco que cuando empezó mi Selección imaginé que acabaría justo así, con decenas de pretendientes expulsados al mismo tiempo, abandonando el palacio a regañadientes porque su momento de gloria había pasado. Pero después de las últimas semanas, tras darme cuenta de lo amables, inteligentes y generosos que eran, aquella eliminación en masa me partía el corazón.

Habían sido justos conmigo y ahora yo estaba a punto de ser muy injusta con ellos. El anuncio se haría en directo. En cuanto se emitiera, la eliminación sería oficial. Tendrían que armarse de paciencia y esperar hasta entonces.

—Sé que es una decisión muy repentina, pero como bien sabéis mi madre sigue grave, por lo que mi padre me ha pedido que asuma más responsabilidades. Lo siento, pero para cumplir con mi promesa no me queda más remedio que acelerar la Selección.

—¿Cómo se encuentra la reina? —preguntó Hale con voz temblorosa.

Solté un suspiro.

—Pues… bastante mal.

Papá habría preferido que no la viera en tales condiciones, pero insistí tanto que al final dio su brazo a torcer. Comprendí su reticencia cuando entré en la habitación. Estaba dormida. El metrónomo que controlaba sus latidos estaba en sintonía con el monitor que habían instalado. Acababa de salir del quirófano. Los médicos habían tenido que extraerle una vena de la pierna para sustituir la que casi le provoca la muerte.

Uno de los doctores aseguró que, durante unos instantes, la habíamos perdido. Por suerte, el equipo médico logró reanimarla. Me senté a su lado y le cogí la mano. Fue una ingenuidad por mi parte, pero creí que, si me veía sentada de cualquier manera, se despertaría y me mandaría corregir la postura. Por supuesto, no ocurrió tal cosa.

—Está viva, que ya es mucho. Y mi padre... Bueno, él...

Raoul trató de consolarme y apoyó una mano sobre mi hombro.

—No se preocupe, alteza. Todos lo entendemos.

Miré a mi alrededor y me fijé en todos y cada uno de mis pretendientes. Quería conservar esa imagen en mi memoria para siempre.

—Deseo que sepáis que me teníais aterrorizada —confesé. Se oyeron varias risas en la sala—. Muchas gracias por haber aceptado el reto y, sobre todo, por haber sido tan atentos conmigo.

De pronto apareció un guardia. El hombre se aclaró la garganta para anunciar su presencia.

—Lo siento, alteza. Pero el programa está a punto de empezar y el equipo quiere dar unos últimos retoques..., bueno... —murmuró, e hizo un gesto con la mano—, al pelo y esas cosas.

Asentí.

—Muchas gracias. Iré dentro de un momento.

Cuando se marchó, me volví hacia los chicos.

—Espero que me perdonéis por esta despedida en grupo. Os deseo toda la suerte del mundo en el futuro.

Todos murmuraron a coro sus adioses y luego me fui. En cuanto crucé el umbral del Salón de Hombres, respiré hondo y me preparé para lo que se avecinaba.

«Eres Eadlyn Schreave. Nadie, absolutamente nadie sobre la faz de la Tierra tiene más poder que tú», me dije.

Sin mamá y todas sus doncellas pululando por los pasillos, además de sin la risa de Ahren retumbando en los salones, el silencio que reinaba en palacio era casi espeluznante. Uno no valora lo que tiene hasta que lo pierde.

Mantuve la compostura y fui hacia el estudio de grabación.

—Alteza —saludaron varias personas a la vez.

Al verme, todos se inclinaron en una pomposa reverencia. Con suma discreción, se fueron apartando de mi camino. Nadie se atrevía a mirarme directamente a los ojos, tal vez por compasión o porque sabían lo que se acercaba.

—Oh —exclamé al verme en el espejo—. Demasiados brillos. ¿Podrías...?

—Por supuesto, alteza —farfulló una de las maquilladoras. Con mano ágil y experta, me aplicó unos polvos que me dejaron una tez mate y perfecta.

Me coloqué bien el collar de encaje. Esa mañana, frente al vestidor, me había decantado por un vestido negro. Me había parecido lo más apropiado, sobre todo teniendo en cuenta el ambiente que se respiraba en palacio. Pero ahora, al verme reflejada en el espejo, pensé que quizá me había equivocado.

—Es un vestido demasiado serio —dije un tanto preocupada—. No serio respetable, sino serio tristón. He metido la pata.

—Está preciosa, alteza —respondió la maquilladora, que me dio un toque de color en los labios—. Igual que su madre.

—Ojalá —me lamenté—. No me parezco en nada a ella. Ni en el pelo, ni en la piel, ni en los ojos.

—No me refiero a eso —replicó. Aquella muchacha rolliza, corpulenta y sobre cuyos hombros caían varios rizos se colocó a mi lado y ambas contemplamos el espejo—. Fíjese bien. —Señaló mis ojos—. No son del mismo color, es verdad, pero son profundos y penetrantes, como los de su madre. Y los labios, ambas tiene la misma sonrisa. Una sonrisa

11

que desborda ilusión. Sé que tiene el pelo igual que su abuela, pero es hija de su madre, de los pies a la cabeza.

Observé mi reflejo y vi a qué se refería. En aquel momento, me sentí un poco menos sola.

—Muchas gracias. Significa muchísimo para mí.

—Todos estamos rezando por ella, alteza. La reina es fuerte como un roble.

Aquel comentario me arrancó una sonrisa.

—Sí, la verdad es que sí.

—¡Dos minutos! —gritó el director del programa.

Entré en el estudio, me recoloqué el vestido y me retoqué el peinado. Estaba muerta de frío. Tomé asiento en el único sillón que había en el plató. Ni siquiera debajo de todos aquellos focos logré entrar en calor. Se me puso la piel de gallina.

Gavril, menos elegante de lo habitual, pero pulcro y refinado, me dedicó una sonrisa compasiva y se acercó a mí:

—¿Está segura de que quiere hacer esto? No me importaría dar la noticia en su nombre.

—Gracias, pero creo que debo hacerlo yo misma.

—De acuerdo entonces. ¿Cómo se encuentra la reina?

—Hasta hace una hora, permanecía estable. Los médicos la mantienen sedada para que pueda recuperarse más rápido, pero no voy a engañarte: sigue muy débil —contesté. Cerré los ojos y respiré hondo en un intento de tranquilizarme—. Lo siento. Estoy con el alma en vilo, pero al menos lo llevo mejor que papá.

Él sacudió la cabeza.

—Ha tenido que ser un golpe muy duro para él. Desde que se conocieron, no recuerdo un día en que se haya separado de ella.

Justo la noche anterior había estado merodeando por su habitación, por aquella pared repleta de fotografías suyas. Recordé los detalles que mi padre me había desvelado en las últimas semanas sobre su historia de amor. No podía creerme lo injusta que podía ser la vida. Mis padres habían tenido que vencer muchísimos obstáculos para poder estar juntos. Y todo ese sacrificio ¿para qué había servido?

—Tú estabas allí, Gavril. Tú viviste su Selección —murmuré, y tragué saliva—. ¿De verdad funciona? ¿Cómo?

Él se encogió de hombros.

—La suya es la tercera que veo, pero me temo que no puedo darle una respuesta. No sé cómo funciona. No sé cómo gracias a la Selección, que al fin y al cabo es una lotería, puede encontrar uno a su alma gemela. Pero déjeme que le diga algo: yo no era un gran admirador de su abuelo, pero trataba a su esposa como si fuera la persona más importante del planeta. Aunque fue duro y severo con sus súbditos, siempre se comportó generosamente con ella. La reina sacaba lo mejor de él, desde luego, aunque no puedo decir lo mismo de… En fin, encontró a su media naranja, a la mujer perfecta para él.

Entrecerré los ojos, curiosa por saber qué había omitido. Sabía que mi abuelo había sido un rey estricto. Mejor dicho: eso era lo único que sabía de él. A papá no le gustaba hablar de eso. Cuando lo hacía, solo destacaba su faceta de gobernante, nunca la de padre o la de marido. Y, por mi parte, siempre me había interesado más la historia de mi abuela.

—¿Y qué decir de su padre? No tenía ni la más remota idea de lo que buscaba. Entre nosotros, creo que a su madre le sucedía lo mismo. Pero estaban hechos el uno para el otro. Todos lo vimos enseguida, incluso antes que ellos.

—¿En serio? —pregunté—. ¿No sabían qué buscaban?

Gavril esbozó una mueca.

—A decir verdad, su madre no lo sabía —respondió. Me lanzó una mirada mordaz—. Debe de venir de familia.

—Gavril, eres una de las pocas personas de palacio a quien puedo confesarle esto: el problema no era que no supiera qué estaba buscando, sino que no estaba preparada para encontrarlo.

—Ah. Lo intuía.

—Pero he llegado hasta aquí.

—Y siento decirle que ahora está sola, alteza. Después de lo que sucedió anoche, nadie le reprocharía que cancelara la Selección. Sin embargo, si decide seguir adelante con ella, tendrá que tomar la decisión usted solita.

Asentí con la cabeza.

—Ya lo sé. Y por eso estoy tan asustada.

—¡Diez segundos! —gritó el director.

Gavril me dio una palmadita en la espalda.

—Cuente conmigo para lo que necesite.

—Gracias.

Cuadré los hombros frente a la cámara. Cuando el piloto rojo empezara a parpadear, transmitiría una imagen de calma y serenidad.

—Buenos días, habitantes de Illéa. Soy la princesa Eadlyn Schreave y hoy quiero informaros de los últimos acontecimientos que han ocurrido en la familia real. Primero os comunicaré la buena noticia —dije. Intenté sonreír, de veras que lo intenté, pero me sentía tan sola, tan abandonada—. Mi querido hermano, el príncipe Ahren Schreave, se ha casado con la princesa Camille de Sauveterre de Francia. Aunque la boda nos ha pillado a todos un poco por sorpresa, no podemos estar más contentos por la pareja. Les deseamos toda la suerte del mundo y esperamos que tengan un matrimonio feliz.

Hice una pausa. «Puedes hacerlo, Eadlyn», me dije.

—Pero no todo son buenas noticias. Anoche, mi madre, America Schreave, reina de Illéa, sufrió un ataque al corazón.

Otra pausa. Sentí que las palabras se me atragantaban y temí no poder continuar con el discurso.

—Su estado es crítico y se encuentra bajo supervisión médica constante. Por favor, re…

Me llevé una mano a la boca. Estaba a punto de echarme a llorar, de derrumbarme en directo, delante de toda la nación. Ahren había sido muy sincero conmigo antes de irse y me había confesado todo lo que el pueblo de Illéa opinaba sobre mí. Lo último que quería era dar una imagen de persona débil e inmadura.

Cerré los ojos. Mamá me necesitaba. Papá me necesitaba. Y, en cierto modo, mi país también me necesitaba. No podía decepcionarlos. Me sequé las lágrimas y continué.

—Por favor, recen para que se recupere rápido. Todos la adoramos y somos muchos los que todavía necesitamos sus sabios consejos —supliqué. Inspiré hondo porque era la única manera de no venirme abajo. Ese era el truco—. Mi madre siempre mostró un gran respeto por la Selección. Como todos saben, gracias a ella conoció a mi padre, con quien comparte una vida feliz. Y, precisamente por eso, he decidido honrar el que sería su mayor deseo: continuar con mi Selección.

»Las últimas veinticuatro horas han sido un verdadero infierno para nuestra familia, por lo que he decidido reducir mis pretendientes a la Élite. Mi padre también se vio obligado a reducir sus candidatas a seis, en lugar de a diez, por otras circunstancias. Y esta noche yo voy a hacer lo mismo. Los siguientes seis caballeros están invitados a quedarse en la Selección: el señor Gunner Croft, el señor Kile Woodwork, el señor Ean Cabel, el señor Hale Garner, el señor Fox Wesley y el señor Henri Jaakoppi.

Por extraño que parezca, oír aquellos nombres me tranquilizó. Estaba segura de que todos se sentirían muy orgullosos en ese momento.

Casi había acabado. Sabían que Ahren se había ido, que la vida de mi madre pendía de un hilo y que, a pesar de todo, la Selección seguía adelante. Ahora tenía que dar la noticia que más miedo me daba. Ahren había sido muy directo en su carta: me había dejado más que claro lo que mi pueblo pensaba de mí. ¿Qué respuesta iba a recibir?

—Mi madre se encuentra en un estado muy delicado, así que mi padre, el rey Maxon Schreave, ha preferido permanecer a su lado. —Ahí iba—. Y, por lo tanto, me ha nombrado reina regente hasta que mi madre se haya recuperado por

15

completo y él pueda atender sus obligaciones. A partir de ahora y hasta nuevo aviso, me encargaré de tomar todas las decisiones de Estado. Asumo este papel con profunda tristeza, pero mis padres necesitan unos momentos de paz. Y me llena de alegría poder concedérselos. Os mantendré informados de cualquier novedad acerca de estos temas en cuanto pueda. Muchas gracias por vuestro tiempo. Buenos días.

Las cámaras dejaron de grabar. Poco a poco, los focos se apagaron. Me levanté del sillón y me senté en una de las sillas reservadas a la familia real. Me sentía un poco mareada y con el estómago revuelto. Me habría quedado todo el día sentada allí, pero tenía demasiadas cosas que hacer y no podía permitirme el lujo de perder ni un minuto.

No había un solo hueco en mi agenda del día, pero lo primero era ver a mis padres. Luego me esperaba una pila de trabajo inacabable. Y, en algún momento del día, tendría que reunirme con la Élite.

Salí del estudio y me quedé de piedra: en el pasillo se había formado una fila de caballeros. El primer rostro que reconocí fue el de Hale. Al verme, se le iluminó la mirada. Acto seguido, me ofreció una flor.

—Para ti.

Eché un vistazo a la fila y me di cuenta de que todos tenían flores en las manos. Algunos las acababan de arrancar del jardín; con las prisas, se habían olvidado de quitar las raíces.

Supuse que al oír sus nombres durante el programa habían salido corriendo a los jardines y después habían ido hasta allí.

—Panda de idiotas —suspiré—. Gracias.

Acepté la flor de Hale y le di un abrazo.

—Te aseguré que intentaría ganarme tu mano día a día —susurró—, pero si hay algo más que pueda hacer, por favor, pídemelo sin rodeos. ¿De acuerdo?

Le di un buen achuchón.

—Gracias.

El siguiente fue Ean. Aunque habíamos tenido muy poco contacto (salvo para aquellas fotografías de pacotilla que nos habían tomado durante una cita en el jardín), no pude resistirme y me lancé a sus brazos.

—Me da la sensación de que te han obligado a hacer esto —murmuré.

—He cogido la flor de un jarrón que había en el pasillo. No se lo digas a nadie.

Le di una palmadita en la espalda y él me devolvió el gesto.

—La reina se pondrá bien —prometió—. Todo se arreglará.

Kile se había arañado el dedo con una espina de su rosa. Nos fundimos en un tierno abrazo, pero él lo hizo con sumo cuidado para no mancharme el vestido. Ese detalle me arrancó una sonrisa. Fue perfecto.

—Para sonrisa —dijo Henri, y añadí su flor a mi ramo.

No había dos iguales.

—Bien, bien —bromeé, pues hasta hacía muy poco esa era la única frase que sabía decir en inglés.

Sonrió.

Hasta Erik me había traído una flor. La acepté con una sonrisita de suficiencia.

—Es un diente de león —dije.

Él encogió los hombros.

—Lo sé. Hay quien ve en ella una mala hierba y hay quien ve una flor. Cuestión de perspectiva.

Le abrecé. Lo miré por el rabillo del ojo y me percaté de que estaba observando al resto de los pretendientes. Por lo visto, recibir el mismo trato le había incomodado.

Gunner tragó saliva. Estaba tan nervioso que no fue capaz de articular una sola palabra. Pero también me estrechó entre sus brazos.

Fox tenía tres flores en la mano.

—No sabía cuál elegir.

Sonreí.

17

—Son todas preciosas. Gracias.

El abrazo de Fox duró varios segundos, como si necesitara más que el resto aquel gesto de consuelo y cariño. Miré a todos los pretendientes de la Élite.

Todo aquello no tenía sentido, pero ya no había marcha atrás. Me había tomado la Selección como un trabajo, pero sin querer aquellos chicos me habían robado el corazón. Ahora esa era mi esperanza: que el deber y el amor cruzaran sus caminos. Tal vez así podría ser feliz.

Capítulo 2

*E*n cuestión de días, la piel de mamá se había vuelto suave. Al acariciarla con los ojos cerrados, me parecía estar tocando terciopelo. Aquella delicadeza me hizo pensar en la superficie lisa de un guijarro erosionado por el agua. Sonreí. La maquilladora había dado en el clavo: mi madre había sido una mujer fuerte como un roble.

—¿Alguna vez metiste la pata a propósito? —pregunté en voz baja—. ¿Alguna vez dijiste las palabras equivocadas o hiciste algo inapropiado?

Esperé varios segundos, pero no obtuve ninguna respuesta. Lo único que se oía en aquella habitación era el zumbido del equipo médico y el pitido del monitor.

—Me han contado que papá y tú solíais discutir, así que debiste de meter la pata alguna vez.

Envolví su mano entre las mías para intentar calentarla.

—Esta mañana he dado un comunicado. Ahora todo el mundo sabe que Ahren se ha casado y que tú estás un poco… indispuesta, de momento. He reducido mis candidatos a seis. Sé que ha sido repentino y quizá precipitado, pero papá me ha concedido su permiso. Él también lo hizo en su Selección. Espero que nadie se ofenda, que nadie se moleste. —Suspiré—. De todas formas, algo me dice que el pueblo de Illéa encontrará una excusa para criticarme.

Pestañeé y me sequé las lágrimas enseguida. No quería

que mi madre se diera cuenta de lo asustada que estaba. Los médicos creían que la repentina marcha de Ahren había sido el catalizador de su estado. Sabía que aquella noticia la había conmocionado mucho, pero sospechaba que yo también había contribuido a la presión que había tenido que soportar durante las últimas semanas. Sentía que le había estado administrando veneno en dosis tan pequeñas que parecían inofensivas. Al final, sin embargo, mi comportamiento había conseguido hacerle mella.

—En fin, tengo que irme. Voy a presidir mi primer consejo de asesores. Papá me ha prometido que será pan comido. Francamente, creo que al general Leger le ha tocado el papel más difícil. Papá se ha empeñado en quedarse a tu lado día y noche. Se niega incluso a comer. Pero ya sabes que el general nunca se da por vencido: ha insistido tanto que ha conseguido convencerle de que salga un rato, aunque sea para estirar las piernas y comer algo. Me alegro de que esté aquí. Me refiero al general Leger, claro. Es un apoyo importantísimo para mí. Está haciendo de padre sustituto.

Estreché su mano y me incliné hacia delante.

—Por favor, no te vayas. No quiero una madre sustituta. Te necesito. Los chicos todavía te necesitan. Y papá... se derrumbaría si no te tuviera a su lado. Así que cuando llegue el momento de despertarte, tienes que volver, ¿de acuerdo?

Albergaba la esperanza de que mamá parpadeara o moviera algún dedo, que hiciera algo para demostrarme que me había oído. Pero nada.

Y justo entonces papá entró en la habitación seguido por el general Leger. Me sequé las mejillas y me retoqué el maquillaje. No quería que se dieran cuenta de que había estado llorando.

—¿Lo ves? —dijo el general Leger—. Sigue estable. Ante el mínimo cambio, los médicos vendrían corriendo, así que deja de preocuparte tanto.

—Me da lo mismo. Prefiero estar aquí —contestó mi padre.

—Papá, no hace ni diez minutos que te has ido. ¿Has comido algo al menos?

—He comido. Díselo, Aspen.

El general Leger soltó un suspiro.

—Si a eso le llamas comer...

Papá le lanzó una mirada amenazadora. Sin embargo, aquel gesto divirtió al general, que no pudo esconder una sonrisa.

—Intentaré traerte algo de comida a la habitación para que no tengas que salir ni un minuto.

Papá asintió.

—Cuida de mi niña.

—Desde luego —contestó el general Leger, que me guiñó el ojo.

Me levanté de la silla y me fui, no sin antes despedirme de mamá.

Seguía dormida.

Cuando salimos al pasillo, el general me ofreció un brazo.

—¿Estás preparada, mi «casi» reina?

Acepté su brazo y sonreí.

—No. Va, vamos.

Fuimos hasta la sala de reuniones. Cuando estábamos a punto de llegar, tuve la tentación de pedirle que diéramos otra vuelta. Me sentía tan abrumada que empezaba a dudar que pudiera hacerlo.

«Tonterías —me dije—. Has asistido a ese tipo de reuniones decenas de veces. Casi siempre has estado de acuerdo con papá. Sí, es cierto que es la primera vez que presides la reunión, pero sabías que un día u otro tendrías que hacerlo. Y, por el amor de Dios, hoy nadie se atreverá a ser duro contigo; tu madre acaba de sufrir un ataque al corazón.»

Abrí las puertas con determinación. El general Leger parecía mi guardaespaldas. Saludé a todos los caballeros que había en la sala. A Andrews, a Coddly, a Rasmus y a otros más que conocía desde hacía años. Siempre los veía ahí sentados, garabateando cosas en sus libretas. *Lady* Brice no me quitaba ojo de encima. Estaba orgullosa de mí, lo presentía. El general se acomodó a su lado.

—Buenos días —saludé.

Me senté en el lugar que solía ocupar mi padre, presidiendo la mesa. Después eché un vistazo a la carpeta que tenía delante. Por suerte, el día iba a ser más tranquilo de lo que esperaba.

—¿Cómo está su madre? —preguntó Lady Brice con solemnidad.

Debería haber escrito esa respuesta en un cartel o algo así: no dejaban de preguntarme lo mismo una y otra vez.

—Sigue dormida. No puedo evaluar la gravedad de su estado ahora mismo, pero papá no se ha separado de ella. Si hay algún cambio, seré la primera en informar a todo el mundo.

Ella esbozó una sonrisa triste.

—Estoy segura de que se pondrá bien. Es una mujer muy fuerte, créame.

Traté de disimular mi sorpresa. No recordaba que conociera a mi madre tan bien. A decir verdad, apenas había cruzado un par de palabras con ella, pero sonaba tan sincera que me alegré de tenerla a mi lado en aquel momento.

Asentí.

—Empecemos la reunión. Así podré decir que mi primer día en el cargo ha sido, al menos, un poco productivo.

Aquello provocó alguna risita entre dientes. Sin embargo, al leer las primeras líneas de la primera página mi sonrisa desapareció.

—Espero que sea una broma —dije fríamente.

—No, alteza.

Miré a Coddly.

—Creemos que este matrimonio ha sido un movimiento premeditado para debilitar el país. Y puesto que ni el rey ni la reina han dado su consentimiento, podemos afirmar que Francia nos ha robado a su hermano. El matrimonio es una traición en toda regla, por lo que no nos queda otra opción que entrar en guerra.

—No ha sido una traición, te lo aseguro. Camille es una chica sensata, prudente —dije, y puse los ojos en blanco. Odiaba tener que admitirlo delante de todos los asesores—. Ahren es el romántico de la pareja. Estoy convencida de que él es el artífice de todo esto. No al revés.

Hice una bola con la declaración de guerra y la tiré a la papelera. Era un tema sobre el que me negaba a debatir.

—Alteza, no puede hacer eso —insistió Andrew—. En los últimos años, la relación entre Illéa y Francia se ha vuelto muy tensa.

—Hablamos de una relación más personal que política —recalcó Lady Brice.

Coddly hizo un gesto de desprecio con la mano.

—Peor me lo pones. La reina Daphne está alardeando de haber ocasionado un trauma emocional en Illéa. En el fondo, sabe que no haremos nada al respecto. Pero esta vez se equivoca. Tenemos que tomar cartas en el asunto. ¡Díselo, general!

Lady Brice meneó la cabeza. El general Leger tomó la palabra.

—Lo único que voy a decirte, alteza, es que podemos enviar tropas por aire y tierra en veinticuatro horas si así lo ordenas. Sin embargo, mi consejo es que no des esa orden.

Andrews resopló.

—Leger, cuéntale los peligros a los que se expone.

El general se encogió de hombros.

—No veo ningún peligro. Su hermano se ha casado. Punto.

—En todo caso —intervine—, una boda debería ser la excusa perfecta para unir a dos países, no para enfrentarlos. Durante muchos siglos, las princesas han sido simples monedas de cambio. Y todo para estrechar lazos con países vecinos. ¿Acaso me equivoco?

—Eran matrimonios de conveniencia. Estaban planeados —espetó Coddly. A juzgar por su tono era evidente que me consideraba demasiado ingenua como para mantener esa conversación.

—Igual que este —repliqué—. Todos sabíamos que Ahren y Camille se casarían algún día. Sencillamente ha ocurrido antes de lo esperado.

—No lo entiende —murmuró a Andrews.

Este sacudió la cabeza.

—Alteza, a esto se le llama traición.

—A esto se le llama amor.

Aquel comentario colmó la paciencia de Coddly, que no dudó en dar un puñetazo sobre la mesa.

—Nadie la tomará en serio si no actúa con firmeza y decisión.

—De acuerdo —respondí sin perder la calma—. Está despedido.

Coddly soltó una carcajada y miró al resto de los asesores.

—No puede despedirme, alteza.

Ladeé la cabeza y le miré con atención.

—Claro que puedo. Jerárquicamente, en estos momentos no hay nadie por encima de mí. Siento tener que decírtelo de este modo, pero eres prescindible.

Aunque intentó ser discreta, vi que Lady Brice apretaba los labios para reprimir una sonrisa. Aquella mujer sería mi aliada.

—¡Debemos atacar! —insistió.

—No —contesté—. Lo último que necesitamos en este momento tan delicado es una guerra. Solo conseguiríamos empeorar las cosas. No quiero entrar en guerra con Francia, un país con el que, ahora mismo, estamos unidos por el matrimonio de mi hermano. No atacaremos.

Coddly agachó la cabeza y me miró con los ojos entornados.

—¿No cree que está siendo demasiado sensible?

Arrastré la silla hacia atrás, provocando un chirrido ensordecedor. Me puse en pie.

—Voy a asumir que no has querido insinuar que soy demasiado «femenina». Porque siento decirte que sí, soy y estoy sensible.

Caminé hacia el otro lado de la mesa sin apartar la mirada de Coddly.

—Mi madre sigue postrada en una cama, con tubos que le atraviesan la garganta y conectada a un monitor. Mi hermano se ha mudado a otro continente y mi padre está al borde de un ataque de nervios.

Me detuve frente a él y continué:

—Tengo dos hermanos pequeños a mi cargo, un país que gobernar y seis pretendientes que esperan ser los elegidos para casarse conmigo. —Coddly tragó saliva. Por un instante, me sentí culpable por estar disfrutando de ese momento—. Así que sí, ahora mismo estoy más sensible de lo habitual. Cualquiera en mi lugar con un corazoncito lo estaría. Y tú eres un idiota. ¿Cómo tienes el valor de intentar obligarme a tomar una decisión tan drástica basándote en algo tan ridículo? A efectos prácticos, yo soy la reina. No vas a coaccionarme.

Después me dirigí de nuevo a mi sitio.

—¿Oficial Leger?

—¿Sí, alteza?

—¿Hay algo más en la agenda de hoy que no pueda esperar a mañana?

—No, alteza.

—Bien. Podéis iros. Y os sugiero que en futuras reuniones recordéis quién está al mando.

En cuanto pronuncié la última palabra, todos los asesores, salvo Lady Brice y el general Leger, se levantaron e hicieron una reverencia. Resultó, por cierto, un gesto un tanto pomposo.

—Ha estado maravillosa, alteza —dijo ella cuando los tres nos quedamos a solas.

—¿De veras? Mira esto —respondí, y extendí la mano.

—Está temblando.

Apreté los puños y respiré hondo.

—Todo lo que he dicho es cierto, ¿verdad? No pueden obligarme a firmar una declaración de guerra, ¿o sí?

25

—No —aseguró el general Leger—. Siempre ha habido algunos miembros de la junta que consideran que deberíamos colonizar Europa. En mi opinión, el matrimonio de Ahren no es más que una excusa. Hoy han visto la oportunidad perfecta para aprovecharse de tu poca experiencia, pero has obrado correctamente.

—Papá no querría entrar en guerra. La insignia de su reinado siempre ha sido la paz.

—Exacto —contestó el general con una sonrisa—. Y estaría muy orgulloso de tu actuación de hoy. De hecho, voy a ir a contárselo ahora mismo.

—¿Quieres que te acompañe? —pregunté, desesperada por oír el pitido agudo del monitor. Ese sonido me tranquilizaba: significaba que el corazón de mi madre seguía latiendo.

—Tienes un país que gobernar. Si hay cualquier novedad, serás la primera en enterarte.

—Gracias —dije.

Se marchó.

Lady Brice se cruzó de brazos.

—¿Se encuentra mejor?

Negué con la cabeza.

—Sabía que ser reina regente implicaría mucho trabajo. Hace meses que colaboro codo con codo con papá para estar al día de todas las responsabilidades que conlleva el cargo. Pero se suponía que iba a tener más tiempo para prepararme. Me han nombrado reina porque tal vez mi madre muera. No sé si podré soportarlo. No hace ni diez minutos que soy reina ¿y ya tengo que tomar una decisión tan importante como la de entrar en una guerra? No estoy preparada para esto.

—Alteza, lo primero es lo primero. Nadie espera que sea la reina perfecta. Es algo temporal. Su madre se recuperará, su padre volverá al trabajo y usted podrá seguir aprendiendo sin presiones. Considérelo una oportunidad de oro.

Solté un suspiro. Temporal. Oportunidad. De acuerdo.

—Además, no todo depende únicamente de usted. Para eso están los asesores. Sé que hoy no hemos servido de mucho, pero estamos aquí para ayudarla, aconsejarle y guiarla. No navega a la deriva.

Me mordí el labio, pensativa.

—De acuerdo. ¿Qué hago ahora?

—Antes que nada, cumpla con su palabra y despida a Coddly. Eso servirá para que el resto se dé cuenta de que no se toma el cargo a la ligera. Es una lástima, pero creo que su padre lo mantenía en la junta porque siempre jugaba al abogado del diablo, lo cual le ayudaba a ver todas las perspectivas de un problema. Nadie le echará de menos, confíe en mí —confesó en voz baja—. Segundo, considere esta oportunidad como un aprendizaje práctico para su reinado. Le aconsejo que se rodee de gente que merezca toda su confianza.

Suspiré.

—Ya no me queda nadie. Todos me han abandonado.

Ella sacudió la cabeza.

—Piense bien. Estoy segura de que tiene amigos donde menos se lo espera.

Aquella mujer era como un soplo de aire fresco. Te hacía ver los problemas desde un ángulo distinto. Era la asesora que llevaba más tiempo en la junta. Conocía tan bien a papá que podía adelantarse a sus decisiones. Y además era la única mujer en la sala, aparte de mí misma.

Lady Brice me miraba con detenimiento, evitando así que me distrajera.

—¿Quién cree que siempre será sincero con usted, que nunca le mentirá? ¿Quién permanecerá a su lado siempre, y no por una cuestión de lealtad, sino porque la quiere y la respeta?

Esbocé una sonrisa. Ya sabía adónde iría cuando saliera de aquella sala.

27

Capítulo 3

—¿**Yo**?

—Tú.

—¿Está segura?

Agarré a Neena por los hombros.

—Siempre me dices la verdad, incluso cuando sabes que no me va a gustar. Me conoces mejor que nadie y has estado a mi lado en los momentos más difíciles de mi vida. Además, eres demasiado lista como para pasarte los días doblando ropa.

Mi hasta entonces doncella sonrió de oreja a oreja y trató de reprimir las lágrimas.

—Ayudante de cámara… ¿Qué significa eso exactamente?

—Bueno, por un lado es una persona de confianza, lo que ya eres. Debes ayudarme con las tareas menos glamurosas de mi trabajo, como planificar y organizar mi agenda personal y recordarme que coma al menos tres veces al día.

—Creo que me las apañaré —respondió ella sin dejar de sonreír.

—Oh, oh, oh, y… —añadí, y levanté las manos para anunciar la parte más emocionante del trabajo— también significa que no tendrás que volver a ponerte ese uniforme. Así que venga, cámbiate.

Neena se sonrojó.

—No sé si tengo un conjunto apropiado para la ocasión. Pero no se preocupe, conseguiré algo para mañana.

—Tonterías. Coge algo de mi armario.

Me miró boquiabierta.

—No puedo.

—Hmm, puedes y debes —puntualicé. Le señalé el enorme vestidor—. Vístete y reúnete conmigo en el despacho. Estoy segura de que juntas sobreviviremos.

Ella asintió con la cabeza. Como si lo hubiera hecho un millón de veces antes, se lanzó sobre mí y me abrazó.

—Gracias.

—Gracias «a ti» —recalqué.

—No la decepcionaré.

Me aparté y la miré directamente a los ojos.

—Lo sé. Por cierto, tu primer encargo es buscar una nueva doncella para mí.

—Ningún problema.

—Excelente. Te veo ahora.

Dejé a Neena en mi habitación y me marché. Saber que tenía gente a mi lado me reconfortó. El general Leger sería la voz de mamá y de papá, Lady Brice sería mi asesora jefe y Neena me ayudaría a asumir la carga de trabajo.

No llevaba ni un día como reina y ya comprendía por qué mamá había insistido tanto en la necesidad de encontrar un compañero. Mi intención era seguir buscándolo, desde luego, pero iba a necesitar algo más de tiempo.

Me sentía nerviosa. No podía parar de andar de un lado para otro. Estaba esperando a Kile a las puertas del Salón de Hombres. De todas las relaciones con los seleccionados, sentía que la nuestra era la más complicada y, al mismo tiempo, la más natural.

—Hola —dijo, y me abrazó.

No pude evitar sonreír al pensar en cómo hubiera reac-

KIERA CASS

cionado si hubiera hecho exactamente lo mismo un mes atrás. Habría llamado a los guardias de seguridad, como mínimo.

—¿Cómo lo llevas?

Me quedé unos segundos callada.

—Es curioso. Eres el único que me lo ha preguntado —respondí. Me separé—. Lo llevo bastante bien, o eso creo. Mientras tenga la mente ocupada, todo irá bien. Pero no te engañaré: soy un manojo de nervios. Papá está hecho polvo. Ahren no ha aparecido por palacio. Eso me está matando. Pensé que cuando se enterara del infarto de mamá, se montaría en el primer avión para venir a casa, pero ni siquiera ha llamado. ¿Por qué no lo ha hecho todavía? —pregunté un poco alterada.

Tragué saliva e intenté serenarme.

Kile me cogió de la mano.

—De acuerdo, recapitulemos. Tu hermano hizo las maletas, se marchó a Francia y se casó. Y todo en cuestión de veinticuatro horas. Ten por seguro que al aterrizar le esperaba una tonelada de papeleo que firmar. Y a lo mejor todavía no se ha enterado de lo que ha ocurrido aquí.

Asentí.

—Tienes razón. Sé que le importamos. Me dejó una carta. Lo cierto es que fue muy honesto. No sé cómo he podido pensar eso de él.

—¿Lo ves? Tema solucionado. Y anoche tu padre estaba tan descompuesto, tan angustiado que por un momento pensamos que los médicos también le ingresarían en la enfermería de palacio. Tal vez estar al lado de su esposa día y noche le hace sentir que controla la situación, aunque todos sabemos que no es verdad. Ya ha pasado lo peor. Y tu madre siempre ha sido una mujer luchadora. ¿Recuerdas el día en que vino aquel embajador?

Sonreí con una pizca de altanería.

—¿Te refieres al embajador de la unión Paraguay-Argentina?

—¡Sí! —exclamó él—. Lo recuerdo como si fuera ayer. Era un tipo desagradable y muy grosero con el personal de palacio. A las doce del mediodía iba tan borracho que apenas podía mantenerse en pie. Al final, tu madre le cogió por una oreja y lo arrastró hasta la puerta principal.

Sacudí la cabeza.

—Se pasó un día entero pegado al teléfono. No sé cuántas veces debió de llamar a su presidente para pedirle disculpas.

Kile no quiso centrarse en ese detalle.

—Olvida eso. Fíjate en tu madre. Ella no huye de los problemas, los afronta. Si alguien amenaza con arruinarle la vida, lo echa a la calle de una patada.

Esbocé una sonrisa.

—Cierto.

Nos quedamos callados durante unos segundos. Pero no fue uno de esos silencios incómodos en que uno no sabe qué decir. Fue un momento agradable, tranquilo. No podía estarle más agradecida.

—Hoy tengo un día de locos, pero si te apetece podríamos vernos mañana por la noche.

Asintió.

—Claro.

—Tenemos mucho de que hablar.

Kile frunció el ceño.

—¿Ah, sí?

Al oír unas pisadas por el pasillo, ambos nos volvimos.

—Disculpe, alteza —dijo el guardia, y se inclinó—, pero tiene una visita.

—¿Una visita?

Asintió, pero no me dio ninguna pista de quién podría ser.

Suspiré.

—De acuerdo. Hablamos luego, ¿te parece?

Kile me apretó la mano.

—Por supuesto. Si necesitas algo, ya sabes dónde estoy.

Me di media vuelta y no pude evitar sonreír; sabía que lo había dicho de corazón. En el fondo, estaba segura de que todos los chicos que había en aquel salón no dudarían en venir corriendo si los necesitaba. Un rayo de luz en un día tan gris.

Bajé la escalera de caracol tratando de adivinar quién podría ser. De haber sido familia directa, me estaría esperando en un salón privado; tampoco podía ser una visita oficial, como la de un gobernador o un jefe de Estado, porque de ser así habrían enviado una carta concertando una reunión. ¿Qué personalidad era tan importante como para no poder ser anunciada?

Todas mis dudas se resolvieron en cuanto llegué a la primera planta. Aquella sonrisa perfecta me dejó sin aliento.

Hacía años que Marid Illéa no ponía un pie en palacio. La última vez que le había visto era un preadolescente larguirucho y desgarbado incapaz de mantener una conversación formal. Pero aquellos mofletes regordetes se habían convertido en unos pómulos marcados. Y lo que antes habían sido unas piernas enclenques, ahora parecían las de un atleta profesional. Además, el traje que había elegido para la ocasión le quedaba de maravilla. Me acerqué y vi que no me quitaba ojo de encima. Había traído una cesta repleta de regalos, pero aun así hizo una reverencia con una agilidad pasmosa.

—Alteza —saludó—. Siento haberme presentado sin avisar, pero en cuanto nos enteramos de lo ocurrido, sentimos que teníamos que hacer algo. Así que…

Me ofreció la cesta. Rebosaba de regalos: flores, libros, tarros de mermelada con lazos de seda. Y un montón de pastelitos. Con solo mirarlos, se me hizo la boca agua.

—Marid —dije. Fue un saludo, una pregunta y una reprimenda—. Teniendo en cuenta nuestras desavenencias, esto es demasiado.

Él encogió los hombros.

—Que tengamos discrepancias no significa que hayamos

perdido nuestra sensibilidad. La reina está enferma, es lo mínimo que podíamos hacer.

Sonreí, un tanto descolocada por el repentino cambio físico de Marid. Hice un gesto a un guardia, que vino enseguida.

—Lleva esto a la enfermería, por favor.

El hombre cogió la cesta y centré mi atención de nuevo en Marid.

—¿Tus padres no han querido venir?

Se metió las manos en los bolsillos e hizo una mueca.

—Les preocupaba que la visita pareciera más bien política que personal.

Asentí.

—Es comprensible. Pero, por favor, diles que no se preocupen por eso. Siguen siendo bienvenidos aquí.

Marid suspiró.

—Después de su... salida, pensaron justo lo contrario.

Apreté los labios y rememoré la historia familiar.

August Illéa y mi padre habían trabajado juntos después de la muerte de mis abuelos. Entre los dos trataron de disolver el sistema de castas lo más rápido posible. August se quejó de que el cambio estaba siendo demasiado lento. Papá, aprovechándose de que ostentaba un rango superior, le ordenó que respetara su plan. Al ver que no había sido capaz de borrar el estigma con el que cargaban las castas más pobres, August le dijo que tenía que sacar su «culo consentido» de palacio y darse una vuelta por las calles de la ciudad. Papá siempre fue un hombre paciente. Sin embargo, por lo que recordaba, August era un tipo nervioso, inquieto. Tras una acalorada discusión, él y Georgia hicieron las maletas y se marcharon hechos una furia. Y, por supuesto, también se llevaron a su hijo, un niño callado y tímido.

Desde entonces, había oído a Marid alguna vez en la radio. Solía participar en debates políticos. A juzgar por sus intervenciones, también debía de ser un empresario de éxito. Aquel Marid que tenía delante, un tipo atractivo, desen-

33

vuelto y con una sonrisa capaz de encandilar a cualquiera, no se parecía en absoluto al Marid que yo había conocido, un niño más bien holgazán y que caminaba sin despegar la mirada del suelo.

—No entiendo por qué nuestros padres no han vuelto a dirigirse la palabra desde entonces. Supongo que habréis visto las revueltas que están sacudiendo el país. Estamos tratando de apaciguar los ánimos, pero la verdad es que pensaba que alguno de los dos bajaría del burro y llamaría al otro. Ya no es una cuestión de orgullo.

Marid extendió un brazo.

—¿Qué tal si damos un paseo?

Acepté el ofrecimiento sin pensármelo dos veces.

—¿Cómo lo lleva? —preguntó

Me encogí de hombros.

—Lo mejor que puedo dadas las circunstancias.

—Diría que intentara mirar el lado bueno de la situación, pero no sé si tiene alguno.

—De momento, lo único que pretendo es ayudar a mis padres.

—Bien. ¿Y quién sabe? Tal vez pueda hacer grandes cambios mientras esté al mando. Trate de encontrar una solución a las revueltas sociales. Nuestros padres no fueron capaces de redactar una ley que acabara de una vez por todas con la discriminación por castas, pero quizá ahora sí que se consiga.

Sabía que quería consolarme y animarme, pero era imposible. En realidad, rezaba por que mi padre volviera y así no tener que hacer ningún cambio.

—No estoy segura de ser capaz de hacer eso.

—Alteza…

—Por favor, Marid. Llámame Eadlyn y tutéame. Me conoces desde que era una cría.

Él sonrió con suficiencia.

—Tienes razón. Pero, aun así, ahora eres la reina regente y no me parecería apropiado tratarte de otro modo.

—¿Y cómo debería tratarte yo a ti entonces?

—Como a un súbdito leal. Sé que son tiempos convulsos y por eso he venido. Para ofrecerte mi ayuda. Sé que la disolución de las castas no fue tan limpia como esperabais, ni siquiera al principio. Me he pasado muchos años escuchando atentamente al pueblo de Illéa. Creo que por fin he comprendido las inquietudes de nuestra nación. Así pues, si consideras que mi opinión puede ser de utilidad, puedes contar conmigo.

Arqueé las cejas al oír aquella propuesta. En las últimas semanas, gracias a los seleccionados, había descubierto cómo vivía la gente corriente de mi país. Pero un experto en opinión pública podía ser justo lo que necesitaba. No tenía grandes ambiciones para lo que esperaba que fuera un breve reinado, pero algo así le demostraría al pueblo que me tomaba en serio mi trabajo. Y eso era lo más importante. Sobre todo teniendo en cuenta lo que Ahren me había revelado en su carta. Aquellas palabras habían sido como recibir un puñetazo en el estómago, pero mi hermano no me habría dicho que mi pueblo me despreciaba si no hubiera creído que era lo correcto. Se había marchado, pero sabía que podía confiar en él.

—Gracias, Marid. Si pudiera hacer algo para aliviar el estrés que está sufriendo mi padre, créeme, lo haría con los ojos cerrados. Mi intención es que cuando retome el trabajo, el país sea una balsa de aceite. Estaremos en contacto.

Él sacó una tarjeta del bolsillo y me la entregó.

—Es mi número de teléfono personal. Puedes llamarme a cualquier hora.

Sonreí.

—¿A tus padres no les molestará que me eches una mano con esto? ¿A eso no se le llama confraternizar con el enemigo?

—No, no —contestó con voz amable—. Nuestros padres tenían el mismo objetivo, pero se encallaron en los métodos para alcanzarlo. Según tengo entendido, tu madre sigue en estado crítico. No te preocupes por cosas que sí tienen solución, como la moral de un país. Creo que nuestros padres estarán de acuerdo en que trabajemos juntos. Ahora más que nunca.

—Eso espero —dijo—. Últimamente solo he recibido malas noticias. No me vendría mal una ayudita.

Capítulo 4

*M*e metí en la bañera y enseguida eché en falta la lavanda, las burbujas y los aceites que endulzaban el agua. Eloise era silenciosa y rápida, pero no era Neena. Resoplé. Me repetí varias veces que era un detalle sin importancia. Allí, en aquel espacio tan minúsculo, al menos podía dejar de fingir que sabía lo que hacía. Apoyé la barbilla sobre las rodillas y me desahogué.

¿Qué iba a hacer? Ahren ya no estaba allí para guiarme y me asustaba que, sin él, cometiera error tras error. ¿Y por qué no había llamado todavía? ¿Por qué no había cogido el primer vuelo a casa?

¿Y si mamá no era capaz de respirar sin todos aquellos tubos? ¿Qué haría? De repente caí en la cuenta de que, aunque jamás me había planteado casarme o tener hijos, siempre me había imaginado a mamá bailando en mi boda o arrullando a mi bebé. ¿Y si no sobrevivía?

¿Cómo se suponía que iba a encargarme de todas las responsabilidades de una corona? Llevaba solo un día en el cargo y ya estaba para el arrastre. No me veía capaz de aguantar ese peso durante varias semanas, por no hablar de los años que tendría que dedicarme a ello cuando heredara el trono definitivamente.

¿Y cómo iba a elegir un marido? ¿Quién era la mejor opción? ¿A quién preferiría el público? ¿Era justo hacerme esa pregunta?

Me sequé las lágrimas con la palma de la mano, como si fuera una niña pequeña. Me entraron ganas de retroceder en el tiempo. Detestaba todas aquellas responsabilidades.

Tenía poder, pero no sabía cómo usarlo. Era una reina sin capacidad de liderazgo. Había crecido junto con un hermano mellizo que se había convertido en mi mayor apoyo, pero ahora estaba a miles de kilómetros. No podía contar con él. Era la hija de unos padres que, en ese momento, estaban ausentes. Y, por si fuera poco, tenía a media docena de candidatos que albergaban la esperanza de que me enamorara de ellos, ajenos al hecho de queyo no conocía el amor verdadero.

Tenía el corazón encogido, literalmente. Me asusté un poco. Me froté el pecho, preguntándome si el infarto de mamá también había empezado así. Me incorporé de inmediato. Se desbordó mucha agua por el suelo. Lo mejor sería pensar en otra cosa.

«Estás bien. Y ella también lo está. Tienes que seguir adelante.»

Me puse el camisón. Cuando ya estaba lista para meterme en la cama, oí un golpe tímido en la puerta.

—¿Eady?

—¿Osten? —dije al ver su cabecita asomarse por el marco de la puerta. Kaden se había escondido detrás de él—. ¿Estáis bien?

—Estamos bien —aseguró Kaden—. No estamos asustados.

—En absoluto —añadió Osten.

—Pero no hemos tenido noticias de mamá. Hemos pensado que quizá tú sabrías algo.

Me llevé una mano a la frente.

—Lo siento. Debería haberos contado lo que está ocurriendo —dije. Me reprendí por haberme pasado veinte minutos en una bañera en lugar de estar con mis hermanos—. Se está recuperando —dije, y traté de meditar bien las palabras—. Los médicos la mantienen sedada, es decir, dormida, para que pueda curarse más rápido. Ya conocéis a mamá: si estuviera despierta, no pararía quieta ni un minuto, se pasaría el día persiguiéndonos para asegurarse de que no estamos haciendo ninguna travesura. Así podrá descansar. Cuando se levante, se habrá recuperado del todo.

—Oh —susurró Osten con carita de cordero degollado.

Fue entonces cuando me di cuenta de que aquella situación les estaba sobrepasando.

—¿Y Ahren? —preguntó Kaden. No dejaba de morderse las uñas, algo que jamás le había visto hacer.

—Todavía no tenemos noticias suyas, pero estoy segura de que no ha tenido un momento libre para llamarnos. Después de todo, ahora es un hombre casado.

A juzgar por la expresión de Kaden, aquella respuesta no fue ningún consuelo.

—¿Crees que va a volver?

Inspiré hondo.

—No os preocupéis por eso. En el momento menos pensado nos llamará para contarnos todos los detalles de la boda. Confiad en mí, chicos: nuestro hermano es feliz y nuestra madre se va a poner bien. Creedme, lo tengo todo controlado, ¿de acuerdo?

39

Ambos sonrieron.

—De acuerdo.

En cuestión de segundos, la expresión de Osten cambió. Estaba desolado y le temblaba la barbilla, como si estuviera a punto de echarse a llorar.

—Es culpa mía, ¿verdad?

—¿El qué es culpa tuya? —pregunté, y me arrodillé frente a él.

—Lo que le ha pasado a mamá. Es culpa mía. Siempre me decía que me tranquilizara y luego se pasaba una mano por la frente, como si estuviera harta y agotada. Es mi culpa. La atosigué demasiado.

—Al menos tú no la aburrías con los deberes —añadió Kaden en voz baja—. Me pasaba el día chinchándola, pidiéndole una y otra vez que me comprara más libros y contratara a más tutores. Le hacía responder a un montón de preguntas y sé que tenía cosas más importantes que hacer. Acaparaba todo su tiempo.

Así que ahora se fustigaban por el infarto de mamá. Perfecto.

—Osten, no pienses eso. Nunca —insistí, y lo abracé—. Mamá es la reina. La parte más estresante de su trabajo no somos nosotros. Sí, es verdad que ser madre no es tarea fácil, pero siempre que necesitaba un achuchón o una sonrisa venía corriendo a nosotros. ¿Y quién es el más divertido de los cuatro?

—Yo —respondió con un hilo de voz y sorbiéndose los mocos.

Al menos conseguí sacarle una sonrisa.

—Exacto. Y Kaden, ¿no crees que mamá prefiere que la atosigues a preguntas a que vayas por ahí presumiendo de respuestas equivocadas?

Meditó la respuesta mientras jugueteaba con los dedos.

—Sí, tienes razón.

—Eso es. No nos engañemos, somos todos unos traviesos —dije. Osten se echó a reír y a Kaden se le iluminó la cara—. Pero mamá siempre ha querido que pululemos a su alrededor y le consultemos nuestras dudas. Estoy segura de que prefiere tener que obligarme a mejorar mi caligrafía a no haber tenido una hija. Seguro que prefiere que seas una enciclopedia con patas a que no le preguntes nada. No hay duda de que prefiere suplicarte que te quedes quieto en la mesa que haber tenido solo tres hijos. Nada de esto es culpa nuestra.

Creía que, tras oír eso, ambos se darían media vuelta y se marcharían corriendo a su habitación. Pero no se movieron. Suspiré. Sabía muy bien lo que querían. A decir verdad, no me importaba dormir menos si así conseguía tranquilizarlos.

—¿Queréis quedaros aquí esta noche?

—¡Sí! —gritó Osten, que se metió en mi cama de un brinco.

Meneé la cabeza. ¿Qué iba a hacer con ese par de granujas? Me deslicé bajo el edredón. Kaden se pegó a mi espalda. La luz del cuarto de baño estaba encendida, pero pensé que, en ese momento, todos necesitábamos un poco de luz.

—No es lo mismo sin Ahren —murmuró Kaden.

Osten se abrazó la cintura y se hizo un ovillo.

—Sí. Es como si faltara algo.

—Ya lo sé. Pero no os preocupéis. Acabaremos acostumbrándonos a esto. Ya lo veréis.

No sabía cómo, pero yo misma iba a encargarme de que así fuera.

41

Capítulo 5

—*B*uenos días, alteza —dijo el mayordomo.

—Buenos días. Un café doble, por favor, y un plato de lo que el cocinero haya preparado para la Élite.

—Por supuesto.

El mayordomo volvió enseguida con una bandeja de plata: tortitas con arándanos, salchichas y un huevo hervido cortado por la mitad. Desayuné y eché un vistazo a los periódicos del día. Leí varias noticias sobre el anticiclón que nos acompañaría las próximas jornadas. También reparé en algún artículo que especulaba sobre mis candidatos y la Selección. Pero lo más destacado era que el país estaba consternado por el infarto de mamá. No podía estar más agradecida. Cuando leí la carta que me había dejado Ahren, estaba convencida de que todo el país se rebelaría contra mí, su nueva reina regente. Una parte de mí todavía temía que, ante el más mínimo indicio de fracaso, me echaran a los leones.

—¡Buen día hoy! —saludó alguien, pero no cualquier alguien. Habría reconocido el saludo de Henri incluso desde la tumba.

Alcé la cabeza y le saludé con la mano. A él y a Erik, su fiel traductor. Me encantó que Henri se mostrara ajeno a la desolación que reinaba en todo el palacio. Erik, en cambio, sí tenía los pies en el suelo: en ningún momento alzó la voz.

Osten y Kaden entraron con Kile. Era una experta en lenguaje corporal y sabía que estaba intentando sacarles una sonrisa, pero ellos se limitaron a mover ligeramente los labios. Ean apareció con Hale y Fox. Verle interactuar por fin con algunos de sus compañeros fue una grata sorpresa. Gunner fue el siguiente en entrar. Iba solo y no pude evitar sentir lástima por él. Había decidido mantenerle en la Élite por el poema tan divertido que me había escrito. Aparte de eso, apenas lo conocía, así que tendría que esforzarme más. Con él y con todos los demás.

Mis hermanos se sentaron a mi lado, como siempre. Ese día estaban un pelín más apagados de lo normal. Ver la mesa familiar tan vacía me deprimió. Ese tipo de tristeza, solitaria y silenciosa, te consume por dentro. Y lo hace tan rápido que ni te das cuenta. Y esa era la tristeza que ahora mismo tenía frente a mí. Había empezado a apoderarse de mis hermanos: tenían la cabeza gacha, aunque lo más probable era que no lo supieran.

—¿Osten? —llamé. Él levantó la mirada. Sentía todos los ojos de la Élite clavados en nosotros—. ¿Recuerdas el día en que mamá nos preparó tortitas?

Kaden se echó a reír a carcajadas y se giró para explicar la historia a todos los presentes.

—Mamá es una excelente cocinera. Tuvo que criar a todos sus hermanos, así que, de vez en cuando, se metía en la cocina y nos preparaba algo para comer. Lo hacía solo para divertirse. La última vez que cogió una sartén fue hace cuatro años.

Esbocé una sonrisita.

—Sabía que estaba desentrenada, pero se empeñó en prepararnos tortitas con arándanos. La cuestión es que ese día se sentía creativa. Quería dibujar estrellas y florecitas con los arándanos. Pero se despistó y dejó demasiado tiempo las tortitas sobre la plancha, así que cuando les dio la vuelta se habían carbonizado.

Osten se desternilló de la risa.

43

—¡Ya me acuerdo! ¡Aquellas tortitas tan crujientes!

Oí a mis pretendientes reírse.

—¡Tú no te quejes! ¡Ni siquiera las probaste! —le acusó Kaden.

Asentí, muerta de vergüenza.

—Fue una cuestión de supervivencia.

—Pues no estaban tan malas. Un poco quemadas, eso es todo —dijo Osten, que dio un bocado a una de las tortitas que le habían servido—. En comparación, estas me parecen sosas.

De pronto se oyó una carcajada. Había sido Fox.

—Mi padre también es un cocinero horroroso —apuntó, y se aclaró la garganta—. Nos encanta cocinar a la barbacoa. Él siempre dice que la carne queda «chamuscada» —añadió.

—Pero en realidad queda carbonizada, ¿verdad? —preguntó Gunner.

—Exacto.

44 —Mi padre —empezó Erik con cierta timidez. Me sorprendió que quisiera unirse a la conversación, pero lo cierto es que me gustó—. A mi madre y a él les apasiona una receta en particular. Es un plato que requiere fritura. La última vez que él se encargó de cocinarla, se marchó y dejó el fuego encendido. El humo era tal que tuvieron que mudarse un par de días conmigo para ventilar toda la casa.

—¿Tienes una habitación de invitados? —preguntó Kile.

Erik negó con la cabeza.

—No: mi comedor se convirtió en mi habitación. Toda una suerte teniendo en cuenta que mi madre se levanta a las seis de la mañana para limpiar.

Gunner se rio mientras asentía con la cabeza.

—¿Por qué todos los padres hacen eso? ¿Y por qué lo hacen siempre cuando no tienes que madrugar?

Entrecerré los ojos.

—¿No podéis pedirles que no lo hagan?

Aquel comentario pareció divertir a Fox.

—Tal vez tú sí, alteza.

Sabía que me estaba tomando el pelo, pero sin mala intención.

Hale fue el siguiente en hablar.

—Ya que sacas el tema... ¿Soy el único al que le preocupa perder la competición y tener que volver a casa después de varias semanas viviendo como marajás? —preguntó, y señaló la mesa y el salón.

—A mí no —respondió Kile.

Los chicos se echaron a reír. Todo el mundo empezó a contar historias, anécdotas divertidas que se encadenaban entre ellas. Cada comentario daba lugar a un nuevo recuerdo. La conversación se volvió tan ruidosa y las risas tan escandalosas que nadie se percató de la doncella que había entrado en el salón. Hizo una reverencia y se acercó a mí.

—Su madre se ha despertado.

Sentí un torbellino de emociones, decenas de sentimientos que no fui capaz de identificar, excepto uno: alegría, alegría en estado puro.

—¡Gracias! —exclamé.

Salí pitando del salón. Estaba tan asustada que ni siquiera esperé a Kaden y Osten.

Volé hasta el ala de palacio donde estaba la enfermería. Cuando llegué a la puerta de su habitación, inspiré hondo y traté de recuperar el aliento. Abrí la puerta poco a poco. El monitor que controlaba su corazón seguía pitando a ritmo constante. De repente, justo cuando ella me vio, se aceleró.

—¿Mamá? —murmuré.

Papá miró por encima del hombro. Aunque tenía los ojos rojos de tanto llorar, su sonrisa era genuina.

—Eadlyn —susurró ella, y extendió la mano.

Me acerqué a su lado. Tenía los ojos tan llenos de lágrimas que apenas podía verla.

—Hola, mamá. ¿Cómo estás? —pregunté. Le cogí la mano, tratando de no apretar demasiado.

—Me duele un poco —respondió, lo que significaba que debía de dolerle muchísimo.

—Bueno, ahora tómate tu tiempo para recuperarte, ¿de acuerdo? No tengas ninguna prisa.

—¿Cómo estás, cielo?

Estiré la espalda con la esperanza de sonar más convincente.

—Lo tengo todo bajo control. Kaden y Osten están bien. De hecho, llegarán en cualquier momento. Ah, y esta noche tengo una cita.

—Buen trabajo, Eady —me felicitó papá con una sonrisa. Después se volvió a mamá—. ¿Lo ves, cariño? No me necesitan. Puedo quedarme aquí contigo.

—¿Ahren? —llamó mamá casi sin aliento.

Abatida, abrí la boca, dispuesta a contarle que todavía no había llamado, pero papá se me adelantó.

—Ha llamado esta mañana.

Me quedé boquiabierta.

—¿Ah, sí?

—Esperaba poder coger un avión mañana mismo, pero por lo visto han surgido complicaciones. Estaba tan nervioso que ni siquiera podía hablar. Me ha pedido que te diga que te quiere.

Albergaba la esperanza de que esa última frase estuviera dedicada a mí, pero papá tenía la mirada fija en mamá.

—Quiero que mi hijo esté aquí —suplicó ella con voz temblorosa.

—Lo sé, cariño. Pronto —la tranquilizó él, que le acarició la mano.

—¿Mamá? —llamó Osten. Sin esperar respuesta, entró en la habitación. Jamás lo había visto tan emocionado.

Kaden apareció después. Aunque se esforzaba por no llorar, le temblaba la barbilla y tenía los ojos vidriosos.

—Hola —jadeó mamá, que trató de regalarles la más grande de las sonrisas.

Osten se abalanzó sobre ella y la abrazó. Mamá hizo una mueca de dolor, pero no se quejó.

—Nos hemos portado muy bien —prometió.

Mamá sonrió.

—Pues dejad de hacerlo. De inmediato.

Todos nos echamos a reír.

—Hola, mamá —saludó Kaden, que le dio un beso en la mejilla. El pobre estaba tan asustado que no se atrevía a tocarla.

Ella le pellizcó el moflete. Daba la impresión de que el mero hecho de tenernos a su lado le daba fuerzas. Me pregunté qué habría hecho si Ahren hubiera estado allí. ¿Saltar de la cama?

—Quería que supierais que estoy bien —resopló. Articular aquellas palabras le supuso un esfuerzo casi sobrehumano, pero en ningún momento borró la sonrisa—. Creo que me llevarán a la primera planta mañana mismo.

Papá asintió.

—Sí. Los médicos nos han dicho que si no surge ningún contratiempo, mamá puede recuperarse en su habitación.

—Eso sería genial —dijo Kaden con alegría—. Eso significa que casi casi ya estás bien.

No quería aguarle la fiesta, ni a él ni a Osten. Kaden era un niño listo, que calaba a todo el mundo a la primera, así que era imposible engañarlo. Tal vez pensaba que, si lo decía en voz alta, su deseo se haría realidad.

—Exacto —respondió mamá.

—Muy bien —resolvió papá—. Ya la habéis visto. Ahora quiero que volváis a centraros en vuestros estudios. No olvidéis que tenemos un país que gobernar.

—Eadlyn nos había dado el día libre —protestó Osten.

Me sonrojé. Al despertarnos, les había ordenado que se tomaran el día libre. Quería que jugaran, que se divirtieran.

Mamá se rio. Fue una risa débil, pero aun así hermosa.

—Qué reina tan generosa.

—Todavía no soy reina —protesté.

Ni se imaginaba lo agradecida que estaba porque la legítima reina estuviera viva, hablara y sonriera.

—Da lo mismo —dijo papá—, tu madre necesita descansar. Os prometo que podréis venir a visitarla antes de iros a dormir.

Aquello apaciguó el ánimo de mis hermanos. Se despidieron de mamá y se marcharon corriendo.

—Te quiero —susurré, y le di un beso en la frente.

—Mi niña —jadeó ella, que me acarició el pelo—. Te quiero.

Aquello fue como un chute de adrenalina, la primera inyección de energía que me ayudaría a superar el día. Y sabía que por la noche me esperaba una segunda: estaba emocionada por la cita con Kile Woodwork.

Salí de la enfermería y me topé con otro Woodwork.

—¿Marlee? —pregunté.

Estaba sentada en un banco, retorciendo un pañuelo con las manos y con la cara ligeramente hinchada, como si hubiera estado llorando.

—¿Estás bien?

Ella sonrió.

—Más que bien. Estaba aterrorizada. Creí que no lo conseguiría y…, la verdad, no sé qué habría hecho sin ella. Llevo toda la vida en palacio, a su lado. Este es mi mundo.

Me senté y abracé a la mejor amiga de mi madre. Ella apoyó la cabeza en mi hombro, como si fuera su propia hija. No pude evitar entristecerme: no estaba exagerando. Un fugaz vistazo a las cicatrices de sus manos bastaba para intuir la dramática historia que se escondía tras aquella mujer. Había sido una rival muy digna, pero también una traidora malvada. Ahora se había convertido en la confidente más fiel. Cuando rememoraban viejos tiempos, siempre pasaban por alto algunos detalles, pero nunca me atreví a indagar. No era asunto mío. Sin embargo, sospechaba que, a veces, Marlee sentía que todavía no se había ganado el perdón de mis padres. Por eso su marido y ella los trataban con extrema devoción.

—Un pajarito me ha dicho que tenía visita. Me muero por verla, pero no quería interrumpir.

—Mis hermanos acaban de irse. ¿No los has visto pasar por aquí? Si quieres charlar con ella, lo mejor es que te des prisa o volverá a dormirse. Sé que le encantaría verte.

Se secó las mejillas.

—¿Qué tal estoy?

Sonreí.

—Terriblemente deplorable —bromeé, y la estreché con fuerza—. Corre, ve a la habitación. Por cierto, ¿te importaría echarles un vistazo de vez en cuando? Sé que no podré volver hasta mañana.

—No te preocupes. Si hay cualquier novedad, serás la primera en saberlo.

—Muchas gracias.

Después de un último abrazo, se marchó corriendo a la enfermería. Suspiré e intenté disfrutar de ese breve instante de tranquilidad. De momento, todo parecía ir viento en popa.

49

Capítulo 6

$\mathcal{K}$ile me acompañó hasta el jardín. Estaba cariñoso, pues no me quitó la mano de la cintura en ningún momento. Era una noche tranquila y la luna brillaba con todo su esplendor.

—Esta mañana has estado espectacular —dijo. Meneó la cabeza—. Todos estamos preocupados por tu madre. Además, se me hace extraño no ver a Ahren pululando por palacio. ¿Y qué me dices de Kaden? Nunca le había visto tan… desorientado.

—Ha sido horrible. Y piensa que Kaden es el más cuerdo de la familia.

—No le des más vueltas. Es normal que esté un poco alterado con todo lo que ha ocurrido.

Me acerqué un poco más a Kile.

—Ya lo sé. Pero es muy duro ver a alguien tan frío e impasible así de vulnerable.

—Por eso el desayuno de hoy ha sido genial. Pensaba que sería una situación incómoda y dolorosa, que nadie querría hablar de lo que estaba sucediendo. De hecho, había apostado que nadie diría ni mu en todo el desayuno. Y, de repente, tú has sacado ese tema. Ha sido genial. No olvides que tienes esa habilidad —dijo, y me señaló con el dedo.

—¿Qué habilidad? ¿Distraerme? —pregunté con ironía.

—No —respondió—. Me refiero a la capacidad de calmar

los ánimos —añadió tras pensárselo un momento—. No es la primera vez que te lo veo hacer. Lo has hecho en fiestas y en varios *Reports*. Le das la vuelta a la tortilla con una facilidad pasmosa. No todo el mundo puede hacerlo.

Atravesamos el jardín y llegamos a una explanada inmensa tras la que se extendía un bosque muy frondoso.

—Gracias. Significa mucho para mí. Llevo un par de días histérica.

—Es completamente normal.

—Aunque no es solo por mamá —admití. Me paré y apoyé las manos en las caderas. No estaba segura de poder confiarle todo lo que había pasado en las últimas veinticuatro horas—. Ahren me dejó una carta. ¿Sabías que el pueblo de Illéa está descontento con la monarquía? O, para ser más exactos, conmigo. Ahora soy yo la que está al cargo del país. Entre tú y yo, no las tengo todas conmigo. Me da miedo que se rebelen contra mí. En cierta ocasión, me arrojaron fruta podrida. Y he leído varios artículos que me dejan a la altura del betún... ¿Y si vienen a por mí?

—¿Y si vienen... qué? —bromeó—. Tendrás que barajar distintas opciones. Puedes declarar una dictadura, eso pondría a todo el mundo a raya. O puedes convertir Illéa en una república federal o en una monarquía constitucional... Oh, o mejor aún, ¡en una teocracia! Cederías todo el poder a la Iglesia.

—Kile, ¡estoy hablando en serio! ¿Y si me deponen?

Me acarició la barbilla.

—Eadlyn, eso no va a pasar.

—¡Pero ha pasado antes! Así murieron mis abuelos. El pueblo asaltó el palacio y los asesinó. Y no olvidemos que todo el mundo veneraba a mi abuela —me lamenté. Los ojos se me humedecieron.

Puf, ¡llevaba dos días llorando a moco tendido! Me sequé las lágrimas y, con disimulo, le rocé los dedos.

—Escúchame. Fueron cuatro radicales. Lo sabes. La gente de Illéa está demasiado ocupada tratando de sobrevivir en su

51

día a día. Dudo mucho que alguien dedique un solo minuto a amargarte la vida.

—Pero no puedo descartarlo —susurré—. En las últimas semanas, casi todo lo que creía indestructible se ha venido abajo.

—¿Quieres…? —Me fulminó con la mirada—. ¿Necesitas evadirte?

Tragué saliva. Hacía una noche preciosa y estábamos los dos solos, como el día en que nos dimos nuestro primer beso. Solo que esta vez nadie nos estaba espiando para después vender nuestra fotografía a todos los periódicos del país. Nuestros padres estaban ocupados en otras cosas y ningún guardia de seguridad nos había seguido hasta allí. Y eso significaba que, durante unos segundos, nada me impedía hacer lo que realmente me apetecía.

—Haría cualquier cosa por ti, Eadlyn. Pídeme lo que quieras —murmuró.

Sacudí la cabeza.

—Pero no puedo pedírtelo.

Él me lanzó una mirada confusa.

—¿Por qué no? ¿He hecho algo mal?

—No, idiota —respondí. Me separé de él—. Por lo visto… —resoplé—. Parece que has hecho algo «demasiado» bien. No puedo besarte como si nada, porque, para mí, eres algo más que eso.

Clavé la mirada en el suelo, molesta y un poco ofendida.

—¡Y todo por tu culpa, por cierto! —le acusé mirándole directamente a los ojos—. Estaba la mar de bien cuando no me gustabas, cuando no me gustaba nadie —protesté. Me cubrí la cara con las manos—. Ahora ya no hay marcha atrás. Estoy tan perdida que apenas puedo pensar con claridad. Lo único que sé es que me importas —admití. Cuando reuní el valor necesario, volví a mirarle a la cara y vi que él sonreía con suficiencia—. Por el amor de Dios, deja de poner esa cara de engreído.

—Lo siento —dijo aún con la sonrisa en la cara.

—Estoy muerta de miedo. Ni te imaginas lo que me cuesta reconocer todo esto.

Él se acercó.

—A mí también me asusta oírtelo decir.

—Estoy hablando en serio, Kile.

—¡Yo también! Para empezar, me aterra pensar qué significa. Tú ostentas un título y ocupas un trono. Ambos sabemos lo que te espera. No es fácil asimilar algo así. De hecho, a mí me sigue pareciendo una cosa de locos. Pero eso no es todo. Te conozco desde hace años. Sé que prefieres ocultar las cartas antes que mostrarlas. Reconocer algo así ha tenido que ser casi doloroso para ti.

Asentí.

—No estoy diciendo que esté loca por ti…, pero casi.

Él se echó a reír.

—Quién lo iba a decir, ¿verdad?

—Kile, no quiero malentendidos. Necesito que seas sincero conmigo. ¿Sientes algo por mí? ¿Un atisbo de amor aunque sea? Si tu respuesta es no, tendré que hacer planes.

—¿Y si la respuesta es sí?

Levanté los brazos y los dejé caer de nuevo.

—Pues tendré que hacer planes, por supuesto, pero serán distintos.

Él soltó un suspiro.

—Tú me gustas, Eady. Me gustas mucho. Y los dibujos que hago últimamente así lo demuestran.

—Eh…, ¿son cursis?

Se rio entre dientes.

—No, pero son bastante románticos. En general me gusta dibujar rascacielos, albergues para los sin techo, casas bonitas o que, simplemente, hagan la vida más fácil a la gente. Pero el otro día te diseñé una casita de verano, un palacio en miniatura rodeado de viñedos. Y esta mañana he tenido una idea brillante para una casa en la playa.

Ahogué un grito.

—¡Siempre he querido una casa en la playa!

—¿Para qué? Estarás demasiado ocupada gobernando el mundo.

—Pero la idea me parece perfecta.

Él se encogió de hombros.

—Todas las ideas que se me ocurren últimamente son proyectos dedicados a ti.

—Eso significa mucho. Sé lo importante que es tu trabajo.

—No es por el trabajo en sí. Me importas, eso es todo.

—De acuerdo. ¿Qué te parece si, por ahora, lo dejamos así? Ambos queremos continuar con esto, sabemos lo que sentimos el uno por el otro. Seguimos adelante y ya veremos qué ocurre.

—Me parece justo. No pretendo desanimarte, pero es demasiado pronto para llamar a esto «amor».

—¡Desde luego! —dije. No podía estar más de acuerdo—. Es demasiado pronto. Demasiado precipitado.

—Y demasiado serio.

—Demasiado aterrador —añadí.

Él soltó una carcajada.

—¿Tanto como ser destronada?

—¡Como mínimo!

—Vaya —exclamó. Kile no podía dejar de sonreír, probablemente porque jamás se había planteado que podríamos gustarnos—. Y bien, ¿ahora qué?

—Continuaré con la Selección. No quiero herir tus sentimientos, pero debo seguir con el proceso. Necesito estar segura al cien por cien.

Él asintió con la cabeza.

—Me parece lo más acertado.

—Gracias, señor.

Nos quedamos callados. El único ruido que se oía era el viento acariciando las briznas de hierba.

Kile se aclaró la garganta.

—Deberíamos comer algo.

—Buena idea, siempre y cuando no tenga que cocinarlo yo.

54

Me rodeó el hombro con el brazo y volvimos a palacio. Toda aquella escena era típica de «novios», pero me sentía cómoda.

—La última vez lo hiciste de maravilla.

—Lo único que aprendí es que la mantequilla es el ingrediente básico para cualquier cosa.

—Pues ya lo sabes todo.

Al día siguiente, lo primero que hice fue ir corriendo a la enfermería. Me moría de ganas de ver a mamá. Daba igual que estuviera dormida. Solo necesitaba comprobar que seguía viva. Cuando abrí la puerta de su habitación, me llevé una grata sorpresa. Se había acomodado en el sillón y estaba bien despierta. Papá, en cambio, roncaba como un lirón tendido en la cama.

Al verme, dibujó una sonrisa y se llevó un dedo a los labios, para que hiciera el menor ruido posible. Papá dormía con la cabeza apoyada en su regazo.

Entré en la habitación de puntillas y le di un beso en la mejilla.

—No he podido pegar ojo en toda la noche —susurró. Me dio un abrazo—. Todos estos tubos y pitidos son un fastidio, la verdad. Cada vez que me despierto, él está ahí, vigilándome. Me encanta verle dormir.

—A mí también. Estos días han sido un calvario para él.

Mamá sonrió.

—Uf, ha pasado por momentos peores, créeme. Sobrevivirá.

—¿Qué te han dicho los médicos hoy?

—Todavía no han venido. Les pedí que esperaran a que tu padre hubiera descansado un poco. Me subirán a mi habitación enseguida, ya lo verás.

Mi madre era una mujer maravillosa. Acababa de sufrir un ataque al corazón que casi le costó la vida y prefería que su marido durmiera una siesta a poder descansar en su propia habitación. Aunque encontrara al chico ideal, jamás podría ser como ella.

—¿Cómo estás, cielo? ¿Te están ayudando? —preguntó sin dejar de acariciar el pelo de su marido.

—He despedido a Coddly. Creo que ayer no te lo dije.

Se quedó de piedra.

—¿Qué? ¿Por qué?

—Oh, por un detalle sin importancia. Estaba empeñado en declararle la guerra a Francia.

Ella se llevó una mano a la boca, tratando de contener la risa por cómo había rechazado la idea. De repente, se le borró la sonrisa, torció el gesto y apoyó las dos manos sobre el pecho.

—¿Mamá? —pregunté alzando un poco la voz.

Papá abrió los ojos de inmediato.

—¿Cariño? ¿Qué ocurre?

Ella negó con la cabeza.

—Solo son los puntos. Estoy bien.

Papá se desperezó y se incorporó sobre la cama. Opinaba que ya había descansado lo suficiente. Ella probó de retomar la conversación para desviar la atención.

—¿Y cómo va la Selección? ¿Alguna novedad?

Hice una pausa.

—Bueno..., va bien, o eso creo. Estos últimos días han sido una locura. No he tenido ningún momento libre, así que no los he visto, pero pienso dedicarles más tiempo a partir de hoy mismo. Además, el *Report* está a la vuelta de la esquina.

—Cielo, sabes que nadie te criticaría si anularas la competición. Esta semana ha sido un verdadero infierno para ti. Soy consciente de ello. Y ahora eres la reina regente. No sé si podrás con todo.

—Son chicos estupendos —intercedió papá—, pero si te roban demasiado tiempo...

Suspiré.

—Dejemos de evitar el tema, por favor. Soy consciente de que no soy la persona más querida de esta familia. La opinión pública me detesta. Aseguráis que nadie me lo reprocharía, pero estoy convencida de que el país entero se me echaría encima. —Mis padres compartieron una mirada cómplice; al parecer, querían rebatir mi argumento, pero al mismo tiempo pretendían ser sinceros—. No sé si llegaré a ser reina algún día, pero, si ocurre, debo ganarme a mi pueblo.

—¿Y crees que elegir un marido es la mejor forma de conseguirlo? —preguntó mamá, que no parecía del todo convencida.

—Sí. El problema es la percepción que tienen de mí. Creen que soy una chica fría y calculadora. La mejor forma de demostrarles lo contrario es casándome. También creen que soy masculina, dictatorial. Y, para qué engañarnos, una novia vestida de blanco no es ni masculina ni dictatorial.

—No estoy tan segura, cielo. No sé si deberías continuar con la Selección —apuntó mamá.

—¿Hace falta que os recuerde que fue idea vuestra?

Ella meneó la cabeza.

—Escucha a tu hija —murmuró papá—. Es una chica lista. Lo ha heredado de mí.

—¿No deberías dormir un poco más? —replicó ella sin emoción alguna.

—No, estoy fresco como una lechuga —bromeó mi padre.

Mentía, claro, aunque no sabía si lo hacía porque quería continuar la conversación o porque necesitaba centrar su atención en su esposa.

—Papá, cualquiera que te viera diría que te acaba de atropellar un camión.

—Eso también lo has debido de heredar de mí.

—¡Papá!

Todos nos reímos, incluida mamá.

—¡Por favor! Tus chistes son malísimos. Van a acabar conmigo, así que, te lo suplico, déjalo.

Él la miró con ternura y esbozó una sonrisa.

—Haz lo que creas que debas hacer, Eadlyn. Nosotros te apoyaremos en todo.

—Gracias. Y, por favor, descansad. Os lo digo a los dos.

—Por Dios, qué mandona es —se lamentó mamá.

Papá asintió.

—Lo sé. ¿A quién habrá salido?

Los miré una última vez. Papá me guiñó el ojo. Daba igual quién quisiera destruirme: sabía que podía contar con ellos.

Me marché y subí al despacho. Nada más entrar me llevé una agradable sorpresa: sobre la mesa había un ramo de flores precioso.

—Por lo visto alguien cree que estás haciendo un gran trabajo —observó Neena, que había empezado a tutearme tal como le había pedido.

—O cree que el estrés me va a matar y se ha adelantado —bromeé.

Me negaba a admitir que aquella sorpresa me había gustado.

—Anímate. Lo estás haciendo de maravilla —insistió ella, que tenía los ojos clavados en la tarjeta que acompañaba el ramo.

Olí las flores. Mi ahora mano derecha soltó un gemido y levantó la nota para que pudiera leerla.

> El otro día, al despedirnos, me dio la impresión de que estabas un poco triste. Con este regalo pretendo que empieces el día con el pie derecho. Ya sabes que me tienes para lo que necesites.
>
> MARID

Sonreí y se la di a Neena. Al leerla, soltó un suspiro un tanto exagerado y volvió a admirar aquel ramo gigantesco.

—¿Quién las envía? —preguntó el general Leger al entrar.

—Marid Illéa —respondí.

58

—He oído que pasó por palacio. ¿Vino a traer regalos o quería alguna cosa más? —preguntó con tono escéptico.

—Por extraño que parezca, vino a ver si necesitaba algo. De hecho, se ofreció a echarme una mano con la opinión pública. Él conoce muy bien cómo es la vida fuera de los muros de este palacio.

El general se acercó a la mesa y observó aquel ramo tan extravagante.

—No sé qué pensar. Las cosas no acabaron muy bien entre tu familia y la suya.

—Lo recuerdo, cómo olvidar algo así. Pero tal vez, cuando llegue mi momento, me venga bien su ayuda. Creo que puedo aprender mucho de él.

Él sonrió y suavizó el tono.

—Este es tu momento, alteza. Pero ten cuidado con aquellos en quien confías, ¿de acuerdo?

—Sí, señor.

Neena seguía embobada mirando las flores.

—Alguien debería decirle a Mark que se espabile. Acaban de concederme un ascenso. ¿Dónde están mis flores?

—Quizá prefiera dártelas en persona. Es mucho más romántico —dije.

—¡Buf! Se pasa el día trabajando —respondió—. Si hubiera una plaga mortal en palacio y, por alguna razón, alguien me nombrara reina del país, tampoco podría pedirse un día libre. Siempre está ocupado.

Aunque intentaba quitarle hierro al asunto, sabía que se sentía triste.

—Pero le apasiona su trabajo, ¿verdad?

—Ah, sí, le encanta la investigación. El problema es que nunca tiene tiempo y…, bueno, la distancia.

No sabía qué más decirle para consolarla, así que decidí retomar el tema del ramo.

—Es un poco exagerado, ¿no crees?

—Es un ramo perfecto.

Negué con la cabeza.

—En cualquier caso, debería ponerlas en otro sitio.

—¿No quieres verlas? —preguntó Neena con cierta incredulidad, y se inclinó para coger el jarrón.

—No. Necesito tener el escritorio libre.

Se encogió de hombros. Con sumo cuidado, llevó las flores al vestíbulo. Me senté tras el escritorio e intenté concentrarme. Si quería ganarme a mi pueblo, tenía que centrarme. Ese era mi objetivo. Ahren me había ayudado a verlo.

—¡Espera! —rogué, aunque la orden sonó un poco más severa de lo que pretendía—. Déjalas donde estaban.

Ella esbozó una mueca y las depositó sobre el escritorio.

—¿Qué te ha hecho cambiar de opinión?

Eché un vistazo al ramo y acaricié algunos pétalos.

—Acabo de acordarme de que a una reina también pueden gustarle las flores.

Capítulo 7

*E*l día se me pasó volando. Llegó la hora de cenar. Por un momento, temí quedarme dormida sobre el plato. Me planteé saltarme la cena. Sabía que todo el mundo me lo perdonaría. Las cenas solían ser tranquilas, a menos que yo hiciera algo para animarlas. Pero cuando bajé la escalera y vi a la abuela Singer atizando a un mayordomo con el bolso, supe que esa noche no iba a ser en absoluto aburrida.

—¡No me vengas con que no puedo presentarme a estas horas! —gritó, y le mostró un puño enclenque y sin fuerza.

Me mordí la lengua para evitar echarme a reír.

—No he dicho eso, señora —respondió él un poco angustiado—. Solo he dicho que había venido tarde.

—¡Aun así la reina querrá verme!

La abuela Singer era una criatura salvaje, desde luego. Si alguna vez me veía en la obligación de declararle la guerra a algún país, sería bajo la condición de que ella estuviera en el frente. Al cabo de menos de una semana, se plantaría en Illéa y traería al enemigo por la oreja.

Me acerqué al vestíbulo.

—Abuela.

Se volvió de inmediato. Al verme, su expresión se volvió tierna y dulce.

—Oh, ahí está mi niña. La tele no te hace justicia. ¡Estás espléndida!

Me agaché para darle un beso en la mejilla.

—Gracias..., supongo.

—¿Dónde está tu madre? Llevo días queriendo venir a verla, pero May insistió en que esperara.

—Está mucho mejor. Si quieres, te acompaño a verla, pero ¿no preferirías comer algo antes y recuperarte del viaje? —pregunté, y señalé el comedor.

La abuela se mudó a palacio poco después de que mis padres se casaran. Vivió allí varios años, pero no estaba hecha para esa vida. Mamá insistió porque sabía que allí no le faltaría de nada, pero mi abuela era más terca que una mula, así que un día hizo las maletas y se marchó. Vivía a tan solo una hora en coche de la capital, pero para ella el viaje era larguísimo.

—Eso sería maravilloso —dijo, y me agarró del brazo—. Así es como uno debe tratar a los mayores. Con un poco de respeto —apuntó, y fulminó con la mirada al pobre guardia.

El hombre seguía estupefacto y con las maletas de la abuela en la mano.

—Gracias, oficial Farrow. Por favor, lleva las maletas a la habitación de invitados de la tercera planta, la que tiene vistas al jardín.

Él hizo una reverencia y desapareció por un pasillo. Algunos de mis pretendientes ya estaban en el comedor. Al ver a mi abuela, la madre de la reina, se quedaron como pasmarotes. Fox fue el primero en acercarse y presentarse.

—Señora Singer, es un placer conocerla —dijo, y extendió la mano.

—Qué chico tan mono, Eady. Fíjate, qué carita —señaló la abuela, que ni corta ni perezosa le pellizcó la mejilla.

Él se limitó a sonreír.

—Sí, abuela, ya lo sé. En parte, por eso sigue aquí —susurré.

Articulé la palabra «perdón». Fox meneó la cabeza: se enorgullecía de que mi abuela le hubiera dado el visto bueno.

Gunner, Hale y Henri también se acercaron a saludarla,

así que aproveché ese momento para poder charlar con Erik.

—¿Estás ocupado mañana?

Él entrecerró los ojos.

—Creo que no. ¿Por qué lo preguntas?

—Quería organizar una cita con Henri.

—Oh —exclamó, y apretó los labios, como reprendiéndose por haber entendido otra cosa—. No, los dos tenemos el día libre.

—Perfecto. No le digas nada —advertí.

—Claro que no.

—¿Qué? —oí gritar a la abuela—. ¿Puedes repetir eso?

Erik se dio media vuelta y se entrometió en la conversación.

—Lo siento, señora. Henri nació en Swendway y solo habla finés. Soy su traductor. Dice que es un placer conocerla.

—Ah, de acuerdo, de acuerdo —dijo la abuela, que le estrechó la mano—. ¡¡¡Un placer conocerle!!!

Me deslicé hacia la mesa principal.

—No está sordo, abuela.

—¿Y? —respondió sin dar más explicaciones.

—¿Has hablado con el tío Gerad?

—A Gerad le encantaría estar aquí, pero está enfrascado en un proyecto muy urgente. Ya sabes que no entiendo una palabra de lo que dice —dijo, e hizo un gesto con la mano, como si pretendiera espantar la terminología que mi tío solía usar al hablar—. Kota también llamó, por cierto, aunque no sé si al final vendrá a verla o no. Sé que tu madre y él han intentado dejar sus diferencias a un lado y llevarse bien, pero es imposible. Pierden los estribos. Aunque Gerad ha cambiado a mejor. Tal vez su esposa tenga algo que ver.

Le cedí mi asiento en la mesa. Sabía que no era algo permanente, pero se me hizo extraño sentarme en la silla de papá. Tenía la sensación de... estar robándole algo.

—La tía Leah parece una persona muy tranquila —apunté—. Se dice que los polos opuestos se atraen. Tal vez sea cierto.

63

Los mayordomos no tardaron en servirle un plato de sopa a mi abuela, pues sabían que la paciencia no era una de sus virtudes. Ella removió el caldo y yo no pude contener la sonrisa.

—¿Que si los polos apuestos se atraen? En nuestro caso, sí. Y en el de tus padres, también.

Ignoré mi plato de sopa y apoyé la barbilla sobre una mano.

—¿Cómo era el abuelo?

—Era un santo varón. Siempre quería hacer lo correcto. Pero también era testarudo y nunca nunca se rendía. Ojalá le hubieras conocido.

—Me habría encantado.

Dejé que cenara tranquila y eché una ojeada al salón. Kile era mi polo opuesto: era humilde, y yo, orgullosa y terca. Henri siempre veía el vaso medio lleno, y yo, medio vacío. Ean, Fox, Gunner... Todos tenían algo que compensaba algún rasgo de mi personalidad.

—¿Ahren y esa chica francesita también son como dos polos opuestos? —preguntó la abuela, que ni siquiera se tomó la molestia de ocultar su desdén.

Medité la respuesta.

—No, en realidad no. Pero están hechos el uno para el otro. Es como si fueran las dos mitades de un mismo corazón, pero en cuerpos distintos —expliqué. De pronto, se me humedecieron los ojos. Estaba agotada y lo añoraba muchísimo—. Ni te imaginas cuánto la quiere.

Ella gruñó.

—Lo suficiente como para fugarse con ella.

—Exacto, abuela. Está enamorado hasta las trancas. No soportaba estar lejos de ella. Quizá fue una decisión difícil y dolorosa, pero prefirió abandonar a su familia, su hogar y su país. Además, corría el riesgo de que no lo recibieran bien en Francia.

Mi abuela enseguida notó que estaba triste. Entrelazó su mano con la mía.

—¿Estás bien, cielo?

Recobré la compostura.

—Por supuesto. Un poco cansada, eso es todo. Debería irme a dormir —contesté. Justo en ese instante Kaden y Osten entraron corriendo en el comedor como dos energúmenos. La escapatoria perfecta—. Los chicos te acompañarán a ver a mamá.

La abuela se puso a gritar, loca de contenta:

—¡Mis niños!

Aproveché ese momento de distracción y me escabullí de puntillas hacia el otro lado del salón, donde estaba Henri.

Le di una palmadita en el hombro. Él levantó la vista del plato con una sonrisa, como siempre.

—¡Buenos días hoy!

Me reí entre dientes.

—¿Te gustaría almorzar conmigo mañana?

Esperé a que Erik tradujera mi invitación, pero Henri alzó la mano y se concentró.

—¿Almorzar? ¿Mañana? —preguntó.

—Sí.

—¡Bien, bien! ¡Sí!

Sonreí.

—Hasta mañana entonces.

Salí del comedor no sin antes mirarlos de reojo: Henri sujetaba a Erik por los hombros y lo zarandeaba con fuerza. Era evidente que la propuesta le había entusiasmado y parecía satisfecho y orgulloso de haber podido charlar conmigo sin la ayuda de su intérprete. Erik le felicitó varias veces. Como cabía esperar, se alegró por su amigo…, pero lo cierto es que lo había visto más contento en otras ocasiones.

Miré el reloj. Pasaban diez minutos de medianoche. Si me dormía ahora mismo, podría descansar cinco horas enteras.

No tardé ni diez minutos en darme cuenta de que no lo

conseguiría. Qué rabia. Antes, en cuanto acababa mi jornada laboral, salía del despacho y desconectaba. Tenía la asombrosa capacidad de evadirme de los problemas y disfrutar del tiempo libre. Ahora, en cambio, todas las tareas que había dejado pendientes seguían rondándome por la cabeza. Y así era imposible descansar.

Me puse la bata, me pasé los dedos por el pelo. Sin calzarme, salí al pasillo. Creí que, si me encerraba en el despacho y avanzaba algo de trabajo, mi cerebro se calmaría y tal vez así podría conciliar el sueño. Pero para ello necesitaba un café doble.

Era demasiado tarde y las doncellas de palacio ya se habían retirado, así que bajé a las cocinas. Siempre había alguien pululando por allí, preparando el desayuno o fregando la vajilla de la cena. Alguien me ayudaría a preparar una taza de café. Rodeé el rellano de la segunda planta. Al toparme con una figura oscura, me sobresalté.

—¡Oh! —exclamó Erik cuando chocamos.

Me ajusté un poco la bata y me pasé una mano por el pelo para disimular. No quería que me viera tan vulnerable.

Él se hizo a un lado. Durante unos segundos, jugueteó con los dedos. Luego hizo una reverencia, pero fue un gesto tan torpe y apresurado que no pude contener la risa.

Vi que él se reía por lo bajo. Había sido un momento de lo más absurdo. Él también vestía pijama, unos pantalones azules de rayas y una camiseta de algodón blanca. Iba descalzo.

—¿Qué haces despierto a estas horas? —pregunté.

—Desde que anunciaste la Élite, Henri se ha tomado muy en serio sus clases de inglés —le había rogado que él también me tuteara—. Y, puesto que mañana le espera una cita contigo, quería estar preparado. No me ha dado un respiro… Iba a la cocina a prepararme un té caliente con miel. Se supone que la miel te ayuda a dormir largo y tendido —explicó, pero lo hizo rapidísimo, como si le preocupara aburrirme con aquella historia.

—¿Ah, sí? Pues me guardo la receta para mañana. Yo

también iba a la cocina, pero a pedir un café bien cargado.

—Alteza, sé que eres una mujer inteligente, así que, por favor, no te ofendas por lo que voy a decirte: un café no te ayudará a dormir. En absoluto.

Me reí con cierto nerviosismo.

—No, ya lo sé. Quería ponerme a trabajar. Últimamente me cuesta mucho dormir y no quiero perder el tiempo. Necesito sentirme útil.

—Estoy seguro de que siempre eres útil. Incluso cuando duermes.

Bajé la cabeza y deslicé la mano por la barandilla de la escalera. Bajé los primeros peldaños y él me siguió. Recordé la primera impresión que me había llevado de Erik: me había parecido un tipo mustio, de esas personas apagadas, sin chispa. Ahora sabía que aquella sencillez era su coraza; tras ella se escondía una persona inteligente, atenta y divertida. Aunque no acababa de comprender por qué se empeñaba en ocultar su verdadera personalidad, sabía que era muy distinto a lo que dejaba entrever.

—¿Y cómo le va a Henri con las clases de inglés?

Él se encogió de hombros y colocó las manos detrás de su espalda.

—No es para lanzar cohetes, pero bien. Como te he contado en alguna ocasión, tardará mucho tiempo en poder comunicarse por sí solo. Pero le pone muchísimo empeño y se lo está tomando más en serio que nunca —respondió. Se quedó unos segundos callado, valorando los avances de su alumno—. Perdón, debería habértelo preguntado antes: ¿cómo están tus padres? He oído que tu madre está despierta y se está recuperando.

—Sí, se encuentra mejor. Se suponía que iban a trasladarla a su habitación hoy mismo, pero los médicos han detectado algo raro en sus niveles de oxígeno y nos han aconsejado que se quede en la enfermería una noche más, solo por precaución. Mi padre hizo instalar un catre y duerme allí con ella todas las noches.

67

Erik sonrió.

—Supongo que cumplen a rajatabla aquello de «en la salud y en la enfermedad».

No podía estar más de acuerdo.

—Entre tú y yo, a veces me intimidan. Ojalá algún día pueda tener algo así con alguien, aunque ahora mismo me parece utópico.

Aquel comentario pareció divertirle.

—Es imposible conocer todos los entresijos de las relaciones de pareja. Ninguna relación es perfecta, ni siquiera la de tus padres. «Sobre todo» la de tus padres —recalcó, como si no fuera la primera vez que se lo planteara—. Pondría la mano en el fuego a que, algún año, tu padre metió la pata y le regaló algo horroroso por Navidad. Algo que ella le hizo pagar con al menos un día sin dirigirle la palabra.

—Ni por asomo.

Erik siguió en sus trece.

68

—Tienes que asumir que la perfección no existe. La imperfección es el equilibrio perfecto, créeme. Fíjate en tu hermano: en un arrebato romántico, se fugó con una chica y se casó con ella. Tal vez ahora esté descubriendo que ronca como un león y que no puede dormir a su lado.

Traté de contener la risa, pero al final se me escapó una carcajada. La imagen del pobre Ahren tapándose los oídos con varias almohadas me pareció de lo más graciosa.

—Es bastante probable —añadió, satisfecho por haberme sacado una sonrisa.

—¡Acabas de arruinar la imagen que tenía de Camille! ¿Qué voy a hacer la próxima vez que la vea? No podré mirarla sin echarme a reír.

—Pues hazlo —contestó—. Ríete. Piensa que la idea que solemos tener de la gente no siempre coincide con la realidad.

Sacudí la cabeza y suspiré.

—Sé que tienes razón. Y por eso cuido tanto mi imagen. No puedo dar un paso en falso porque podría echarlo todo a perder.

—¿Te refieres a la Selección?

—Hay momentos en que una sala llena de políticos me parecería más fácil de manejar que esos seis chicos. He tratado de conocerlos, pero soy consciente de que habrá un montón de detalles que se me habrán pasado por alto.

—Entonces, ¿te estás dejando guiar por la intuición, por ese sexto sentido femenino?

—Del todo.

—Pues déjame que te felicite porque has acertado de lleno con Henri. Es tan amable y cortés como aparenta, aunque supongo que ya lo habrás notado, porque, de lo contrario, no lo hubieras mantenido entre los finalistas —dijo.

Hubo algo en su tono de voz que me extrañó, como si le decepcionara tener que admitir que Henri era todo corazón.

Entrelacé las manos y me di cuenta de que habíamos pasado de largo por la cocina. Supuse que podría tomarme esa taza de café más tarde.

—No está siendo nada fácil para mí. Nunca creí que tuviera que celebrar una Selección. En otros tiempos, la mano de la princesa se ofrecía al heredero de otro país para mejorar o afianzar las relaciones internacionales, pero mis padres me juraron que jamás me harían pasar por eso. Y mírame ahora. Tengo a seis chicos dispuestos a casarse conmigo. Y todo el mundo espera que elija a uno para pasar el resto de mi vida con él. Para mí es... aterrador. Mi elección se basará en un puñado de impresiones, nada más. Solo espero que nadie me esté engañando.

Me arriesgué y le miré por el rabillo del ojo. Me escuchaba con atención, pero le noté un tanto cabizbajo.

—Suena aterrador, desde luego —susurró—. Me sorprende que funcionara tan bien en el pasado. No pretendo ser grosero, pero me parece un poco injusto.

No podía estar más de acuerdo con él.

—Eso fue exactamente lo que dije cuando me lo propusieron. Pero insistieron tanto en que diera una oportunidad a la Selección que al final...

—Al final… ¿No fue idea tuya?

Me quedé helada.

—Pero ¿querías que pasara o no?

Cuando te pillan mintiendo, sientes un leve cosquilleo por la espalda, una especie de sudor frío que te paraliza el cuerpo. Me asusté. Varios periódicos lo habían insinuado y mucha gente me acusaba precisamente de eso.

—Erik, esto debe quedar entre nosotros —susurré, aunque las palabras sonaron más bien como un ruego y no como una orden—. Reconozco que al principio no quería saber nada de la Selección. Pero ahora…

—¿Ahora estás enamorada? —preguntó con tono curioso y melancólico a la vez.

Me reí.

—Estoy ilusionada, aterrorizada, desesperada, emocionada. Me encantaría añadir la palabra «enamorada» a la lista. —Pensé en Kile y en la conversación que habíamos mantenido en el jardín. La palabra «amor» todavía nos venía grande, pero no me apetecía compartir con Erik lo que sentía por él—. A veces creo que estoy cerca, pero, hoy por hoy, la Selección es una de mis tareas pendientes. Y debo tacharla de la lista pronto. Por muchas razones. Y también por muchas personas.

—Espero que tú seas una de ellas.

—Claro —prometí—, aunque quizá no del modo que la gente cree.

No contestó. Seguimos caminando por aquel pasillo infinito en silencio.

—Júrame que no vas a explicarle nada de esto a nadie. No puedo creerme que te lo haya contado. Pero no me gustaría que te llevaras la impresión de que la Selección es una farsa porque…

Erik levantó una mano.

—No te preocupes por mí. Jamás te traicionaría. Sé que no es fácil ganarse tu confianza, así que no pienso arriesgarme a perderla.

Sonreí con timidez.

—Bueno, te la has ganado con creces. No has revelado ninguno de mis secretos, me has salvado de una pelea y me has traído una flor a pesar de no estar obligado.

—Solo era un diente de león.

—Es cuestión de perspectiva —le recordé. Al oír sus propias palabras no pudo evitar dibujar una sonrisa—. No tenías por qué, pero has hecho más por mí de lo que imaginas. Y por eso te has ganado mi confianza.

—Bien —respondió él—. Porque me tienes aquí para lo que necesites.

La sinceridad de Erik me dejó de piedra. Le miré directamente a los ojos y me quedé embobada: eran del mismo color del cielo, preciosos. Tenía el pelo azabache. Tal vez por eso resaltaban tanto sus ojos.

—¿De veras? —pregunté, aunque no tenía motivos para dudar de su palabra.

—Por supuesto —contestó él—. Dentro de unos años serás mi reina. Para mí es un privilegio poder ayudarte.

Me aclaré la garganta.

—Sí. Claro. Gracias. Me consuela saber que puedo contar contigo.

Erik me regaló una sonrisa amable. Tener a una persona como él a mi lado era una gran victoria, desde luego.

—Si me disculpas —dije, y retrocedí unos pasos—. Debería intentar dormir un poco.

Él hizo una reverencia.

—Claro. Sé que debo estar a la disposición de Henri, pero, por favor, si hay algo que pueda hacer por ti, no dudes en avisarme.

Me limité a sonreír. Luego di media vuelta y regresé a mi habitación con la cabeza bien alta.

Capítulo 8

—Serás la estrella del *Report* de esta noche —dijo Lady Brice, que no dejaba de andar de un lado para otro del despacho.

Le había pedido que empezara a tutearme.

A pesar de estar algo inquieta, sus andares eran elegantes y distinguidos. Era una mujer que nunca dejaba un cabo suelto. Eso me tranquilizaba. Papá también solía ser así. En más de una ocasión me había obligado a acompañarle a dar un paseo por los jardines para tratar de resolver algún problema.

—Nunca he hecho esto sola, pero saber que Gavril estará allí es un consuelo. Estoy segura de que me ayudará. Y ya he pensado en cómo abordar el tema de la Selección.

—Bien. Ya va siendo hora de que empieces a avanzar con el proceso —bromeó—. Y a propósito de la Selección, quería hablarte de algo. Quizá quieras incluirlo en tu discurso de esta noche.

La miré con los ojos entornados.

—¿De qué se trata?

—Pues… —empezó—. Ayer, Marid Illéa acudió a un programa de radio. Tenemos la grabación, por si quieres escucharla. En resumidas cuentas, varios periódicos aseguraron que había venido de visita a palacio y te había enviado un ramo de flores.

—¿Y?

—Y le preguntaron si significaba algo.

Estaba estupefacta.

—Pero estoy en mitad de una Selección. ¿Cómo…?

—Él dijo exactamente lo mismo. Pero también comentó que se arrepentía de haberse distanciado tanto de ti. Cree que eres una mujer hermosa, además de inteligente —añadió, y arqueó una ceja.

El corazón se me aceleró un poquito.

—¿En serio ha dicho eso?

Lady Brice asintió.

—¿Por qué diablos estamos hablando de esto? —solté, e intenté calmarme.

—Porque la prensa os ha relacionado y no puedes ignorarlo, Eadlyn. Ahora bien, el rumor puede echar por tierra tu Selección, dado que la gente podría creer que te importa un comino, o puede…

—Un momento, un momento. ¿Crees que eso podría pasar?

—Claro, si da la impresión de que abandonas a todos tus pretendientes por él…

—Vale, ya lo he pillado. ¿Cuál es la segunda opción?

—Una nueva incorporación. Añade otro pretendiente a la Élite.

Qué tontería, pensé.

—Corrígeme si me equivoco, pero las normas de la Selección son bastante claras. Dudo mucho que pueda saltármelas como me venga en gana sin llevarme una buena reprimenda.

Ella se encogió de hombros.

—Es un chico bastante popular.

—¿Tu consejo es que incluya a Marid Illéa en el proceso?

—No. Mi consejo es que tengas en cuenta que su visita ha salido a la luz pública. A partir de ahora, toda la prensa se fijará en como interactúas con él y con la Élite, así que ten cuidado.

—Eso no supondrá ningún problema: apenas he tenido

contacto con él en los últimos años. No quiero dar un paso en falso ni hacer nada que pudiera echar por tierra este proceso. Ya me ha pasado demasiadas veces. Necesito que el país crea que esto me importa. Marid ha venido porque ha querido. Y créeme: no le he dado esperanzas. No es un tema que considere oportuno explicar en el *Report*.

—De acuerdo.

Aquello era el colmo. Me costaba creer que un gesto tan inofensivo como regalar unas flores pudiera malinterpretarse y considerarse un escándalo.

—Cambiando de tema, ¿qué piensas ponerte esta noche?

Eché un vistazo a lo que llevaba puesto.

—Pues no tengo ni idea. Me he puesto lo primero que he pillado.

Lady Brice me examinó de los pies a la cabeza.

—Lo que voy a decirte no te va a gustar. Por favor, no te lo tomes como un insulto porque no lo es, te lo prometo. Creo que deberías cuidar tu aspecto un poco más. Antes de protestar, deja que me explique, por favor. Has diseñado vestidos preciosos, pero ha llegado el momento de dejar de jugar con la moda y utilizarla para reforzar tus palabras, tus ideas.

Aquello me sentó como un puñetazo en el estómago. Me dolía tener que destruir la imagen a la que tanto tiempo y esfuerzo había dedicado. Y todo por gustar al público.

—Entendido. ¿Qué se te ocurre?

Ella se cruzó de brazos, pensativa.

—¿Podrías pedirle a tu madre que te prestara alguno de sus vestidos?

Comprobé la hora en el reloj.

—Si subo ahora, encontraré algo, seguro. Neena es la única que puede retocarlo y tenerlo listo para esta noche, pero todavía ha de organizarme la agenda para la semana que viene. Y he quedado con uno de mis pretendientes para almorzar.

Ella entrelazó las manos y con gesto tierno dijo:

—Ohhhhhh.

—¿En serio? La abuela ya me abochornó lo suficiente ayer, así que para. Le dijo a Fox que era monísimo. ¿Te lo puedes creer?

Lady Brice se abrazó la cintura y se echó a reír.

—¿Eso hizo?

—No hay nada que la pueda contener.

—Debe de ser cosa de familia. Va, date prisa. Sube y elige un vestido.

—De acuerdo. Avisa a Hale. Trabajaba en una sastrería y estoy segura de que es tan bueno como Neena. Comprobaremos si también es igual de rápido. Ah… Cuando tengas un momento, escríbeme una lista con todos los temas de esta noche. Me aterra quedarme en blanco.

—Me pongo enseguida con ello.

Salí a toda prisa con la esperanza de que mamá siguiera en la enfermería. No quería entrar en su habitación e importunarla con algo tan absurdo como un vestido. Pero en cuanto doblé la primera esquina, me topé con Gunner. Estaba esperándome, pues en cuanto me vio se levantó de un brinco e hizo una reverencia.

—Hola. ¿Todo va bien? —pregunté.

—Sí —contestó—. Aunque creo que estoy a punto de hacer algo terriblemente estúpido. Me tiemblan hasta las pestañas.

—Oh, por favor, no lo hagas. No necesito añadir más estupideces a mi lista.

Él se rio entre dientes.

—Tranquila. Es solo que… quería hacerte una pregunta.

Arqueé las cejas y le presté toda mi atención.

—De acuerdo. Tienes dos minutos.

Gunner parecía muy nervioso. Se aclaró la garganta y prosiguió.

—Está bien, vaya. Bueno, el caso es que me halaga que me hayas elegido para formar parte de la Élite. Sentí que había hecho algo bien, pero, por muchas vueltas que le doy, no logro entender qué fue.

Encogí los hombros.

—Tu poema me hizo reír. El sentido del humor es importante para mí.

Él sonrió.

—Estoy de acuerdo, pero a eso es precisamente a lo que me refiero —replicó. Empezó a retorcerse las manos—. Es solo que estamos a las puertas de la final y, bueno, tú tienes unos días muy ajetreados y todavía no hemos tenido una cita a solas. No sé si tengo muchas posibilidades, la verdad.

—Me parece justo, pero ahora mismo no puedo responderte a eso. Tengo demasiadas cosas en la cabeza.

—¡Exacto! —contestó con entusiasmo—. Y justo por eso quería pedirte algo que sé que sonará ridículo. ¿Puedo besarte?

Di un paso hacia atrás.

—¿Disculpa?

—No tienes que hacerlo si no quieres, pero creo que un beso dice mucho. Pienso que un beso bastaría para saber si merece la pena que siga aquí o no.

La propuesta me pareció honesta y muy muy dulce. Todos los periódicos del país habían publicado una fotografía en la que se me veía besando a Kile, pero, aun así, Gunner no daba por hecho que besaba a cualquiera. Y, después de la expulsión de Jack, había aprendido que conmigo no se jugaba. Solo con eso se merecía que le diera un beso. Pero ¿perder a uno de los finalistas que apenas conocía basándome solo en un beso? Me parecía una tontería.

—Podrías ser príncipe. Podrías tener más dinero del que imaginarías ser capaz de gastar y serías tan famoso que incluso la gente que no tiene televisor te reconocería. ¿Estás dispuesto a apostarlo todo a un beso?

—Estoy dispuesto a apostar tu felicidad y la mía.

Cogí aire y medité la propuesta.

—Vale.

—¿Sí?

—Sí.

Pasado el efecto sorpresa, Gunner me rodeó la cintura e inclinó ligeramente la cabeza. En un momento dado, soltó una risita.

—Es un poco surrealista.

—Estoy esperando, señor.

Sonrió. Unos segundo después, nuestros labios se tocaron. El beso fue bueno en términos puramente técnicos; no me besó con la boca rígida ni intentó tocarme la campanilla con la lengua. Además, olía bastante bien, aunque no era un aroma a canela o a flores silvestres o a algo que pudiera reconocer. En general, no estuvo mal, nada mal.

Sin embargo, que estuviera haciendo tal evaluación mientras él me besaba…

Gunner separó sus labios de los míos, frunció el ceño y caviló el beso.

—Nada, ¿verdad? —pregunté.

Él meneó la cabeza.

—Nada. ¡Pero no quiero decir que haya sido un mal beso!

—Es solo que no ha sido para tanto.

—Has dado en el clavo —dijo. Pareció relajarse—. Muchas gracias por esta experiencia, pero creo que ha llegado el momento de volver a casa.

Sonreí.

—¿Estás seguro? Me encantaría que te quedaras para el *Report*. Podrías irte por la mañana.

—*Nah* —contestó con cierta timidez—. Imagina que Gavril me hace una pregunta: no sabría qué responder. Me haría un lío y acabaría metiendo la pata. Eres la chica más guapa que he conocido, pero… creo que no eres la chica que busco. Y odiaría darme cuenta ahora de que lo eres, sobre todo porque me he pasado las últimas semanas repitiéndome que eres inalcanzable para mí.

Extendí la mano.

—Y lo respeto. Te deseo toda la suerte del mundo.

Gunner me estrechó la mano.

—Lo mismo digo, alteza —respondió él, que a continuación se dirigió hacia la escalera.

Justo entonces vi a un mayordomo que escoltaba a Hale hacia la habitación de mamá. Hice un aspaviento con la mano para llamar su atención, pero al ver a Gunner pasar por allí se quedó descolocado.

—¿Qué estaba haciendo Gunner aquí arriba? —preguntó.

—Tomar una decisión. Ven, acompáñame. Necesito tus manos.

Capítulo 9

Salí del gigantesco armario de mamá con el vestido que había elegido. Me llevé las dos manos al pecho porque quería demostrar a Hale que era una chica humilde.

—Gracias por hacer esto —murmuré.

Hale se puso manos a la obra enseguida y empezó a deshacer las costuras y a clavar alfileres por todas partes.

—¿Me tomas el pelo? Ahora mismo estoy ayudando a la futura reina a vestirse. Es como tocar el cielo con las manos —dijo, y comprobó la caída del traje en un espejo—. No es lo mismo que diseñar un vestido desde cero, desde luego, pero podré incluirlo en mi currículum.

Me reí por lo bajo.

—Siento que tengas que perder toda una tarde para hacer esto.

—Entre nosotros, el Salón de Hombres es un tostón. Nos aburrimos muchísimo. Estoy seguro de que si Kile se enterara de que estoy aquí, vendría corriendo. Y tal vez Ean también.

—Ean —dije, un tanto sorprendida—. Me cuesta imaginarle charlando con alguien.

A Hale se le escapó una sonrisa.

—Sí. Parece que al fin se está relajando un poco. A veces habla conmigo y con Erik. Seguramente porque no es un rival que batir.

—Eso cuadra. «No he venido aquí a hacer amigos»: ese es su lema. Pero nadie sobreviviría a este proceso sin un amigo, sin un hombro sobre el que llorar. Es demasiado duro. Para mí es muy complicado, pero sé que para vosotros también es difícil.

—Aunque los que salimos ganando en todo esto somos nosotros —dijo, y me guiñó el ojo.

Ladeé la cabeza.

—No sé qué decirte. Le he dado muchas vueltas al tema y me entristece pensar que en cuestión de semanas solo quedará uno. El palacio se quedará vacío sin vosotros. Os echaré de menos.

—¿Has considerado la opción de tener un harén? —preguntó con cara de póker.

Me dio un ataque de risa. Al inclinarme, se me clavaron varios alfileres en la cintura.

—¡Au!

—¡Lo siento! No debería bromear cuando hay alfileres por todas partes.

Hale se colocó delante de mí. Traté de no moverme. Le observé y reconocí aquella mirada analítica, la misma con la que yo examinaba mis diseños.

—Creo que deberíamos ajustar esta costura de aquí. ¿Estás segura de que a la reina no le importará? Habrá cambios irreversibles.

—No te preocupes. Tienes permiso para hacer todos los cambios que consideres necesarios.

—Vaya, ahora me siento importante.

—Bueno, lo eres. Gracias a ti, esta noche pareceré una líder, una líder de verdad. Y, créeme, no es fácil. Te debo una. O dos. Al menos dos.

—¿Estás bien? —preguntó un tanto extrañado.

No me había dado cuenta de lo melancólica que había sonado.

—Sí. Solo que a veces siento que el cargo me viene demasiado grande, que no voy a ser capaz de lidiar con todo. Estoy intentando no volverme loca, eso es todo.

Hale cogió un alfiler de la cajita que había traído la doncella y me lo ofreció.

—La próxima vez que creas que el mundo se desmorona, utiliza esto. Te ayudará, te lo prometo.

Giré aquel alfiler entre los dedos. Durante un momento, creí que llevaba razón: con ese trozo de metal sería capaz de remendar cualquier roto.

Henri llegó puntual como un reloj. Entró en el salón con la cara roja y empapada de sudor, como si hubiera corrido una maratón. Se saltó todas las normas de protocolo. Me cogió de las manos y me plantó un beso en la mejilla, lo cual me resultó bastante gracioso.

—¡Hola hoy!

Sonreí.

—Hola, Henri.

Detrás de él vi a Erik. En cuanto nuestras miradas se cruzaron, hizo una reverencia. Yo me limité a bajar la barbilla.

Rodeé el brazo de Henri con el mío y le acompañé hasta la mesa que nos habían preparado. La cita era con mi candidato, pero, puesto que todavía era incapaz de comunicarse sin la ayuda de su intérprete, la mesa estaba dispuesta para tres comensales. Eso sí, habían tenido el detalle de separar ligeramente el plato de Erik.

—Momento —dijo Henri, y me retiró la silla.

Me acomodé. Con gran entusiasmo y una sonrisa de oreja a oreja, se sentó justo delante de mí. Fue un momento de lo más extraño. Los tres nos quedamos mudos de repente. Destapé mi plato y ellos hicieron lo mismo. Empezamos a comer, pero ninguno se atrevía a romper aquel silencio cada vez más incómodo. Al final, decidí que debía rebajar la tensión.

—¿Cómo está tu familia? —pregunté—. ¿Y tu hermana?

—¿*Miten on* Annika? —tradujo, y esperó la confirmación de Erik. Este asintió y Henri se volvió hacia mí, orgu-

81

lloso de haberme entendido—. Bien. Ella muy bien. Echamos de menos.

Le miré con cierta tristeza y asentí.

—Te entiendo perfectamente. No te imaginas lo que me gustaría que Ahren estuviera aquí.

Henri, que en ningún momento perdió la calma, se inclinó hacia Erik para que le tradujera mi respuesta.

—¿Tu mamá? ¿Es bien? —preguntó Henri. Era evidente que se estaba esforzando para aprender el idioma.

—Sí, gracias a Dios. La han subido a su habitación y se está recuperando.

Una vez más, Erik acudió a su rescate. Estuvimos charlando así durante unos cuantos minutos. A pesar de que Henri había hecho grandes progresos con el inglés, lo cierto era que estaba tan perdido como yo. Odiaba esa situación. Era demasiado impersonal. Una cosa era necesitar un intérprete para una reunión oficial con un dignatario de otro país, pero otra muy distinta no poder mantener una conversación informal con alguien que veía casi a diario y que vivía bajo mi mismo techo. La estancia de Henri en el palacio iba a ser breve, pero, aun así, deseaba poder hablar con él, y solo con él, de vez en cuando.

—Erik, ¿cómo se las apaña Henri con el resto de la Élite? ¿Te necesita para hablar con ellos?

El traductor irguió la espalda.

—Sí, casi siempre. Aunque Hale y Kile han aprendido un par de palabras en finés y siempre intentan entablar una conversación con él.

—¿Y el resto?

Él apretó los labios con expresión culpable, como si le preocupara manchar la reputación del resto de los candidatos.

—En alguna ocasión, Gunner ha tratado de hablar con él, al igual que Fox, pero por lo visto no quieren aceptar el desafío. Conlleva mucho trabajo. Ean siempre habla conmigo, pero nunca ha intentado charlar con Henri.

Inspiré hondo.

—¿Te apetecería darnos una clase de finés mañana por la mañana?

Erik arqueó las cejas.

—¿En serio?

—Por supuesto. Me parece un poco injusto que Henri tenga que hacer todo el trabajo —dije.

Al oír su nombre, Henri se sobresaltó. Había estado siguiendo nuestra conversación con suma atención. No pretendo sonar engreída, pero me pareció que había tenido una idea genial.

Erik murmuró unas palabras en finés. De inmediato, a Henri se le iluminó la mirada.

—¿Yo hablar, también? ¿Hablo? —preguntó. Se estaba tomando aquella clase como una fiesta.

—Desde luego —dije.

Henri se quedó ahí sentado, feliz como una perdiz. Parecía pensativo, tal vez dándole vueltas a lo que haría al día siguiente.

—Le has alegrado el día —dijo Erik.

—Una lástima que no se me haya ocurrido antes. Así será más fácil para todos.

—Eso espero, aunque no voy a dejar que se salte ninguna clase de inglés. No quiero volver a aparecer en el *Report*.

Hice una mueca.

—No estuvo tan mal.

—¡Fue horrible! —exclamó. Tras sacudir la cabeza, me señaló con el tenedor—. Mi madre no deja de hablar de ello. «Estabas guapísimo. ¿Por qué no sonreías más?» Te lo juro, es exasperante.

—¿Y crees que la culpa fue mía? —pregunté fingiendo estar indignada.

—Obviamente. ¡La culpa fue tuya y solo tuya! Odio las cámaras —respondió, y se estremeció.

No es que estuviera enfadado, ni mucho menos, pero hablaba en serio.

Me reí. Vi que se sonrojaba, tal vez por timidez. Después

83

clavó la mirada en la comida. Me di cuenta de que Henri nos miraba con los ojos como platos. Se suponía que aquella cita era para conocerlo a él, no para flirtear con su intérprete.

—Henri, ¿qué te parecería proponer una experiencia completa? Sería como una inmersión total. Podrías enseñarnos a preparar esa sopa tan deliciosa de la que siempre hablas.

Erik le tradujo la propuesta. La expresión triste desapareció de su rostro de inmediato.

—¡*Kalakeitto*! —exclamó.

Sentía curiosidad por averiguar más cosas de Henri. Quería que me hablara de su familia, sobre todo de su hermana. Y me moría de ganas por saber si estaba de acuerdo con la idea de mudarse aquí y trabajar conmigo, o si le angustiaba tener que asistir a desfiles constantemente o protegerme de las masas rabiosas durante el resto de su vida. Deseaba preguntarle sobre el beso que nos dimos en las cocinas. Quería saber si había vuelto a pensar en ello o si creía que había sido un error.

Deseaba hacerle todas esas preguntas, pero me negaba a hacerlo delante de Erik. Así pues, me quedaría con la duda.

Capítulo 10

El vestido era rojo. Hacía años que mamá no lo lucía. De hecho, esa fue una de las razones por la que lo escogí. Hale había acortado las mangas de encaje hasta el codo y había retirado varias capas de tul de la falda para que no se viera tan pomposa. Me había avisado y no se había equivocado: algunos de los cambios eran irreversibles, pero él era un sastre con un gusto exquisito. Sabía que a mamá le iba a encantar el resultado. Tal vez hasta me pidiera que se lo devolviera.

Eloise me ayudó con el recogido. Para esa noche, me decanté por algo muy modesto, un moño trenzado. Elegí una tiara con rubíes incrustados. Era una joya espectacular, desde luego.

Me miré en el espejo. Estaba espléndida. No podía sentirme más agradecida al equipo que me había ayudado a parecer una mujer de los pies a la cabeza, una líder en quien confiar las riendas del país. Sentía que había crecido, madurado, tal vez un poco tarde. Suspiré y asumí mi nuevo papel. Aquella era la mujer que todos esperaban que fuera.

Justo cuando estaba comprobando que todas las costuras estuvieran bien cosidas, Josie apareció en el estudio.

—Este vestido es espectacular —dijo, y se puso a tocar todas las capas de seda de la falda.

Ni me inmuté.

—Es de mi madre.

—Siento mucho lo que le ha ocurrido, por cierto —murmuró—. Creo que aún no te lo había dicho.

Tragué saliva.

—Gracias, Josie. Todo un detalle por tu parte.

—El ambiente en palacio se ha enrarecido un poco estos días y qué mejor que una fiesta para animarlo.

Casi me atraganto.

—Estoy demasiado ocupada para eso. Tal vez cuando las aguas vuelvan a su cauce.

—¡Oh, pero no tendrás que encargarte de organizarla! Lo haré yo por ti. Deja que hable con algunas doncellas. Lo tendremos todo listo dentro de una semana.

Me volví, dándole la espalda al espejo.

—Ya te lo he dicho. Algún día, pero ahora no —insistí, y bajé de aquel pedestal. No quería perder la concentración.

Ella me siguió por toda la habitación. Josie no era de las que se rendían fácilmente.

—Pero ¿por qué? ¿No deberías celebrarlo? Eres prácticamente la reina, así que...

Aquel comentario me sacó de mis casillas.

—Pero «no» soy la reina. Ese título le pertenece a mi madre, que, por cierto, ha estado a punto de «morir». El hecho de que pases por alto ese pequeño detalle hace que las condolencias que acabas de darme sean casi un insulto. ¿De verdad que no lo entiendes? ¿Crees que este trabajo consiste en lucir vestidos y acudir a galas?

Josie se quedó de piedra. No sabía qué decir. Me fijé en que echaba un vistazo a su alrededor, probablemente para ver si alguien había presenciado nuestra conversación. No pretendía humillarla. En el fondo, la entendía. Hacía apenas unas semanas, yo habría pensado lo mismo. Nada me habría hecho más ilusión que redactar una lista de invitados. A decir verdad, también habría asegurado que mi trabajo se limitaba a elegir vestidos y asistir a galas...

Respiré hondo.

—No pretendía insultarte, Josie. Pero celebrar una fiesta cuando mi madre se está recuperando de un ataque al corazón me parece que está fuera de lugar. Por favor, esta noche necesito que me entiendas. Después de todo por lo que hemos pasado, sé que es pedirte demasiado. Te lo suplico, por mi salud mental. Intenta ponerte en mi piel.

Ella se enfurruñó.

—Eso es lo que siempre he hecho. Pero, claro, tú solo te fijas cuando te conviene.

Quería arrancarle la cabeza de cuajo. ¿Qué podía hacer? No podía distraerme. La grabación empezaría en breve.

—¿Disculpa? —dije al ver pasar a una doncella—. Por favor, acompaña a la señorita Josie a su habitación. Su actitud me está sacando de quicio y debo concentrarme.

—Sí, alteza —respondió la doncella, que se giró hacia Josie con una amplia sonrisa, ajena a nuestra discusión y dispuesta a cumplir con su trabajo.

Josie resopló.

—Te odio.

Señalé la puerta.

—Sí, pero puedes hacerlo en tu habitación.

Ni siquiera me molesté en comprobar si me obedecía. Me volví y entré en el plató. Nunca lo había visto dispuesto de ese modo, con los miembros de la Élite a un lado y un único sillón justo enfrente.

Mientras contemplaba aquel sillón tan triste y solitario, Kile se acercó a mí.

—¿Qué ha pasado ahí detrás con Josie?

Sonreí y puse los ojos en blanco.

—Nada. Tu hermana es un verdadero encanto, Kile. No sé si la quiero como cuñada.

—¿No es un poco pronto para eso?

Me reí.

—No, es solo que hemos tenido una… diferencia de opiniones. Y me siento fatal, porque la entiendo. Ojalá ella pudiera entenderme a mí.

87

—A Josie eso no le resultará nada fácil. Se cree que es el ombligo del mundo. Oye, cambiando de tema, ¿has visto a Gunner?

Entorné los ojos.

—Se ha marchado esta misma tarde. ¿No se ha despedido?

Kile negó con la cabeza.

Me acerqué a los demás chicos. Todos cuadraron los hombros, bien erguidos.

—¿Gunner no se ha despedido de ninguno de vosotros?

Todos menearon la cabeza. Todos, salvo Fox, que se aclaró la garganta.

—Pasó a verme antes de irse. Gunner es un tipo sentimental y no le gustan las despedidas. Solo me ha dicho que este no era su sitio y que tenía tu aprobación.

—Así es. Ha sido una despedida agridulce, desde luego.

Fox asintió.

88

—En mi opinión, Gunner creía que si se quedaba para despedirse, al final se arrepentiría de la decisión. Me ha pedido que os diga que os echará muchísimo de menos —señaló—. Es un chico diez.

—Lo es. Y muy sensato. Quiero que os sirva de ejemplo —dije. Los miré uno por uno—. Vuestro futuro está en juego. Os lo ruego, si no os veis capaces de soportar la presión, no os quedéis.

Kile asintió con aire pensativo. Hale me regaló una sonrisa enorme. Ean se quedó impertérrito, como siempre. Erik se lo estaba traduciendo todo a Henri, que me miraba un tanto confuso.

Podía pasarme el resto de la velada analizando sus expresiones, pero el programa estaba a punto de empezar.

—Hale —susurré—. Gracias —añadí señalando el vestido.

—Estás guapísima —articuló él.

Sabía que lo decía de corazón, no era solo galantería. Erguí la espalda. No quería desmerecer aquella obra de arte.

Υ

Las cámaras se encendieron y saludé a la nación con la sonrisa más amable y honesta que fui capaz de dibujar.

—Si se me permite, empezaré por la noticia más importante. Sé que estáis impacientes por saber cómo está la reina. Se encuentra bien. De hecho, está recuperándose en su habitación. Mi padre no se separa de ella —dije. Traté de prestar menos atención a mi postura o a qué hacer con las manos. Pensé en mis padres: en ese momento, estarían viéndome en el televisor, con el pijama puesto y picando unos tentempiés que los médicos, por supuesto, habrían aprobado. Al imaginármelos de tal guisa, no pude evitar sonreír—. Todos conocemos su historia de amor. Están hechos el uno para el otro. Estos días han sido un verdadero infierno para mi padre porque la vida de su esposa pendía de un hilo.

»Mi hermano, Ahren, ahora príncipe consorte de Francia, también está viviendo su historia de amor particular. Por lo que sé, ya se ha instalado en su nuevo hogar. Al parecer, es el marido perfecto —proseguí. Sin querer dibujé una sonrisa—. Aunque no me sorprende. Siempre sintió devoción por la princesa Camille, a pesar del tiempo y de la distancia. Así pues, ahora que puede despertarse a su lado todas las mañanas, debe de ser el hombre más feliz sobre la faz de la Tierra.

»En cuanto al país —continué, y miré de reojo las notas, algo que detestaba hacer—, hemos constatado que la inquietud que habíamos percibido en las últimas semanas ha disminuido. —No mentía, aunque sabía que ese malestar era por mí y temía que empezara a crecerme la nariz como a Pinocho—. Mi padre ha trabajado muchísimo para mantener la paz en el extranjero, por lo que alcanzarla en nuestro propio país no podría hacerme más feliz.

Comenté todos los temas que había en aquella lista: un borrador del presupuesto estatal, el inicio inminente del proyecto de perforaciones y los cambios que había sufrido la junta de asesores. Aquella última noticia pilló por sorpresa a varios de los asistentes. Cuando acabé, me fijé en el público en busca de caras amigas. Lady Brice asintió con la cabeza, igual que el general Leger. También vi a la abuela, que no dejaba de moverse con nerviosismo. Era una mujer impaciente y sabía que el *Report* se le estaba haciendo largo y pesado. Pero la abuela no se marcharía del plató hasta haber oído hablar a los chicos. Casi fuera del estudio vi a Erik, que me sonreía con orgullo.

—Alteza —dijo Gavril tras realizar una reverencia—, dadas las circunstancias en que se le ha confiado el papel de reina regente, permítame decir que está haciendo un trabajo fantástico.

—Gracias, Gavril —respondí.

No sabía si estaba siendo completamente sincero, pero que dijera eso frente a la cámara ayudaría a convencer a los telespectadores.

—Por lo que yo me pregunto..., si trabaja día y noche, ¿ha podido encontrar un hueco para este grupo de jóvenes? —inquirió, y señaló con la barbilla a la Élite.

—Un poco.

—¿De verdad? ¿Puede desvelarnos algo? —preguntó arqueando las cejas.

Gavril era una persona distinta delante y detrás de las cámaras. Su trabajo consistía en entretener al público. Y, a decir verdad, lo bordaba.

—Sí, pero no entraré en detalles. Nada de nombres.

—¿Nada de nombres?

—Por ejemplo, hoy mismo nos ha dejado un miembro de la Élite —anuncié, aunque sabía que el público tardaría segundos en adivinar de quién se trataba—. Me gustaría decir que nuestro querido pretendiente se ha ido con suma elegancia y como un buen amigo.

—Ah, ya veo —dijo Gavril—. Estupendo. ¿Qué más puede contarnos?

—Bueno, hoy uno de los candidatos me ha hecho un regalo de un metal muy muy precioso.

—¡Oh, pero qué me está contando! —exclamó Gavril, que enseguida se fijó en mis manos en busca de algún anillo.

Las levanté y las mostré a la cámara.

—No, no es oro. Es acero. Me regaló un alfiler de costura. Pero es un regalo muy especial.

Se oyeron varias risas en el público y entre la Élite. Esperaba que aquel murmullo sonara tan melódico en el televisor como en mi cabeza.

—Por favor, ¿alguna una última perla para nuestros espectadores? —rogó Gavril.

—Una más —accedí—. A principios de esta semana, uno de los miembros de la Élite me dijo que no estaba enamorado de mí, a lo que yo le respondí que sentía lo mismo por él.

Gavril abrió tanto los ojos que por un momento temí que fueran a salírsele de las órbitas.

—¿Y ese joven ya no está con nosotros?

—Sigue con nosotros. Esa es la parte más extraña del asunto. No estamos enamorados, pero queremos seguir conociéndonos. Qué se le va a hacer —bromeé.

Me encogí de hombros. El plató se llenó de suspiros y risas por lo bajo.

—Estoy convencido de que esta noche una gran parte de la audiencia no podrá pegar ojo hasta que adivine de quién está hablando, alteza, pero me gustaría concretar.

—Entonces me temo que tendrás que hablar con los chicos.

—En eso mismo estaba pensando. ¿Le importa que me acerque e interrogue a esos jóvenes tan apuestos?

—Claro que no, adelante —contesté con una sonrisa, aliviada por no ser el centro de atención al menos durante unos minutos.

—Perfecto, empezaré por aquí. Fox, ¿qué tal va todo?

—Muy bien. Gracias —respondió sacando pecho.

—Al parecer, la princesa está sometida a mucha presión y tiene la agenda ocupada noche y día. No habrá tenido mucho tiempo para citas —dijo Gavril.

—Sí. Cuando conocí a la princesa, me impresionó que se tomara tan en serio su trabajo. Estos últimos días ha tenido que asumir muchas más responsabilidades y para mí es... inspirador.

Ladeé la cabeza y noté mariposas en el estómago. ¿Inspirador? Qué tierno.

Gavril no podía estar más de acuerdo con él.

—Tienes razón. ¿Podrías explicarnos alguna anécdota que hayas vivido con la princesa?

El chico esbozó una sonrisa casi de inmediato.

—Supongo que el momento más especial de nuestra relación sería después de la pelea, cuando mandó a Burke a casa. Estuvimos hablando largo y tendido. Creo que fue muy sincera conmigo. Me contó sus expectativas acerca de la Selección. Pero la princesa también sabe escuchar. En mi opinión, no todo el mundo tiene el privilegio de conocer esa parte de ella. Todos somos conscientes de que no puede regalarnos una hora de su tiempo cada día..., pero cuando está contigo, todo deja de existir y se centra solo en ti. Te escucha.

Recordaba esa noche con Fox con mucho cariño, pero no me había dado cuenta de que para él había sido tan importante. Era evidente que guardaba ese momento como un tesoro.

Kile levantó la mano.

—Fox tiene toda la razón. Todo el mundo sabe que Ead..., bueno, que la princesa y yo no éramos amigos antes. Sin embargo, desde que empezó la Selección, siento que ella siempre me ha escuchado cuando lo he necesitado. Le he confiado mis preocupaciones y le he contado cuáles son mis aspiraciones.

—Como por ejemplo... —pinchó Gavril.

Se encogió de hombros.

—A ver, no es nada del otro mundo, pero la verdad es que la arquitectura me apasiona. Y un día la princesa se tomó la molestia de echar un vistazo a mis bocetos —explicó. Entonces levantó un dedo, como si acabara de recordar algo—. Está bien, reconozco que nos habíamos tomado alguna que otra copa de vino y estoy seguro de que estaba más aburrida que una ostra, pero, bueno, igualmente me escuchó.

Todo el mundo se echó a reír. Sonreí a Kile. Se sentía como pez en el agua delante de unas cámaras que lo adoraban. Siempre se le ocurría algo ingenioso que decir. No me arrepentía de haberle dicho qué sentía por él.

Gavril, que parecía encantado con su entrevista, se acercó a Ean, saltándose a Henri de manera deliberada. No me gustaba que le excluyeran, pero intuía que Gavril tenía algo preparado.

—Ean, quizá seas el más callado de todo el grupo. ¿Algo que añadir a lo que acaban de decir tus compañeros?

Se mantuvo impertérrito.

—Soy un hombre de pocas palabras —dijo—, pero me gustaría decir que la princesa es una chica increíblemente considerada y sensata. Aunque solo quedamos cinco candidatos, ninguna eliminación ha sido impulsiva o frívola. Sé de buena tinta que intenta conocernos bien porque quiere tomar la mejor decisión para ella y para el país. Es una lástima que las cámaras no pudieran captar el ambiente que se respiraba en el Salón de Hombres cuando la princesa hizo su última eliminación. No se percibía ni una gota de hostilidad. Siempre ha sido tan generosa con nosotros que es imposible enfadarse con ella. Ningún candidato se ha marchado con rencor.

Gavril asintió.

—Y bien, ¿qué posibilidades crees tener? ¡Estás entre los cinco últimos!

Ean, como era de esperar, ni se inmutó.

—Estoy a disposición de su majestad. Creo que hablo en nombre de todos cuando digo que es la mujer más increíble que hemos conocido. Y, por lo tanto, es muy exigente. La cuestión no es valorar mis posibilidades, sino sus preferencias. Y para ello no nos queda más remedio que esperar.

Era la primera vez que oía a Ean hablar tanto. Me sentí

en deuda con él. Manteníamos una relación cordial, basada en la comprensión mutua, pero no podía decirse que fuera romántica. Aun así, él me miraba con buenos ojos. O eso, o era un actor de primera.

—Interesante. ¿Y qué me dices tú, Hale? Si la memoria no me falla, fuiste el primero en tener una cita con la princesa. ¿Cómo te sientes?

—Muy afortunado —contestó él—. Cuando era niño no me perdía ninguno de sus desfiles, la veía por la televisión y leía todas las revistas en las que aparecía —explicó, y me señaló desde el otro lado del plató—. Es tan guapa que intimida. Y tiene esa mirada tan afilada… Cuando te mira así, crees que podría fulminarte y enviarte al otro barrio si quisiera.

Aquel comentario me provocó cierto incomodidad, pero debía admitir que había acertado de pleno.

—Pero una noche cenamos juntos y la hice reír tanto que escupió la bebida.

—¡Hale!

Él se hizo el inocente.

—Se iban a enterar igualmente. ¡Qué más da!

Me cubrí la cara con las manos, abochornada y preocupada por lo que mis padres pudieran pensar de aquello.

—Lo que quiero decir es que todo lo que se ha dicho aquí es verdad. Es una chica fuerte y con capacidad de liderazgo. Y sí, insisto, creo que, si quisiera dispararte con la mirada, podría hacerlo —apuntó, lo cual provocó la hilaridad entre el público—. Pero también sabe escuchar y se entrega a su trabajo al cien por cien. Y lo más importante es que tiene un gran sentido del humor. Os lo prometo, es muy divertida. No sé si todo el mundo ha podido ver esa faceta suya. Y por eso me siento tan afortunado.

Aquella entrevista se convirtió en un homenaje a mis mejores cualidades. Por un momento dudé que todo hubiera sido preparado y que aquello no fuera más que una pantomima. De ser así, le debía una a la persona que los había instruido.

En cuanto las cámaras dejaron de grabar, me acerqué a Gavril.

—Muchas gracias. Esta noche has estado espectacular.

—Siempre la he apoyado y siempre lo haré —murmuró, y me guiñó un ojo.

El público se fue dispersando poco a poco. Me quedé en el centro del plató, anonadada. Me embriagó una sensación de orgullo y felicidad. Había superado la prueba, y casi sin ayuda. Mis candidatos eran fantásticos, mucho mejores de lo que habría esperado en un primer momento. Papá y mamá debían de estar eufóricos.

—Buen trabajo —me felicitó Kile, que no dudó en rodearme con el brazo—. ¡Tu primera actuación en solitario en el *Report* pasará a los anales de la historia!

—Admito que al principio pensé que sería un desastre, ¡pero fíjate! —exclamé. Di un salto y extendí los brazos en cruz—. Sigo de una pieza.

Hale también se acercó y soltó una risita tonta.

—¿Creías que la gente se colaría por las puertas traseras y te haría pedazos?

—¡Una nunca sabe!

Fox se rio. Ean, para variar, prefirió mantenerse al margen. Aunque me fijé en que estaba sonriendo. Me sentía muy agradecida. Me habría encantado darles la enhorabuena por cómo se habían comportado esa noche, pero solo se me ocurrían palabras un tanto desvergonzadas como para pronunciarlas en público.

—¿Cenamos? —preguntó Fox.

Todos asintieron.

Escuché a Henri repetir una misma palabra una y otra vez, con su ya habitual entusiasmo. Intuí que debía de estar muriéndose de hambre. Fuimos todos juntos al comedor.

95

Capítulo 11

Salí del estudio con una sonrisa en los labios. Subimos las escaleras y atravesamos varios pasadizos charlando y bromeando. El ambiente que se respiraba era de familiaridad y de paz. Sospechaba que tenía mucho que ver con que me sintiera tan cómoda en compañía de mis candidatos.

Era como caminar sobre nubes de algodón. Hasta que cruzamos el umbral del comedor.

Estaba desierto.

Mamá y papá seguían confinados en sus aposentos y la abuela se había retirado a su habitación. Osten estaba algo indispuesto y Kaden se había ofrecido a cuidarlo esa noche. Y mi hermano gemelo, Ahren, seguía a varios océanos de distancia.

Tras un fugaz vistazo a aquella mesa presidencial tan vacía y desolada, lo único que me apetecía era darme media vuelta y esconderme.

—¿Alteza? —llamó Erik.

Me volví y me sobresalté. Estaba a apenas unos centímetros de distancia. Le miré a los ojos y percibí en ellos una nota de preocupación, aunque también transmitían tranquilidad, un rasgo que recordaba de la noche de la pelea en las cocinas. Observé aquellos ojos y sentí que podía ver su alma. Incluso en ese momento, con tantísima gente a nuestro alrededor, contemplar aquellos ojos tan azules me bastó para ahuyentar mi tristeza.

—¿Estás bien? —preguntó. Por el tono que había utilizado, intuí que era la segunda vez que me lo preguntaba.

—Sí. ¿Te importaría poner esas sillas alrededor de la mesa presidencial? Ean, ¿puedes echarle una mano, por favor? —pedí. Ambos obedecieron sin rechistar—. ¿Hale, Fox? ¿Os encargáis de mover los platos?

Yo también aporté mi granito de arena: cogí todos los cubiertos y los vasos, y los coloqué de nuevo sobre la mesa presidencial. Me adelanté a todos. Antes de que se sentaran, me acomodé en la silla de papá. Kile se sentó a mi derecha; Hale, a mi izquierda. Fox, Henri, Erik y Ean se sentaron enfrente. Aquella mesa infinita e imponente se convirtió en una cena íntima y divertida. Solo estábamos los chicos y yo.

Los mayordomos sirvieron la cena como pudieron. Nuestra nueva disposición en la mesa los pilló por sorpresa Sin embargo, a nadie le pareció incomodar aquel caos de platos. Henri fue el primero en hincarle el diente al cordero.

—Bueno, espero que estéis listos para mañana —anuncié—. Erik y Henri van a darnos una clase de finés a primera hora.

—¿De veras? —preguntó Kile, a quien la idea pareció entusiasmarle.

Erik se ruborizó y asintió.

—¿Qué nos tenéis preparado? —preguntó Fox.

Erik miró al techo, pensativo.

—Henri y yo hemos estado hablando. Creo que vamos a saltarnos lo que suele aprenderse el primer día de clase, cosas como el alfabeto. En esta situación, lo más práctico sería trabajar la expresión oral. Enseñaros cómo decir la hora, por ejemplo. Empezaremos por ahí.

—¡Genial! —exclamó Hale—. Siempre he querido aprender finés. Buena idea, Erik.

Él sacudió la cabeza.

—Ha sido idea de nuestra futura reina. Es mérito suyo y de nadie más.

—Oye —intervino Kile, dirigiéndose hacia mí—, lo

97

siento, pero es que si no lo digo reviento: hoy has estado maravillosa en el *Report*. Ya sé que no es la primera vez que das noticias y todo eso, pero imagino que no es fácil ser la protagonista de todo el programa.

—Por no mencionar —añadió Fox—, la idea del cambio de mesa para cenar. Creo que esta será la única vez que podremos sentarnos en la mesa presidencial del comedor de palacio, ¿verdad, chicos? Será un momento inolvidable.

—Toda la razón —murmuró Ean.

Henri no pudo aportar mucho a la conversación, pero sabía que él también estaba contento. Aunque lo que verdaderamente me habría sorprendido hubiera sido verle triste o apagado. Erik le tradujo todo lo que se había dicho en la conversación. De inmediato alzó su copa.

—Por Eadlyn —dijo.

Los demás alzaron las suyas y corearon el brindis. Aquello me conmovió. Traté de contener las lágrimas, pero fui incapaz de articular una palabra. Ni siquiera pude decir «gracias», aunque una mirada bastó para saber que estaba profundamente agradecida.

Había anunciado varias noticias positivas con la intención de calmar los ánimos del país. Sin embargo, tras la eliminación masiva a principios de semana y la marcha de Gunner justo antes del *Report*, daba la sensación de que estaba empeñada en alejar a la gente de mí. O eso fue lo que los periódicos publicaron al día siguiente. Ignoraron por completo el discurso de Ean, que había asegurado que no tomaba decisiones a la ligera. Todo un programa en directo tirado a la basura gracias a un puñado de titulares socarrones.

Sin embargo, eso no fue lo peor de todo. Parecía que toda la prensa se hubiera puesto de acuerdo. Al lado de todos esos artículos aparecía una fotografía de Marid junto a la mía. Obviamente, venían acompañadas de comentarios pícaros y burlones. Al parecer, Marid se arrepentía de haber dejado pasar la oportunidad de conocerme mejor. Y ahora que mi Selección había empezado, ya era demasiado tarde.

—Dame eso —insistió Neena, que no dudó en hacer una bola con los periódicos y arrojarla a la papelera—. Es una lástima que la prensa dé preferencia a cotilleos absurdos que a noticias de verdad.

—Totalmente de acuerdo —añadió Lady Brice—. Olvidemos las habladurías de la gente y centrémonos en lo que de verdad importa: tus objetivos.

Asentí. Sabía que tenían razón. Si mi padre hubiera estado en esa misma habitación, habría dicho justo eso. Y no siempre resultaba fácil, pero debía escucharlo.

—Lo siento, pero no me veo capaz de centrarme en mis objetivos hasta tener a la opinión pública controlada. La gente se opondrá a cualquier medida que proponga. Y no por la medida en sí, sino por mí, porque estoy segura de que, si fueran mamá y papá quienes tomaran las decisiones, nadie se rebelaría. Debo elegir un marido —concluí con firmeza—. Estoy convencida de que esa decisión agradará a la opinión pública. Y ojalá sea así, porque a mí me odian.

—Eadlyn, eso no…

—Eso sí es verdad. Y lo sé. Lo he vivido en mis propias carnes. ¿Quieres que te recuerde lo que sucedió en el desfile?

Ella se cruzó de brazos.

—De acuerdo, está bien. No eres la más popular del reino. Y tienes razón: encontrar un compañero puede darle la vuelta a la situación. ¿Quieres que hoy nos centremos en eso?

—Al menos durante los próximos cinco minutos. Siempre me guío más por la cabeza que por el corazón. Ayudadme. ¿Qué opináis?

Neena se encogió de hombros.

—¿Quién va en cabeza? ¿Kile? Todo el palacio apuesta por él. Es un chico guapo, listo… Por el amor de Dios, si al final decides descartarlo, mándamelo.

—¿Tú no tenías novio?

99

Neena puso los ojos en blanco.

—Ah, odio cuando tienes razón.

Me reí.

—Mentiría si dijera que no siento una conexión especial con él. De hecho, le he abierto mi corazón…, pero hay algo que me frena. No sé qué es, pero no estoy del todo segura de que sea mi primera opción.

—De acuerdo —dijo Lady Brice—. ¿Quién más te gusta?

—Hale. No puedo reprocharle nada y su actitud es perfecta. Cada día hace algo para demostrarme que está aquí por mí. Nunca ha metido la pata y me siento cómoda a su lado. Ese es otro de los motivos por los que me gusta Fox.

—Fox es más atractivo que Hale —opinó Neena—. No pretendo ser frívola ni superficial, pero la opinión pública también se fija en eso.

—Es verdad, pero la belleza es subjetiva. A veces el atractivo de una persona no se basa en su aspecto, sino en el modo en que te hace reír o en cómo es capaz de leerte la mente. Para mí, la belleza interior es más importante que la exterior.

Neena esbozó una sonrisa traviesa.

—¿Entonces elegirías a Hale antes que a Fox?

Negué con la cabeza.

—No me refería a eso. Lo único que digo es que el físico no lo es todo. Deberíamos fijarnos en otras cualidades.

—Como por ejemplo… —insistió Lady Brice.

—Pues el optimismo de Henri. Da igual cuáles sean las circunstancias, él siempre está feliz como una perdiz. Sé que siente cariño por mí, pondría la mano en el fuego por él.

Neena resopló.

—Eso está muy bien, pero no habla ni una palabra de inglés. Es imposible tener una conversación con él más allá de lo trivial.

—Eso…, bueno, eso no puedo rebatirlo. Pero es un chico muy sensible y sé que se portaría bien conmigo. Erik dice que Henri puede aprender el idioma, pero tardará meses en dominarlo. Desde que se enteró de que estaba en la Élite se queda hasta altas horas de la madrugada estudiando. Y, por mi parte, hoy mismo empiezo clases de finés. Podemos trabajar en ello. Ah, y Erik podría ayudarnos hasta que nos adaptemos.

Lady Brice meneó la cabeza.

—Eso sería bastante injusto para Erik. Él tiene familia y un trabajo. Su contrato no incluía mudarse a la capital durante cinco años. ¿Y si quisiera salir con alguien o formar una familia?

Quería replicarle, decirle que estaba equivocada..., pero no pude. Erik no sabía cuánto duraría la Selección cuando aceptó el trabajo, pero en ningún momento pensó que tendría que vivir en el palacio hasta que su cliente hablara un inglés fluido. Y me parecía grosero pedirle que lo hiciera.

—Se quedaría. Lo sé —dije por lo bajo.

Después siguió un silencio un tanto incómodo. Lady Brice sabía que no tenía razón, pero no se atrevía a rebatirme. Al final, soltó un suspiro.

—¿Quién queda? ¿Ean? —preguntó.

—Ean es un poco más complicado. Pero, créeme, es importante.

Neena me lanzó una mirada sesgada.

—Entonces... ¿Todos son favoritos?

Suspiré.

—Supongo. ¿Eso significa que elegí bien o que elegí mal?

A Lady Brice pareció divertirle el comentario.

—Elegiste bien. No lo dudes. Personalmente, me cuesta entender el atractivo de Ean o cómo te las arreglarías para entenderte con Henri, pero es evidente que todos tienen sus virtudes. Creo que, llegados a este punto, deberíamos reforzar su entrenamiento y empezar a prepararlos para el trono. Estoy segura de que eso servirá para que algunos destaquen sobre los demás.

—¿Prepararlos? Se me pone la piel de gallina.

—No exageres, Eadlyn. Lo único que digo es...

Pero no pudo acabar la frase porque la abuela entró en el despacho sin llamar a la puerta.

—Se lo digo en serio, no puede saltarse las normas así —advirtió un guardia a media voz.

Pero ella lo ignoró y vino directa hacia mí.

—Mi niña, vengo a despedirme. Me voy.

—¿Tan pronto? —pregunté, y le di un abrazo.

—Ya sabes que mis visitas siempre son breves. Tu madre se está recuperando de un infarto y todavía tiene el valor de darme órdenes. Qué caradura. Sé que es la reina —admitió, y levantó las manos a modo de rendición—, pero yo soy su madre, así que estoy por encima de ella.

—Me lo apunto para un futuro.

—Bien hecho —dijo, y me acarició la mejilla—. Ah, por cierto, hazme un favor y cásate con uno de esos muchachos lo antes posible. Mírame, estoy hecha un vejestorio y me gustaría conocer al menos a un bisnieto antes de morir —murmuró. Luego me miró el estómago y negó con un dedo—. No me decepciones.

—De *acueeeeeeeeerdo*, abuela. Tenemos mucho trabajo que hacer aquí, así que vete a casa. Por favor, llama en cuanto llegues.

—Lo haré, cielo. Prometido.

Mi abuela estaba loca de remate. Eso me encantaba.

Neena se acercó por detrás y me susurró al oído:

—¿Quién de tus cinco caballos ganadores crees que puede ser el mayor semental? ¿Quieres incluir esa característica en la lista?

Ni siquiera mi mirada más violenta y asesina consiguió acobardarla.

—No olvides que puedo llamar al pelotón de fusilamiento en cualquier momento.

—Puedes llamar a ese pelotón cuando te venga en gana porque tu abuela está de mi lado, así que no tengo nada de qué preocuparme.

Me dejé caer sobre un sillón. Me di por vencida.

102

—Neena, es triste, pero creo que tienes razón.

—No te sientas mal. En el fondo, tu abuela no tiene mala intención.

—Trataré de recordarlo. ¿Hemos acabado? Tengo clase de finés y no querría llegar tarde el primer día.

—¡Perdón, perdón, perdón! —dije al entrar corriendo en la biblioteca. Los chicos celebraron mi llegada. A toda prisa, me escurrí hacia el único hueco que quedaba libre en la mesa de Henri, Hale y Ean—. La llamada del deber.

Erik se rio por lo bajo y me entregó varios folios.

—El retraso está justificado, no te preocupes. Acabábamos de empezar. Echa un vistazo a la primera hoja. Henri te ayudará con la pronunciación. Mientras tanto comprobaré que nadie se haya quedado rezagado. Luego continuaremos todos juntos.

—De acuerdo.

Cogí el papel, una fotocopia con notas escritas a mano y dibujitos en el margen. Sonreí. La primera tarea del día consistía en aprender a contar hasta doce, para así poder dar la hora. Eché un vistazo y, de inmediato, me avergoncé. A aquel idioma le faltaban vocales, desde luego. Me veía incapaz de pronunciar esas palabras llenas de consonantes.

—Está bien —dije.

Traté de leer la primera palabra: *yksik*.

—¿*Yucksey*?

Henri se rio y sacudió la cabeza.

—Se dice *yoo-ksi*.

—¿*Yooksi*?

—¡Sí! ¡Va, va! —animó. Sabía que lo estaba haciendo de pena, pero me gustó tener a mi animador personal al lado—. Se dice *kahk-si*.

—*Yooksi Kahk-si…*, *kaksi*.

—Bien, bien. Ahora, es *kolme*.

—*Coolmay* —intenté.

—Ehhh —dijo él, sin perder la positividad—. *Kohl-may.*

Lo intenté una segunda vez, pero volví a pronunciarlo mal. Dicen que a la tercera va la vencida. Henri, tan caballero como siempre, se inclinó hacia delante, preparado para dedicarme el tiempo que fuera necesario hasta que lo pronunciara bien.

—Se dice *oh. Kohl-may.*

—*Ooh. Ooh* —articulé.

Henri levantó la mano. Con sumo cuidado, apoyó los dedos en mis mejillas para ayudarme a pronunciar. Me hacía tantas cosquillas que no pude evitar echarme a reír, con lo que no fui capaz de emitir esa dichosa vocal. Pero él no se rindió. Tras ese momento cómico, su expresión se tornó seria. La reconocí de inmediato porque no era la primera vez que la veía. La otra vez fue en las cocinas, cuando se rompió la camiseta para hacerme un trapo.

Era una mirada tan cautivadora que, por unos segundos, olvidé que no estábamos solos. Erik rompió el hechizo al dejar caer un libro sobre la mesa.

—Excelente —dijo, y enseguida me aparté de Henri, rezando para que nadie se hubiera dado cuenta de lo que había estado a punto de ocurrir entre nosotros—. Todos os habéis aprendido bastante bien los números, así que empezaremos a utilizarlos en frases. Si echáis un vistazo a la pizarra, veréis un ejemplo. Supongo que a ninguno os sorprenderá saber que la pronunciación es un poco complicada.

Los chicos se echaron a reír. A ellos también les había costado una barbaridad pronunciar los números... Por suerte, estaban tan absortos con la clase que no se percataron del «casi» beso. Clavé los ojos en la pizarra y traté de concentrarme en la fonética de aquellas palabras, en lugar de en lo cerca que tenía a Henri.

Capítulo 12

No tuve tiempo ni un momento de respiro hasta el almuerzo. Tenía que aprovechar esos minutos y centrarme en el control de daños. Después de nuestra primera clase de finés, todos los candidatos fueron al comedor. Yo, en cambio, me encerré en el despacho y saqué la tarjeta de Marid del primer cajón de mi escritorio. El papel era delicado y muy caro. Me pregunté a qué se dedicaría su familia para poder permitirse ese tipo de lujos. Debían de ganarse bien la vida.

Marqué el número, aunque, en el fondo, esperaba que no respondiera.

—¿Sí?

—Hola…, ¿Marid?

—Sí, soy yo.

Estaba nerviosa, muy nerviosa. Me estiré el vestido, aunque sabía que no podía verme.

—¿Te pillo en mal momento?

—En absoluto. ¿En qué puedo ayudarte, alteza?

—Solo te llamaba para comentarte que he leído la prensa. Al parecer, se especula sobre nuestra relación.

—Ah, sí. Te pido mil disculpas. Les encanta sacar las cosas de contexto, ya lo sabes.

—Sí —dije con tal vez demasiado entusiasmo—. Quería pedirte perdón en persona. Créeme, sé lo pesados que se ponen los periodistas con todo aquel que viene de visita a palacio. Siento mucho que hayas tenido que pasar por eso.

—Va, deja que hablen —respondió en cuanto se recuperó del ataque de risa—. En serio, no hace falta que me pidas disculpas. Pero aprovecho que estás al teléfono para comentarte una idea que se me ha ocurrido.

—Claro.

—Sé que te preocupa la violencia surgida en la época poscastas tanto como a mí. Creo que sería bueno para tu imagen celebrar algo parecido a una asamblea popular.

—¿Qué quieres decir?

—Podrías elegir a un puñado de personas de clases sociales distintas e invitarlas al palacio. Siéntate con ellos y mantén una conversación cara a cara. Sería una oportunidad única para conocer sus problemas de primera mano. Si invitas a la prensa, podrás demostrarles que la monarquía sí escucha a su pueblo.

Me quedé pasmada.

—Me parece una idea maravillosa.

—Si quieres, puedo encargarme de los preparativos. Tengo varios contactos con familias que solían ser Ochos y conozco a un par de personas que no han conseguido librarse del estigma de los Doses. Si te parece bien, podríamos invitar a una docena de personas. No querría abrumarte.

—Marid, has tenido una idea genial. Mi ayudante de cámara se pondrá en contacto contigo. Se llama Neena Hallensway y es tan organizada como tú. Se ocupa de mi agenda. Si quieres reservar día y hora, ella es la persona indicada.

—Excelente. Esperaré su llamada.

Nos quedamos un buen rato en silencio.

—Gracias —murmuré finalmente—. Ahora más que nunca debo demostrarle al pueblo que me importa de verdad. Quiero que sepan que, dentro de unos años, gobernaré este país igual de bien que mi padre.

—Que alguien todavía ponga eso en duda sigue pareciéndome todo un misterio.

Sonreí, feliz por tener un nuevo aliado.

—Lo siento, pero debo dejarte.

—No te preocupes. Estamos en contacto.

—Claro. Adiós.

—Adiós.

Colgué el teléfono. Me sentí aliviada. No había sido tan difícil. Las palabras de Marid resonaban en mi cabeza. «Deja que hablen.» Sabía que lo harían pasara lo que pasara.

Con suerte, pronto tendrían algo positivo que decir.

107

Capítulo 13

—*E*spera, ¿cómo has dicho que podía mover a estos ti-
pos? —preguntó Hale, que se sirvió un par de pastelitos de
la bandeja.

—Los alfiles se mueven en diagonal. Yo en tu lugar no
haría eso, pero es tu funeral: tú eliges cómo morir.

Se echó a reír.

—De acuerdo. ¿Y qué me dices de estos castillos dimi-
nutos?

—Las torres se desplazan en línea recta, de manera hori-
zontal o vertical.

Él movió su torre, derribando así a uno de mis peones.

—Para ser sincero, nunca te imaginé como un hacha del
ajedrez.

—Y no lo soy. Ahren estaba obsesionado con el ajedrez.
Durante varios meses, me obligó a jugar con él cada día. Pero
cuando conoció a Camille, las cosas cambiaron: todo el
tiempo que hasta entonces dedicaba al ajedrez se lo pasaba
escribiéndole cartas de amor.

Moví el alfil y derribé su caballo.

—Puf, ni siquiera me había fijado en eso —se lamentó
entre dientes—. Hace días que quiero preguntarte por Ahren, pero no estaba seguro de que te apeteciera hablar del
tema.

Me encogí de hombros, dispuesta a esquivar la pregunta.

Pero entonces recordé que, si de veras quería encontrar el amor, tendría que bajar la guardia y dejar que alguien atravesara ese muro de protección. Suspiré y le conté la verdad.

—Le echo de menos. Crecimos juntos y, aunque es mi hermano, al final se ha acabado convirtiendo en mi confidente y en mi mejor amigo. Pero ahora se ha ido. Por suerte, tengo más amigos en palacio, como mi ayuda de cámara, Neena. No me di cuenta de lo importante que era para mí hasta que Ahren se marchó. Pero estoy asustada. ¿Y si me ocurre lo mismo que con Ahren? ¿Y si se convierte en mi mayor apoyo y luego, por algún motivo, me abandona?

Hale me escuchaba con atención. De pronto, vi que trataba de reprimir una sonrisa.

—¡No tiene gracia! —protesté, y le arrojé uno de sus peones.

Él se tronchó de risa y esquivó la pieza.

—No, no me reía de eso… Es solo que… la última vez que hablamos de algo tan íntimo huiste como una cobarde. ¿No llevarás zapatillas deportivas debajo de esa falda, verdad?

—Qué va. ¿Vestido y zapatillas? No pegan ni con cola —bromeé—. Ahora hablando en serio: debería haber confiado en ti, lo siento. Para eso soy un poco lenta. No se me da bien abrirme a la gente.

—No hay prisa. Soy una persona bastante paciente.

Tenía que romper el contacto visual de inmediato, así que fijé la mirada en la mesa y vi cómo sus manos se cernían sobre el tablero.

—En cuanto a Neena —prosiguió Hale—, que tenga que marcharse de palacio no significa que sea menos amiga tuya, del mismo modo que Ahren no ha dejado de ser tu hermano. Será más difícil mantener el contacto, pero si los quieres tanto como aseguras, merecerá la pena, desde luego.

—Sé que tienes razón —admití—, pero no me consuela. Me cuesta muchísimo hacer amigos. No suelo salir de estas cuatro paredes muy a menudo. Y por eso necesito conservar a los pocos que tengo.

Hale se rio entre dientes. Me había despistado y no había visto el último movimiento sobre el tablero.

—Quiero que conste en acta que, aunque al final no resulte tu elegido, podrás contar con mi amistad para siempre. Si me necesitas, no dudes en llamarme; me montaré en el primer avión rumbo a Angeles.

Sonreí.

—Día a día.

Él asintió.

—Día a día.

—Necesitaba oír eso, de verdad. Muchas gracias —murmuré. Erguí la espalda y empecé a planear mi estrategia—. ¿Y qué me dices de ti? ¿Quién es tu mejor amigo?

—Pues... Seguridad estuvo interrogándome por ese tema hace pocas semanas, justo después de que Burke se marchara. No tengo un mejor amigo, sino «amiga». Los guardias creyeron que las cartas iban dirigidas a «mi novia de toda la vida». No sabes lo humillante que fue tenerles que pedir que llamaran a palacio para que los convencieran de que jamás habíamos mantenido una relación de ese tipo.

Me mordí el labio y me alegré de que se lo hubiera tomado con humor.

—Lo siento muchísimo.

—No pasa nada. De hecho, Carrie se divirtió haciendo esa llamadita.

—Bueno, me alegro de que se lo tomara con filosofía —dije, y me aclaré garganta—. Pero tengo que preguntarte algo: ¿de veras nunca te ha gustado? ¿Ni un poquito?

—¡No! —gritó él, ofendido—. Carrie es como una hermana para mí. La mera idea de besarla me pone los pelos de punta.

La pregunta le había molestado, lo cual me sorprendió bastante.

—De acuerdo, así que no tengo que preocuparme por Carrie. Entendido.

—Lo siento —murmuró Hale, y aquella expresión de enfado se transformó en una tímida sonrisa—. Es solo que me lo han preguntado un millón de veces. Mis padres, mis amigos… Es como si todo el mundo se empeñara en que estemos juntos, y no siento nada parecido por ella.

—Créeme, te entiendo. A veces me da la impresión de que todos quieren que elija a Kile porque crecimos juntos. Como si eso bastara para enamorarse de alguien.

—Bueno, la diferencia entre nosotros es que tú sí sientes algo por Kile. Salta a la vista —farfulló, y empezó a juguetear con una pieza de ajedrez.

Bajé la mirada.

—No debería haber dicho nada. Lo siento.

—Tranquila. El único modo de sobrevivir a esto sin perder la chaveta es recordando que tú eres la que manda, quien decide en qué lugar estamos. Lo único que podemos hacer es ser nosotros mismos.

—¿Y en qué lugar estás tú exactamente?

Él esbozó una sonrisita.

—No lo sé. Por el medio, ni el primero, ni el último, o eso espero.

Moví la cabeza.

—Lo estás haciendo de maravilla.

—¿Ah, sí?

—Sí.

Su sonrisa se desvaneció.

—Es fantástico, aunque reconozco que me asusta. Sé que ganar la Selección implicaría asumir mucha responsabilidad.

Asentí.

—Toneladas de responsabilidad.

—Supongo que nunca me paré a pensar en ello. Pero ahora que estás al mando del país he podido ver el trabajo que comporta y es… un poco abrumador.

Le miré fijamente y creí haber malinterpretado algo.

—No querrás echarte atrás, ¿verdad?

—No —respondió él mientras seguía jugueteando con aquel peón—. Pero hasta ahora no había caído en la cuenta de lo que conlleva. Estoy seguro de que tu madre también vivió momentos como estos.

Hale era un tipo avispado e ingenioso. Por lo visto, la responsabilidad del trono le inquietaba mucho más que su frustración con Carrie. Continué. Aunque mantuve un tono calmado, él esquivó mi mirada.

—¿Me he perdido algo? Siempre has mostrado gran entusiasmo por el proceso; a veces incluso me ha parecido exagerado, tanto que he llegado a preguntarme si estarías en tu sano juicio. ¿A qué viene ahora esta repentina retirada?

—No he dicho que vaya a retirarme —replicó—. Tan solo te he expresado mis dudas. Tú lo haces constantemente. ¿Por qué no puedo hacerlo yo?

No podía reprocharle nada, pero era evidente que había metido el dedo en la llaga. Me había costado muchísimo, pero al final me había abierto a Hale. Y por eso no entendía por qué quería dejarme en evidencia. No era el típico chico que ponía a prueba a la gente, pero me daba la sensación de que estaba midiendo mi paciencia.

Entrelacé las manos debajo de la mesa y respiré hondo. Después, me repetí varias veces que ese chico había demostrado que merecía mi confianza.

—Quizá lo mejor sea cambiar de tema —propuse.

—De acuerdo.

Pero ninguno de los dos volvimos a decir una sola palabra.

Capítulo 14

*L*a sala de reuniones estaba lista para recibir a nuestros invitados. Se habían dispuesto dos filas de sillas en forma de medio círculo, como si fuera un anfiteatro en miniatura. Me recordó a cómo solían sentarse los seleccionados en el *Report*. Había varias bandejas de comida y bebida sobre las mesas supletorias, un control de seguridad en la puerta y cámaras por todas partes.

Detrás del equipo de producción, estaban ellos. Todos los pretendientes se habían sentado allí. A primera vista, parecían ilusionados por poder estar presentes en aquella reunión. Me fijé en que Kile y Erik habían traído consigo un bloc de notas, aunque supuse que Erik lo había hecho por una cuestión puramente profesional, para que Henri no perdiera detalle de lo que ocurría. Habían venido a trabajar.

—Estás preciosa —murmuró Marid, probablemente porque me había visto tirando del cuello de mi camisa y quería tranquilizarme. Me faltaba el aire.

—He intentado parecer seria, pero sin pasarme de formal.

—Y lo has conseguido. Solo necesitas relajarte. No han venido a atacarte, sino a hablar contigo. Lo único que debes hacer es escucharlos.

Asentí.

—Escuchar. Eso puedo hacerlo —murmuré, e inspiré

hondo. Era la primera vez que me enfrentaba a una situación como esa. Aunque desde un principio me pareció una idea maravillosa, lo cierto es que estaba muerta de miedo—. ¿Cómo has encontrado a esta gente? ¿Son amigos tuyos?

—No exactamente. Algunos suelen participar en los programas de radio en los que trabajo. Y, aunque no conozco a los demás personalmente, vienen recomendados por personas que merecen toda mi admiración. El grupo es una mezcla de gente de distinta condición social y económica, lo cual debería generar un debate interesante.

Repetí esa palabra en mi cabeza varias veces. Eso era: un debate. Vería el rostro de personas que vivían en mi país y escucharía sus voces. Además, no era un grupo muy numeroso, más bien todo lo contrario.

—Vamos a sobrevivir a esto, ¿de acuerdo? —dijo él en un segundo intento de tranquilizarme.

—De acuerdo.

Y recordé una vez más que aquella había sido una idea brillante. Y en ese preciso instante nuestros invitados empezaron a entrar en el salón.

Me levanté para recibirlos como es debido. Estreché la mano de una mujer con un cardado que más bien parecía un panel de abejas. Era evidente que esa mañana se había pasado más tiempo en la peluquería que yo. Su marido, aunque atractivo, se había tirado encima varios litros de colonia. Temí que aquel olor me dejara fuera de combate.

—Alteza —dijo la mujer, e inclinó la cabeza como muestra de respeto—. Me llamo Sharron Spinner. Este es mi marido, Don —dijo. El hombre hizo una reverencia—. Es un verdadero placer estar aquí. Es todo un detalle que el palacio se tome la molestia de oír a su propio pueblo.

Asentí con la cabeza.

—Más vale tarde que nunca, ¿no creéis? Por favor, servíos un refresco y poneos cómodos. Tal vez la gente del equipo os hagan algunas preguntas, pero no estáis obligados a responderlas si no queréis.

Sharron se retocó el pintalabios y se aseguró de que el maquillaje estuviera impecable.

—No, no nos importa en absoluto. Vamos, cariño.

Me costó Dios y ayuda no poner los ojos en blanco. Al parecer, los Spinner se pirraban por salir en televisión. Después de los Spinner llegaron los Barnse y luego los Palter. A continuación, apareció una chica sola, Bree Marksman, y dos muchachos, Joel y Blake, que se habían conocido en el vestíbulo y ya hablaban como si fueran amigos de toda la vida. Por último entró una pareja joven que se presentó como los Shell. Los miré de arriba abajo: se habían puesto sus mejores galas para la ocasión, pero a decir verdad no habían venido muy elegantes.

—Brenton y Ally, ¿verdad? —dije, e hice un gesto con la mano, invitándolos a pasar a la sala conmigo.

—Sí, alteza. Muchas gracias por habernos recibido —dijo Brenton con una sonrisa algo tímida; era evidente que aquel chico estaba agradecido—. ¿Esto significa que ahora vamos a poder mudarnos?

Paré en seco y me volví hacia ellos. Ally tragó saliva, como si no quisiera hacerse ilusiones al respecto.

—¿Mudaros?

—Sí. Vivimos en Zuni. Llevamos un tiempo tratando de mudarnos a otro barrio.

—No es una zona muy segura —añadió Ally en voz baja.

—Nos estamos planteando tener hijos. Pero los precios de la vivienda no paran de cambiar.

—Tenemos amigos que se mudaron y no tuvieron ningún problema —insistió Ally.

—Pero cuando intentamos alquilar un piso en la misma zona que Nic y Ellen, nos encontramos con que los precios habían subido muchísimo.

—Los propietarios nos aseguraron que nuestros amigos se habían equivocado con el precio, pero…, bueno, no queremos acusar a nadie de nada, pero Nic nació como un Tres, y nosotros como Cincos.

—Lo único que queremos es vivir en un barrio más se-

115

guro —prosiguió Brenton, que se encogió de hombros—. No sé si se podrá hacer algo, pero creímos que una reunión con la princesa nos ayudaría a encontrar lo que buscamos.

—Alteza —llamó la productora—, siento interrumpiros, pero estamos a punto de empezar.

Acompañó a los Shell a su sitio. Yo me senté en el centro, frente a todos los invitados. No sabía muy bien cómo empezar el debate.

Sonreí para tratar de romper el hielo.

—Es la primera vez que hacemos esto, así que no tenemos que seguir un guion. ¿Alguien quiere preguntar algo?

Uno de los muchachos, Blake —me alegré de recordar su nombre—, levantó la mano. Todas las cámaras se giraron para grabar un primer plano.

—¿Sí, Blake?

—¿Cuándo va a volver el rey?

Por lo visto, yo era un cero a la izquierda.

—No estoy segura. Me temo que eso depende de mi madre. Supongo que retomará su trabajo cuando ella esté completamente recuperada.

—Pero va a volver, ¿verdad?

Fingí una sonrisa.

—Si por algún motivo no pudiera volver, el país quedaría en buenas manos, créeme. Soy la heredera del trono y tengo los mismos principios que mi padre. Él quiso erradicar la distinción por castas. Ahora que lo ha conseguido, mi propósito es borrar cualquier rastro que pueda quedar de tal cosa.

Miré de reojo a Marid, que me guiñó el ojo.

—Pero ese es el problema —empezó Andrew Barns—. El palacio no ha hecho nada para ayudar a los que nacieron como Cincos o Seises.

—Estamos desconcertados. La verdad, no hemos encontrado una solución efectiva para erradicar ese problema. Por eso estamos hoy aquí. Queremos escucharos —contesté. Crucé los brazos sobre el regazo, dispuesta a oír todo lo que tenían que decir.

—¿Alguna vez los monarcas escuchan a su país? —preguntó Bree—. ¿Habéis considerado la opción de entregar el gobierno al pueblo? ¿No creéis que tal vez podamos hacerlo mejor que vosotros?

—Bueno…

Pero Sharron no me dejó terminar.

—Cielo, si ni siquiera sabes vestirte. ¿Cómo vas tú a gobernar un país?

—¡Pues dejadme votar! —exigió Bree—. Eso bastaría para cambiar las cosas.

Jamal Palter intercedió.

—Eres demasiado joven —dijo, y empezó su ataque contra Bree—. Yo también necesito ver un cambio. Nací en un país dividido por las castas. Era un Tres. Creedme, he perdido mucho desde entonces. Sois unos críos. No tenéis ni idea de las calamidades que hemos pasado, así que vuestra opinión me da absolutamente igual. No tenéis nada que aportar a esta conversación.

El otro muchacho se levantó hecho una furia.

—Que sea más joven que tú no significa que no me importe mi país o que no conozca su historia más reciente. Sé que la gente ha sufrido muchísimo. Quiero vivir en un país mejor. No solo para mí, sino para todo el mundo.

Ni siquiera llevábamos cinco minutos de debate y aquello ya se había convertido en una olla de grillos. Discutían como si yo no estuviera delante. Varios de ellos me mencionaron, por supuesto, pero ninguno se dirigió a mí directamente.

Había imaginado que no iba a ser fácil. Quería averiguar qué opinaban ciudadanos con distintos estilos de vida y sabía que los conflictos acabarían saliendo a la luz, pero deseé que Marid hubiera investigado a fondo a todas esas personas. Tal vez sí lo había hecho y se le había ido de las manos. A aquella gente le daba igual que yo estuviera allí o no. Me había obcecado tanto con el temor de que pudieran odiarme que ni siquiera me había planteado la posibilidad de que, para ellos, fuera alguien irrelevante.

—Si intentáramos respetar el turno de palabra —sugerí, tratando de mantener el control—, podría escuchar todas vuestras opiniones.

—¡Exijo poder votar! —gritó Bree. Todos los presentes enmudecieron. Me atravesó con la mirada—. No tenéis ni idea de la vida que llevamos. Mirad este salón —dijo. En la sala, los cuadros y las alfombras conjuntaban y las vitrinas estaban llenas de platos de porcelana y copas de vidrio reluciente—. ¿Cómo vamos a confiar en alguien que vive tan desconectado de su propio pueblo? Pretendéis gobernar nuestras vidas sin tan siquiera molestaros en saber cómo vivimos.

—En eso tiene razón —apuntó Suzette Palter—. Nunca se ha pasado el día trabajando en una pocilga ni ha tenido que huir de su ciudad. Es muy fácil tomar decisiones sobre la vida de los demás, sobre todo si a uno no le afectan.

Me quedé quieta, mirando a aquellos desconocidos. Todos ellos eran responsabilidad mía. Pero ¿qué podía hacer? ¿Cómo una sola persona podía velar por todas las almas de una nación? ¿Cómo asegurar la igualdad de oportunidades? Era imposible. Y, sin embargo, abdicar tampoco era la solución.

—Lo siento, tengo que parar esto —anunció Marid, que salió de entre las sombras—. La princesa es tan discreta que no se atreve a recordaros quién es, pero como amigo suyo no puedo permitiros que os dirijáis a ella en tales términos.

Me recordó a algunos de mis tutores: se levantaban y me hacían sentir abochornada sin saber muy bien por qué.

—Quizá la princesa Eadlyn no sea nuestra soberana ahora mismo, pero todos sabemos que está destinada a heredar el trono. Le pertenece por tradición, pero también se lo ha ganado con sangre, sudor y lágrimas. Olvidáis que mientras vosotros habéis podido elegir qué estudiar, a qué dedicaros, dónde vivir, es decir, vuestro futuro, ella no ha tenido elección. Ha aceptado su cometido sin quejarse. Y todo por vuestro propio bien.

»Gritarle y criticarla por su juventud es injusto, ya que su padre tenía más o menos su edad cuando ocupó el trono. La princesa Eadlyn lleva años aprendiendo, trabajando codo con codo con él. Y antes ha dejado bien claro que su intención es llevar a cabo las ambiciones del rey. Así que, si queréis cambiar algo, decidle cómo hacerlo.

Bree ladeó la cabeza.

—Acabo de hacerlo.

—Si lo que propones es que nos convirtamos en una monarquía parlamentaria de la noche a la mañana, no olvides que eso conllevará problemas, devastación y revueltas. No te imaginas el caos que provocaría —respondió Marid.

—Pero si lo que quieres es votar —empecé—, tal vez podamos discutir cómo implementarlo localmente. Es mucho más fácil que los líderes más cercanos a vosotros, los que podéis ver en vuestro barrio casi a diario, os proporcionen lo que verdaderamente necesitáis.

Bree no sonrió, pero al menos se relajó un poco.

—Eso sería un inicio.

—Perfecto —dije. Miré de reojo a Neena, que no dejaba de anotar cosas en un papel—. Brenton, cuando has entrado, has mencionado algo sobre la vivienda. ¿Te importa que retomemos la conversación? ¿Cuál era el problema?

Después de quince minutos de discusión, el grupo concluyó que a nadie se le debería negar una vivienda basándose en su profesión o en su antigua casta. Y no solo eso, también decidimos que, en caso de ocurrir, deberíamos denunciarlo: todo el mundo tenía derecho a cualquier vivienda, sin restricciones.

—No quiero sonar esnob —empezó Sharron—, pero algunos de nosotros vivimos en zonas muy tranquilas... La verdad es que preferiríamos... que cierta gente no viniera.

—Pues para no querer sonar esnob... —dijo uno de los muchachos— te has lucido.

Suspiré, pensativa.

—Supongo que vives en un vecindario pudiente. Intuyo

119

que, para mudarse ahí, se necesita tener mucho dinero. Además, estás dando por sentado que personas con pocos recursos serían unos vecinos horrorosos. Lo que has dicho sobre mí, Suzette, es cierto —proseguí. Al oír su nombre, alzó la cabeza como una zarigüeya. Sonrió orgullosa de llevar razón, aunque aún no sabía qué iba a decir—. Nunca he vivido fuera de los muros de palacio. Pero gracias a la Selección he conocido a jóvenes de entornos sociales y económicos muy distintos. Créeme: me han dado varias lecciones de vida. Algunos combinan los estudios con un trabajo para ayudar a su familia. Incluso hay quien aprende inglés porque aspira a un futuro con más posibilidades. Estoy convencida de que tuvieron una infancia menos lujosa que la mía, pero esos chicos han enriquecido mi vida. Sharron, ¿eso no te dice nada?

No contestó.

—Al fin y al cabo, no puedo obligar a nadie a tratar a la gente como se merece. Es algo que depende de la conciencia de cada cual. Da igual las leyes que firme o apruebe. No servirán de nada si cada uno de vosotros no empieza a demostrar un poco de solidaridad y tolerancia con sus vecinos.

Vi que Marid sonreía. No había estado perfecta, pero había dado un gran paso.

Fue una pequeña victoria.

Cuando la asamblea finalizó, estaba tan agotada que por un momento creí que me desmayaría. Aquellas dos horas de intenso debate habían sido más extenuantes que una semana de trabajo. Por suerte, la Élite se dio cuenta de que estaba para el arrastre. Así pues, en lugar de bombardearme a preguntas, todos los chicos desfilaron hacia sus habitaciones. Ya habría tiempo para discutir sobre lo ocurrido. Ahora lo único que quería era echarme en un sofá.

Me acerqué a Marid gruñendo.

—Me da la impresión de que querrán volver a reunirse conmigo. Y acepto el reto, pero esperaré a recuperarme de lo de hoy. Y eso puede llevarme varios años.

Él se rio.

—Lo has hecho genial. Son ellos quienes lo han complicado todo. Esta era una primera vez para todos. Nadie sabía cómo actuar. Si accedes a repetirlo, créeme, irá sobre ruedas.

—Eso espero —dije, y me froté las manos—. No dejo de pensar en Bree. Es una chica muy apasionada.

—Apasionada..., sí —repitió, y puso los ojos en blanco—. Es un modo muy elegante de describirla.

—Hablo en serio. Es evidente que el tema le preocupa. —Había estado a punto de romper a llorar en varias ocasiones—. He estudiado ciencias políticas toda mi vida. Sé qué son las repúblicas y las monarquías parlamentarias y las democracias. Tal vez esa chica tenga razón y deberíamos...

—Para, por favor. Ya has visto cómo se ha puesto al ver que no iba a salirse con la suya. Se ha desquiciado. ¿De veras quieres que el rumbo de un país esté en manos de alguien como ella?

—Es una voz entre un millón.

—Exacto. Yo también soy experto en política. Y he estudiado el tema desde diversas perspectivas. Lo más lógico y sensato es mantener el control justo aquí —dijo, y me cogió de las manos. Su sonrisa era tan genuina que, al final, acabó por convencerme—. Y tú serás una reina competente. No permitas que una minoría de personas que no tienen ni idea de cómo expresar sus opiniones mine tu confianza.

Bajé la barbilla.

—El debate me ha dejado un poco alterada, eso es todo.

—Y es normal. No te lo han puesto nada fácil. ¿Sabes qué te ayudaría a sentirte mejor? Una botella de vino. He oído que la bodega de palacio es envidiable.

—Es verdad —contesté con una sonrisa.

—Acompáñame. Acabas de hacer algo maravilloso por tu pueblo. Celebrémoslo. Te lo has ganado con creces.

Capítulo 15

—*B*ueno, no ha ido fenomenal —admití—, pero podría haber sido mucho peor.

—Por favor, decidle a vuestra hija que se deje de tonterías y que empiece a reconocer sus propios méritos —insistió Marid.

Mamá y papá sonrieron. Nos habíamos encontrado por casualidad en un pasillo. Me alegró verlos fuera de su habitación. La opinión de papá era justo lo que necesitaba oír en ese momento.

—Lo intentamos, Marid, te lo aseguro —dijo; luego dio un sorbo de vino, dejó la copa sobre la mesa auxiliar y se sirvió una tacita de té, igual que mamá.

El médico le había dicho que podía tomarse una copita de vez en cuando, pero mamá no quería correr ningún riesgo. Papá decidió solidarizarse con ella, lo cual no me sorprendió en absoluto.

—¿Cómo está tu madre? —preguntó mamá con cierta urgencia, como si llevara varios años con ganas de soltar la pregunta.

Marid sonrió de oreja a oreja.

—Esa mujer es un todoterreno. Pero los años nos pasan factura a todos y ya no tiene energía para hacer todo lo que quisiera. Y eso la entristece. Se esmera muchísimo en cuidar a todos los que viven cerca de Columbia. A falta de pan, buenas son tortas, ¿no?

—Totalmente de acuerdo —respondió ella—. Por favor, mándale saludos de mi parte. Me acuerdo mucho de ella.

Luego miró a papá. Era imposible leer su expresión, pero Marid parecía satisfecho.

—Lo haré. Os aseguro que ella también piensa mucho en vosotros.

Luego siguió un silencio un tanto incómodo en el que todos clavamos los ojos en nuestras bebidas. Al final, papá nos salvó de aquel silencio.

—Por lo que he oído, había una pareja despiadada que rozaba la mala educación. La mujer, ¿cómo se llamaba?

—Sharron —dijimos Marid y yo al mismo tiempo.

—Ha venido al debate con un guion preparado.

—Todos lo han hecho —apunté—. ¿Acaso no era ese el objetivo? Todo el mundo tiene una idea más o menos concreta de cómo mejorar su día a día. Lo difícil para mí no ha sido saber que tienen su propia opinión, sino el cómo han intentado expresármela.

Mamá asintió.

—Tiene que haber un modo de hacer algo parecido, pero sin discusiones, obviamente. Es una forma de calmar los ánimos.

—Llevas razón, pero las discusiones forman parte del debate —declaró Marid—. Cuando se les recordó con quién estaban hablando, todos bajaron el tono.

—Esta especie de asamblea popular ha tenido más cosas positivas que negativas —añadí.

Mi padre seguía con la mirada clavada en la mesa y ni siquiera pestañeaba.

—¿Papá? ¿No opinas lo mismo?

Levantó la mirada y esbozó una sonrisa.

—Sí, cielo, claro que sí —respondió. Luego cogió aire y cuadró los hombros—. Quiero darte las gracias, Marid. El debate de hoy ha sido un progreso. Y no solo para el palacio, también para la nación. Ha sido una idea brillante, enhorabuena.

—Le daré las gracias a mi padre de su parte. Fue él quien me sugirió la idea hace ya varios años.

Papá esbozó una mueca.

—Entonces también te debo una disculpa —añadió, y empezó a tamborilear los dedos sobre la mesa—. Por favor, diles a tus padres que no tienen que seguir alejados de palacio. Que no estuviéramos de acuerdo en ciertos métodos no significa…

Marid levantó una mano.

—No diga más, majestad. Mi padre ha repetido en varias ocasiones que se extralimitó en sus funciones. Le instaré a que os llame. Pronto.

Papá sonrió.

—Me encantaría.

—Y a mí también —dijo mamá.

—Ya sabes que las puertas de palacio siempre están abiertas para ti —añadí—, sobre todo si tienes más ideas de cómo acercarme al pueblo.

La expresión de Marid era triunfante.

—Ah, tengo un montón.

Al día siguiente fui la primera en llegar al despacho. Bueno, casi. Cuando entré, el general Leger estaba hurgando entre los cajones del escritorio de papá.

—¿General? —pregunté, anunciando así mi presencia.

Él hizo una reverencia algo torpe y reanudó su búsqueda.

—Lo siento. Tu padre ha roto las gafas y me ha dicho que guarda otro par en su escritorio. Pero no las encuentro.

Habló con la voz ronca. Cerró el cajón de golpe y luego se volvió y examinó la estantería que colgaba de la pared.

—¿General Leger?

—Me ha dicho que estarían aquí. ¿Y si las tengo delante de las narices y no las veo?

—¿Señor?

—Solo me ha encargado una cosa. No puedo creer que no sea capaz de encontrar un par de gafas.

—¿General?

—¿Sí? —contestó sin tan siquiera mirarme.

—¿Estás bien?

—Por supuesto.

Pero no dejaba de buscar aquellas gafas. Al final apoyé una mano sobre su hombro.

—Sé que no mentirías a mi padre. Así que, por favor, no me mientas a mí.

Al final se rindió y se dio media vuelta. Al verme, torció el gesto. Algo le había dejado perplejo.

—¿Desde cuándo eres tan alta? —preguntó—. ¿Y tan elocuente? Me da la sensación de que fue ayer cuando tu madre entró corriendo en el despacho porque no quería perderse tus primeros pasos —dijo, y esbozó una tímida sonrisa—. No sé si lo recuerdas, pero Ahren se te adelantó. No eras más que una cría, pero ya entonces no te gustaba un pelo que alguien te dejara en ridículo.

—Todavía no me has contestado a la pregunta. ¿Estás bien?

El asintió con la cabeza.

—Lo estaré. Nunca se me ha dado bien admitir la derrota, a pesar de que, a veces, esa sea la mejor solución. Lucy lo lleva mejor que yo, aunque tampoco está para tirar cohetes —admitió. Me miró con los ojos entrecerrados—. Supongo que sabes de qué estoy hablando, ¿verdad?

Cogí aire.

—Sí, aunque no conozco los detalles. Me avergüenza admitir que he estado tan centrada en mí misma que ni siquiera me he dado cuenta del calvario por el que habéis debido de pasar. Lamento no haber sido más sensible con este tema.

—No te preocupes, no te culpamos de nada. No vivimos en palacio. La verdad, no nos gusta hablar de no poder formar una familia. Además, nadie puede hacer nada para ayudarnos.

—¿Estáis seguros de que no podemos hacer nada?

—Ya nos hemos dado por vencidos. Siempre quisimos te-

125

ner hijos, pero nunca encontramos el momento perfecto. Y, cuando lo hicimos, nos dimos cuenta de que no iba a ser tan sencillo como pensamos. Pedimos ayuda, pero no sirvió de nada. Lucy no soportaría otro intento frustrado.

Luego hizo una pausa, tragó saliva y recuperó la compostura.

—Espero haberme portado bien contigo. Como oficial... y también como amigo. Eres lo más parecido a una hija que tengo, así que para mí es importante.

Estaba a punto de echarme a llorar. No hacía tanto yo misma le había llamado «padre sustituto».

—Te has portado fenomenal. No lo dudes en ningún momento. Y no solo conmigo, sino también con todos los niños que han crecido entre estas cuatro paredes.

Él frunció el ceño.

—Woodwork se rompió una pierna tratando de enseñar a Kile a montar en bicicleta, ¿lo recuerdas? Tú te pasaste varios días corriendo detrás de él hasta que, al final, aprendió a mantener el equilibrio sobre las dos ruedas.

El general Leger cerró los ojos y esbozó una sonrisa.

—Es verdad.

—Y, si no me falla la memoria, papá y mamá estaban de viaje en Nueva Asia cuando a Kaden se le cayó el primer diente de leche. Lucy fue quien le contó la historia del Ratoncito Pérez. Y también enseñó a Josie a dibujarse la línea del ojo. ¿No te acuerdas de que estuvo varias semanas presumiendo de *eyeliner*?

—Marlee iba detrás de ella como una loca endemoniada.

—Y también enseñaste a Ahren y a Kaden a empuñar un sable. Hace un par de días le propusieron a Kaden un duelo y lo primero que pensé fue que ganaría sin despeinarse. Y todo gracias a ti.

El general me observaba con detenimiento.

—Guardo todos esos recuerdos como un tesoro. De veras. Os defendería a capa y espada. Incluso aunque no me pagaran por ello.

Me reí por lo bajo.

—Lo sé. Y por eso eres el único al que le confiaría mi vida —dije, y le cogí de la mano—. Por favor, tómate el día libre. Creo que nadie va a invadirnos hoy. Si no fuera así, tranquilo, serás el primero al que llame —añadí rápidamente, porque sabía que protestaría—. Pasa el día al lado de Lucy. Recordad viejos tiempos y, sobre todo, dile que estamos muy agradecidos por todo lo que habéis hecho por nosotros. Os queremos muchísimo, aunque no seáis nuestros padres.

—Y sigo sin encontrar las gafas.

—Estoy segura de que se las ha dejado en el comedor. Yo me encargo. Vete, vamos.

Él me apretó la mano y luego la soltó.

—Sí, alteza.

Le vi marcharse. Apoyada en el escritorio, pensé en la vida del general y de Lucy. Habían pasado por momentos difíciles, cargados de tristeza y de decepción. Sin embargo, él nunca había perdido la sonrisa, ni había faltado un solo día a su trabajo. Igual que ella. La vida de mis padres, en cambio, había sido un camino de rosas.

Estar rodeados de personas que compartían su amor, el amor puro y verdadero, los había ayudado a sobrellevar los problemas y el peso del país.

Y, de repente, olvidé por qué me había asustado tanto.

Repasé mentalmente la lista de pretendientes y sentí miedo y curiosidad a partes iguales. La dulzura de Kile, el entusiasmo de Fox, la alegría de Henri… Todos aquellos rasgos me gustaban, me atraían. Pero, más allá de eso, ¿podría surgir algo verdaderamente hermoso y duradero?

Todavía no lo sabía, pero ahora ya no me daba miedo averiguarlo.

Preferí no darle más vueltas al tema y fui al salón. Como era de suponer, las gafas de papá estaban tiradas de cualquier manera sobre una pila de libros. Decidí llevárselas a su habitación. Sin querer, volví a pensar en el futuro. No sabía si mamá estaría dormida, así que, por si acaso, llamé a la puerta de su estudio personal.

—¿Sí? —contestó él.

Entré y me encontré a papá sentado frente a su escritorio, leyendo unos papeles con la frente ligeramente arrugada.

—Las he encontrado —dije, y le mostré las gafas.

—¡Ah! Me has salvado la vida. ¿Dónde está Aspen? —preguntó, y enseguida se puso las gafas.

—Le he dado el día libre. Me ha parecido que estaba un pelín triste.

Papá levantó la cabeza de aquellas hojas, sorprendido.

—¿Ah, sí? No me he dado cuenta.

—Sí. Está teniendo un mal día. Y creo que Lucy también.

Al mencionar aquel nombre pareció entender de qué iba el asunto.

—Oh, ahora me siento fatal por no haberme fijado —se lamentó. Se recostó en el sillón y se frotó las sienes.

—¿Has dormido algo? —pregunté, y empecé a juguetear con un pisapapeles.

Él sonrió.

—Lo intento, cielo, de veras. Pero tengo un sueño muy ligero. En cuanto noto que tu madre se mueve un poco, me despierto sobresaltado y luego me cuesta una barbaridad volver a dormirme. Ese infarto nos pilló a todos por sorpresa. Siempre pensé que, de ocurrir alguna desgracia, me pasaría a mí.

Asentí. Él no lo sabía, pero últimamente le observaba por el rabillo del ojo porque me preocupaba que la presión pudiera con él. Pero ¿mamá? Nadie lo vio venir.

—Tu madre no deja de hablar del *Report* de mañana. Está empeñada en que vuelva la normalidad lo antes posible. Espera que yo regrese al trabajo, pero sé que, en cuanto eso ocurra, ella también lo hará. No estoy diciendo que prefiera que se quede en la habitación mirando las musarañas, pero la idea de que vuelva a ser la reina, veinticuatro horas al día y siete días a la semana... No sé cómo tomármelo, la verdad.

Él se frotó los ojos y sonrió, aunque sin mucho entusiasmo.

—Entre nosotros, me ha sentado de maravilla este parón. Necesitaba darme un respiro. Hasta ahora no me había dado cuenta de la presión a la que estoy sometido a diario —explicó, y luego me miró de nuevo a los ojos—. No recuerdo la última vez que pude disfrutar de diez horas seguidas de la compañía de mi esposa, sin interrupciones. Le han salido unas arruguitas en los ojos de tanto reír.

Esbocé una sonrisa.

—Papá, cuentas unas chistes malísimos, ¿qué esperabas?

Asintió con la cabeza.

—¿Qué puedo decir? Soy un hombre con muchos talentos. El caso es que conozco a tu madre como la palma de mi mano. Sé que cuando se le pone algo entre ceja y ceja es imposible convencerla de lo contrario. Si ella quiere retomar su rutina como reina, a mí no me quedará más remedio que hacer lo mismo. Y, la verdad, no sé cuándo podremos volver a tener una semana a solas, solo para nosotros.

—¿Y si no quisiera hacerlo?

Mi padre arrugó el ceño.

—¿A qué te refieres?

—Bueno…

Llevaba dándole vueltas al tema desde la asamblea popular del día anterior. Había asumido que jamás podría ayudar a todo el mundo, pero sí podía cambiar la vida de algunos. Esa idea me había ilusionado y emocionado al mismo tiempo. Y, por lo menos, podía echar una mano a mis padres, lo cual empezaba a parecerme un gran logro. Sin embargo, en cuanto lo medité, sentí que mi idea era una locura de alguien que había perdido definitivamente la chaveta.

—¿Y si dejara de ser reina? ¿Y si yo asumiera el cargo?

Papá se quedó de piedra y me miraba con incredulidad.

—No me malinterpretes, por favor —añadí con voz temblorosa—. Soy consciente de que podéis gobernar este país sin mi ayuda…, pero tienes razón. Ambos sabemos que

129

mamá querrá volver al trabajo. Pero si «yo» fuera la reina, entonces tendría que hacer otra cosa.

Él puso los ojos como platos, sorprendido de no haber reparado en esa opción antes.

—Mamá todavía no se ha recuperado del todo del ataque al corazón, pero piénsalo: dentro de unos meses, si tú no eres rey ni ella reina, podríais hacer un montón de cosas juntos, como viajar, por ejemplo.

Aquella posibilidad empezaba a convencerlo.

—Si quieres, podemos hacerlo esta misma semana. Puedo diseñar un vestido para la coronación y Lady Brice y Neena pueden ocuparse de organizarlo todo. El general Leger lo supervisará todo para asegurarse de que no haya ningún imprevisto. No tendrías que preocuparte de nada en absoluto.

Se aclaró la garganta y miró hacia otro lado.

—Papá, te lo suplico. No te lo tomes como un insulto. Es solo que yo...

En cuanto vi que levantaba una mano, me callé. Se giró. Tenía los ojos vidriosos.

—No me lo tomo como un insulto —respondió con un hilo de voz—. Estoy muy orgulloso de ti, cielo.

Se me escapó una sonrisa.

—Entonces... ¿Te parece bien?

—Se avecinan tiempos difíciles —dijo con tono serio—. El pueblo está inquieto.

—Lo sé. Pero no tengo miedo. Bueno, no tengo «mucho» miedo.

Nos echamos a reír.

—Lo harás de maravilla.

Me encogí los hombros.

—No soy como tú. Y, desde luego, no soy como mamá. Pero creo que puedo hacerlo. Sé a quien puedo recurrir en un momento delicado. Y soy consciente de que cuento con vuestro apoyo. Entre todos conseguiremos que parezca una reina decente, ya lo verás.

Mi padre sacudió la cabeza.

—Eres más que decente, Eadlyn. Tal vez no te lo haya dicho nunca, pero eres una jovencita extraordinaria. Eres brillante, divertida y competente. Será un privilegio tenerte como reina —dijo.

Hablaba desde el corazón. Sabía que estaba siendo sincero. A mí también se me humedecieron los ojos.

Hasta entonces nunca había reparado en lo importante que era para mí la opinión de mi padre. Ni siquiera de niña me atrevía a dar un paso sin su consentimiento. Que ahora apoyara mi decisión me conmovió.

Respiró hondo.

—De acuerdo entonces —resolvió. Se puso de pie, rodeó la mesa y se quitó el anillo del dedo. Era un anillo de sello muy especial. Luego, con ademán protocolario y ceremonioso, lo deslizó en mi dedo anular—. Te queda mejor a ti —dijo.

Me miró detenidamente.

Yo ladeé la cabeza y suspiré.

—Pues como todo, papá.

131

Capítulo 16

*E*l viernes por la noche, cuando mamá entró en el estudio, todo el mundo la recibió con aplausos y silbidos. Ella levantó la mano: un gesto de agradecimiento por el apoyo recibido. Al parecer, papá se había convertido en su escolta, pues caminaba pegado a ella como una lapa. Cojeaba un poco por culpa de la vena que le habían extraído de la pierna durante la operación, pero igualmente sus andares eran tan elegantes y ágiles que, si no te fijabas, ni siquiera se notaba. Para la ocasión, había elegido un vestido más bien recatado. Cada dos por tres se comprobaba aquel tímido escote, como si le preocupara que la cicatriz quedara al descubierto.

—Estás espléndida —dije, y me acerqué a ellos en un intento de distraerla.

—Muchas gracias. Tú también.

—¿Cómo estás, papá? —pregunté, y examiné cada músculo, cada arruga de su cara.

Él miró a ambos lados para cerciorarse de que nadie nos observaba.

—En parte aliviado y en parte nervioso. No por ti, sé que lo vas a hacer muy bien. Pero me preocupa la reacción.

A primera vista parecía haber descansado un poco. Y sabía que ver a mamá con aquel vestido tan elegante le subía el ánimo.

—A mí también. Pero los dos sabíamos que, tarde o temprano, este día llegaría. No se me ocurre un momento mejor, la verdad.

Mamá soltó un suspiro lleno de esperanza.

—Por fin podré apartarme de los focos y mirarlo todo desde la distancia —murmuró—. No te imaginas cuánto lo echo de menos.

—No creas que podrás escapar de las cámaras tan fácilmente, querida —replicó papá—. Intenta no derrumbarte esta noche. Estaré a tu lado, por si me necesitas.

—Por lo que veo, nada ha cambiado.

Él esbozó una sonrisa.

—Nada ha cambiado.

—Mirad, no pretendo ser grosera ni echaros del plató, pero, si os vais a poner en plan pastelón, os mando a una cabaña en menos que canta un gallo, ¿entendido?

Mamá me dio un beso en la frente.

—Buena suerte.

Mis padres se dirigieron a sus asientos y yo pasé por delante de los chicos.

—Alteza —saludó Ean con una sonrisa de oreja a oreja antes de hacer una reverencia.

—Buenas noches.

—¿Cómo estás?

—Bien, o eso creo. Va a ser un espectáculo emocionante, créeme.

Él se acercó un poco.

—Me encantan las emociones fuertes —susurró.

Olía a *aftershave*, a tabaco y a algo más. Un aroma ligeramente hipnótico que le envolvía como un halo de luz. El mismo aroma que, desde el día en que le conocí, me había encandilado.

—He estado muy ocupada últimamente, pero me preguntaba si te apetecería tener una cita conmigo pronto.

Se encogió de hombros.

—Solo si tú quieres. Como ya te dije, no pretendo exigirte nada.

—Veo que estás muy cómodo.

—Lo estoy —respondió con una sonrisa—. Y recuerda que me tienes aquí para todo lo que necesites.

Tras otra reverencia, se marchó y se sentó al lado de Hale, quien le murmuró algo entre dientes. Ean sacudió la cabeza como respuesta. Hale parecía un poco nervioso. Fue entonces cuando caí en la cuenta de que no habíamos vuelto a cruzar palabra desde aquella cita tan desastrosa. Pero cada cosa a su tiempo. Ese no era el momento de preocuparse por Hale.

Aun así, decidí acercarme a mis pretendientes.

—Qué alegría ver a la reina por aquí —dijo Fox.

—Sí, lo es. Esta noche nos informará sobre su estado de salud y se encargará de los anuncios habituales. Y por último mi padre anunciará algo que os dejará con la boca abierta. Podéis respirar tranquilos, hoy os libráis de salir en el *Report*.

134

—Gracias a Dios —resopló Kile, y se dejó caer en su asiento con una sonrisa de alivio.

Me reí entre dientes.

—Sé cómo os sentís. En fin, quedaos ahí sentaditos. Eso sí, si os enfocan, salid bien guapos, por favor.

—Hecho —bromeó Ean. No pensaba que fuera capaz de hacerlo.

Hale soltó una carcajada y Henri se limitó a sonreír, aunque a juzgar por su expresión no había entendido nada.

Meneé la cabeza. Justo al darme media vuelta noté un suave roce en la muñeca.

—Lo siento, alteza —dijo Erik—, pero ya que esta noche no hay preguntas para la Élite, estaba pensando si podría sentarme entre el público.

Los focos del estudio iluminaron aquella mirada azul cielo.

—¿Por qué quieres esconderte? ¿Acaso te da miedo que te arrastre al centro del plató?

Él se rio.

—Más de lo que imaginas.

—No te preocupes. Estás a salvo. Pero quiero que Henri entienda el anuncio que hará mi padre, así que quédate cerca.

Él asintió.

—Lo haré. Por cierto, ¿estás bien? Pareces un poco tensa.

—Lo estoy. Mucho —confesé.

—¿Puedo hacer algo por ti?

Apoyé una mano sobre su hombro.

—Cruza los dedos. Intuyo que va a ser una noche muy interesante.

Me senté al lado de mamá y eché un vistazo a todos los asistentes. Una vez más, el vestido de Josie me desconcertó. Había elegido uno de lentejuelas. Cualquiera habría pensado que iba a salir en televisión. Tal vez ese era su plan, estar preparada por si alguna vez surgía la oportunidad.

El general Leger solía quedarse de pie, pero esa noche prefirió sentarse junto a Lucy. Ella apoyó la cabeza sobre su hombro. El general le dio un beso casto en la sien. Ninguno articuló palabra. De hecho, ni siquiera intercambiaron una mirada. Pero no hizo falta: podían comunicarse en silencio.

Me quedé embobada. Los habría contemplado durante horas, pero Kaden me distrajo. Empezó a hacer aspavientos y luego levantó ambos pulgares para desearme buena suerte. Dibujé una tímida sonrisa y le saludé con la mano.

—Si ese muchacho está tan emocionado por lo que va a ocurrir, imagina cómo se pondrá Ahren cuando se entere —murmuró mamá, que volvió a recolocarse el escote.

—Sí —dije, aunque no estaba muy convencida.

Si ni siquiera había levantado el teléfono para contarme qué tal estaba, dudaba que el anuncio le hiciera especial ilusión.

De pronto, las cámaras se encendieron.

Empezó el espectáculo.

Mamá abrió el *Report* jurando y perjurando que estaba recuperada.

—Me encuentro de maravilla. Y todo gracias al trabajo y

esfuerzo de médicos excelentes y, por descontado, a mi familia —prometió.

Sabía que los espectadores esperaban oír esa noticia. Apenas presté atención a las actualizaciones sobre presupuestos y relaciones internacionales. Para ser sincera, no creía que eso le interesara a nadie en un momento como ese.

Al fin, papá fue hacia el podio que habían instalado en el centro del escenario. Miró directamente a cámara y suspiró.

—Pueblo de Illéa —empezó, pero luego se calló y se volvió hacia mamá.

Nos miró a las dos con expresión de pena. Cogí la mano de mamá, preocupada por que hubiera cambiado de opinión. Me aterrorizaba asumir esa responsabilidad, pero la idea de que pudiera arrepentirse de esa decisión me haría sentir como una fracasada.

Nos observó durante unos instantes y vi el asomo de una tímida sonrisa. Luego se giró de nuevo hacia los focos.

—Querido pueblo de Illéa, esta noche me dirijo a vosotros para pediros clemencia. Ya hace veinte años que soy rey. Desde el primer día, he hecho todo lo que estaba en mi mano para resolver cualquier conflicto y mantener la paz en nuestro país. Hemos establecido nuevas alianzas, hemos roto con todas las prácticas sociales arcaicas y hemos intentado daros la oportunidad de tener una vida plena y feliz. Ahora os ruego que hagáis lo mismo por mí.

»El infarto que sufrió la reina nos pilló a todos desprevenidos. Nos dio un buen susto, la verdad. Por eso ahora mismo no me veo capaz de gobernar el país. Y mucho menos de mantener lo que tanto esfuerzo nos ha costado conseguir. Por lo tanto, después de pensarlo y discutirlo mucho, nuestra familia ha decidido que mi hija, la princesa Eadlyn Schreave, ascienda al trono.

Hizo una pausa para dejar que todo el mundo digiriera lo que acababa de anunciar. En cuestión de sonidos, oí uno que me sorprendió: un aplauso.

Alcé la cabeza y vi que eran mis chicos. Estaban aplaudiéndome como locos. Kile se puso de pie de un brinco, entusiasmado por la noticia. Hale hizo lo mismo. Ni corto ni perezoso, se llevó dos dedos a la boca y empezó a silbar como si estuviera en un estadio de fútbol. Parecían eufóricos. Eché un vistazo al resto del plató y me di cuenta de que todo el mundo se había puesto en pie y me vitoreaba. Y no solo Marlee y el general Leger, sino también las maquilladoras, las peluqueras, los cámaras, los realizadores y todo el personal encargado de que el programa saliera perfecto.

Aquella explosión de alegría me abrumó. Me empezó a temblar la barbilla. Al menos sirvió para reforzar mi confianza. Tal vez nos habíamos preocupado por nada.

Papá, alentado por aquella reacción, esperó a que los aplausos disminuyeran para proseguir con su discurso.

—Ya hemos empezado a organizar la coronación, que tendrá lugar a finales de la semana que viene. La princesa y yo hemos trabajado codo con codo casi desde que era una niña. Estoy convencido de que no podría dejar el gobierno de nuestro país en mejores manos. También quiero comentaros que ha sido ella quien se ha ofrecido a asumir este papel, a pesar de su juventud, para que así su madre y yo podamos alejarnos de la vida pública y disfrutar de nuestra vida privada, de nuestro matrimonio, de una vida que aún no hemos tenido la oportunidad de saborear. Espero que esta noticia tan maravillosa os haya hecho tanta ilusión como a mí. Toda nuestra familia quiere daros las gracias por el apoyo que siempre hemos recibido de vosotros, nuestro pueblo.

En cuanto papá pronunció la última palabra, todos volvieron a aplaudir y a silbar. Me levanté y me dirigí al podio. Al cruzarnos, él levantó la mano para que le chocara los cinco, pero estaba tan nerviosa que ni siquiera le vi. Me quedé inmóvil frente al podio. Sentí un millón de mariposas revoloteando en mi estómago.

—Quiero dar las gracias a todos los que me han ayudado y aconsejado desde que me nombraron reina regente. Pueblo de Illéa, para mí es una inmensa alegría ascender al trono.

137

No hay palabras para describir la felicidad que siento por poder hacer esto por mis padres —dije. No podía ser más cierto. Estaba hecha un manojo de nervios, pero era sincera—. Así pues, los muchachos que están sentados ahí detrás, no compiten por convertirse en el príncipe. El que se gane mi corazón será nombrado rey consorte.

Los miré por el rabillo del ojo. Algunos, como Fox y Kile, parecían exultantes. Hale, en cambio, me observaba con el ceño fruncido. Lo de la otra noche no había sido un farol. Tenía dudas. ¿Qué había ocurrido? Le había perdido, pero ¿cómo?

—Mi coronación es inminente. Creedme, será una de las mayores celebraciones que este palacio haya visto. Por favor, acudid a la Oficina de Servicios Provinciales que os corresponda y pedid información, pues invitaremos a una familia de cada provincia a palacio, con todos los gastos pagados, para disfrutar de los distintos festejos —expliqué. Había sido idea mía. Intuía que a Marid le gustaría—. Y, por supuesto, agradecería que dierais vuestro apoyo a nuestra familia durante esta pequeña transición. Muchas gracias, Illéa. ¡Buenas noches!

En cuanto el piloto rojo se apagó, fui corriendo hasta donde estaban mis padres.

—¿Os lo podéis creer?

—¡Ha ido de maravilla! —exclamó ella—. ¿Y qué me dices de los muchachos? Su aplauso ha sido la clave: natural y espontáneo. Creo que ha animado a los espectadores.

—Es una buena señal —coincidió papá—. Y mencionar que el candidato elegido como tu futuro marido será nombrado rey consorte le ha dado un giro a la Selección.

—Como si la Selección no fuera ya de por sí una locura —resoplé, y luego sonreí.

Estaba tan contenta que ni siquiera pensé en el lío en que me acababa de meter.

Papá me dio un beso en la frente.

—Has estado espléndida —dijo. Luego le preguntó a mi madre—: ¿Necesitas descansar?

—Estoy bien —contestó ella poniendo los ojos en blanco antes de bajar del escenario.

—¿Estás segura? Podemos pedir que nos traigan la cena a la habitación.

—Te juro que, si haces eso, te la tiraré a la cabeza.

Me reí. Mis padres habían tenido que luchar con uñas y dientes en su Selección, pero, a fin de cuentas, había sido una bendición para ellos.

Ahora solo necesitaba sobrevivir a la mía.

139

Capítulo 17

$\mathcal{A}$ la mañana siguiente, bajé corriendo a desayunar con el periódico en la mano. Pasé por delante de los guardias de seguridad y de la Élite. Sin darles los buenos días, lancé el periódico sobre la mesa presidencial, donde estaban mamá y papá.

—Leed esto.

«¿Qué nos están ocultando?», era el titular. En la fotografía que acompañaba a esas palabras se veía a toda la Élite de pie y vitoreándome durante el *Report*.

Papá cogió el periódico, se puso las gafas de ver de cerca y leyó el artículo en voz alta, pero sin gritar, para que solo nosotros pudiéramos oírlo.

Cuando uno piensa en la princesa Eadlyn Schreave, las primeras palabras que se le vienen a la mente no son simpática, entusiasta o entrañable. Es una muchacha con clase y hermosa, eso es innegable. Aunque nadie pone en duda su intelecto, lo cierto es que hay quien cuestiona ciertos rasgos de la princesa, como su devoción por el país. Así que la pregunta es clara: ¿qué es lo que estos jovencitos (hijos de Illéa, por cierto), saben de ella y no nos han contado?

Mamá me miró con una sonrisita.

Cuando los cinco caballeros que conformaran ahora la Selección escucharon el anuncio de la coronación de la princesa, todos se pusieron en pie de inmediato y empezaron a aplaudir. Debo admitir que esa no era la reacción inicial que esperaba nuestro reportero. Estaba preocupado. Es una chica joven. Distante. Que no mantiene ningún contacto con sus ciudadanos.

Ninguno de esos muchachos, salvo uno, conocía a la princesa personalmente. Y eso me lleva a pensar que, si decidieron celebrar la noticia, es porque la futura reina debe de ser algo más que una cara bonita. Hace poco se comentó que era una joven considerada y comprometida. ¿Es posible que esas virtudes no hayan podido traspasar la pantalla y por eso nunca las hayamos apreciado? ¿Es una líder auténtica, dispuesta a sacrificarse por su pueblo?

La naturaleza de su ascenso al trono sugeriría que la respuesta es sí. El rey y la reina todavía son jóvenes. Están en plena capacidad mental y física para continuar su reinado. El hecho de que la princesa asuma tan pronto la enorme responsabilidad que conlleva gobernar Illéa para que sus padres puedan pasar tiempo juntos como cualquier otro matrimonio no solo demuestra el amor que siente por su familia, sino también su compromiso por su trabajo.

A mamá se le llenaron los ojos de lágrimas.

Solo el tiempo nos dirá si todas estas conjeturas son ciertas, pero hoy por hoy puedo decir que he recuperado, al menos temporalmente, la fe en la Corona.

—Oh, cielo —exclamó mamá.

Papá me entregó el periódico.

—Eady, es estupendo.

—Es el artículo más alentador que me ha dedicado la prensa desde hace mucho tiempo —dije, y solté un suspiro—. No quiero hacerme ilusiones, pero leer esto me ha tranquilizado. Al menos me facilitará el trabajo.

—Tómatelo con calma —me reprendió mamá, que me

141

lanzó una mirada punzante—. No quiero que empieces tu reinado agotada o harta, así que relájate.

—Si te dijera que va a ser una mañana la mar de tranquila, te estaría mintiendo —reconocí—. Ahora mismo tengo clase de finés. ¿Sabéis lo difícil que es contar en finés, por cierto?

Papá tomó un sorbo de su café.

—Llevo años escuchando hablar finés y todavía no entiendo una palabra. Te admiro, en serio.

—Henri es muy dulce —apuntó mamá—. Entre nosotros, nunca creí que llegaría a gustarte, pero me he dado cuenta de que siempre te saca una sonrisa.

—Bufff —exclamó papá—. ¿Qué sabrás tú de elegir marido? Está claro que la última vez que lo intentaste metiste la pata hasta el fondo.

Ella sonrió y le dio un codazo en el brazo.

—¿Es que no podéis parar? Papá, has arruinado el momento —dije. Me di media vuelta y fui directa hacia la puerta.

—Que tengas un buen día —oí decir a mamá desde su mesa.

Levanté la mano, para que supiera que la había oído. Me acerqué a Henri.

—Ejem. ¿*Lähteä*?

Oír aquella palabra en finés le hizo sonreír.

—¡Sí! ¡Bien, bien! —exclamó.

Dejó la servilleta junto a su plato y me cogió del brazo.

—¡Esperadnos! —gritó Fox, acompañado de Kile—. Me muero de ganas de empezar la clase. Creo que el otro día lo hice genial.

—Erik es un profesor excelente. Siempre te anima, incluso cuando sueltas sonidos guturales propios de otro país. En lugar de reñirte, te felicita por al menos haberlo intentado —añadió Kile.

Asentí.

—Quizá sea un rasgo típico de los fineses. El otro día,

Henri mostró una paciencia infinita conmigo. Al final tuvo que cogerme los mofletes porque no sabía cómo poner la boca —expliqué, e imité el gesto. Henri lo entendió de inmediato y sonrió—. Pero ¿le molestó? En absoluto.

Al recordar aquella anécdota, me acordé de que Henri y yo habíamos estado a punto de besarnos. Y aunque agradecía que ninguno de mis pretendientes se hubiera dado cuenta, la verdad era que no había vuelto a pensar en aquel «casi beso» desde entonces, lo cual me sorprendió.

Cuando llegamos a la biblioteca, Erik ya estaba allí, escribiendo en la pizarra.

—Buenos días, profesor —saludé, y me acerqué a él.

—Alteza. ¿O debería llamarte majestad?

—¡Aún no! —exclamé—. Con solo pensarlo me entran escalofríos.

—Me alegro muchísimo por ti. Todos nos alegramos. Todos se alegran, quiero decir —corrigió, y señaló a los chicos con la barbilla, incluidos a Hale y Ean, que fueron los últimos en entrar—. Sé que no formo parte del grupo, pero creo que todos reaccionamos igual.

—No seas tonto, Erik. Esta pandilla no sería lo mismo sin ti —dije entre risas. Eché un vistazo a la biblioteca—. A veces me da la sensación de que esto es un club de bichos raros y no una competición.

—Tienes razón, pero eso no cambia que realmente lo sea.

Esta vez habló con un tono sombrío y serio. Le miré, pero él fue lo bastante astuto como para esquivar mi mirada. Cogió un montón de papeles y me los entregó.

—¿Y qué me dices de la suerte que tengo? No todo el mundo puede presumir de haberle dado clases de finés a la nueva reina —dijo con orgullo.

Miré de reojo a mis pretendientes. Al ver que estaban distraídos ocupando sus asientos, me acerqué un poco más a Erik para decirle algo que quería que quedara entre nosotros.

—Cuando todo esto acabe, te echaré de menos, Erik. Me importas igual que el resto. Incluso más que algunos.

143

Él sacudió la cabeza.

—No deberías decir eso. No soy como ellos.

—Eres igual que ellos, créeme. Igual de carismático e igual de inteligente, Eikko.

Al oír que le llamaba por su nombre de pila, se quedó de piedra. Luego me pareció ver el asomo de una sonrisa.

—Eh, Eady —llamó Kile—. ¿Quieres ser mi compañera?

—Claro —respondí, y me acerqué a él.

Erik me siguió.

—Empezaremos repasando lo que aprendimos la semana pasada —anunció Erik—. Luego os enseñaré cuatro cosas muy básicas para poder entablar una conversación sencilla. Sé que algunos habéis estudiado otras cosas por vuestra cuenta, os ayudaré con eso dentro de un segundo. Por ahora, volvamos a los números.

—De acuerdo, allá vamos. *Yksi, kaksi, kolme, neljä, viisi* —recitó Kile con cierta arrogancia.

—¿Cómo te los has aprendido? Qué envidia.

—Cuestión de práctica. ¿Qué pasa? ¿Es que no tienes una hora libre para repasar los números en finés?

Me reí.

—No recuerdo la última vez que me di un baño espumoso y relajante. Echo de menos tener tiempo para mí. Y me temo que eso no va a mejorar, pero sé que valdrá la pena. Mis padres necesitan un parón y disfrutar de su vida juntos.

—Sé que lo que voy a decir te va a sonar raro, pero estoy orgulloso de ti. —Intentó reprimir una sonrisa, pero no lo consiguió—. Ahora sé que no me estoy enamorando de un producto de mi imaginación, sino de una chica lista, altruista y luchadora. Así es como te veo en estos momentos.

—¿Y qué me dices de la Eadlyn de antes? —murmuré.

—No me malinterpretes. Esa Eadlyn era una chica divertida. Sabía organizar una fiesta. Y, desde luego, sabía cómo animar una velada aburrida. En cambio, la Eadlyn que tengo ahora enfrente sabe hacer eso y mucho más. Y me gusta. Pero eso ya lo sabes.

—Tú también me gustas —susurré. Vi que Erik nos observaba y clavé los ojos en el papel—. El ocho y el nueve me cuestan una barbaridad. Se parecen mucho, pero se pronuncian de formas totalmente distintas.

—De acuerdo. Repitámoslo una vez más.

Erik se marchó y me sentí culpable por estar utilizando su clase de finés para charlar con mi pretendiente, aunque en realidad me moría por aprender el idioma.

—Por cierto, siento mucho no haber podido dedicaros más tiempo.

Kile se encogió de hombros.

—No te preocupes por mí, Eady. Sigo aquí —afirmó, y después señaló el papel que tenía delante, obligándome así a centrar mi atención en todas aquellas palabras.

Kile exageró la pronunciación de las sílabas para que viera cómo lo hacía.

En aquel momento no podía estar más agradecida por todas las sorpresas que me tenía reservadas el destino.

145

Abrí la puerta del despacho y me encontré a Lady Brice pegada al teléfono. Me saludó con la mano y continuó con la conversación.

—Sí…, sí…, dentro de una semana. ¡Gracias! —dijo, y colgó el teléfono—. Lo siento. Sé que estoy ocupando tu escritorio, pero con la coronación a la vuelta de la esquina tenemos muchas cosas de las que ocuparnos. Ya hemos pedido las flores y reservado la iglesia. Tres diseñadores están trabajando en distintos vestidos. Si quieres que Neena supervise los diseños, estoy segura de que le hará mucha ilusión.

Eché un vistazo a todas las carpetas repartidas sobre el escritorio.

—¿Y habéis hecho todo eso en solo un día?

—Más o menos.

Esbocé una mueca y ella sonrió. Al final, confesó la verdad.

—Tenía una corazonada, así que organicé varias cosas con antelación.

Sacudí la cabeza.

—Me conoces mejor que yo.

—En eso consiste mi trabajo. Antes de que se me olvide —dijo—, esta mañana me ha llamado Marid. Quería darte las gracias por invitar a su familia a la coronación, pero no está seguro de que sus padres sean bienvenidos a palacio.

—Lo acordé con papá. Marid lo sabe, ¿verdad?

—Sí.

Suspiré.

—Pero ¿él vendrá?

—Sí. Las próximas semanas van a ser caóticas, te lo aseguro. Pero cuando toda esta vorágine haya pasado, puedes intentar volverte a poner en contacto con ellos.

Asentí con la cabeza.

—Me gustaría limar asperezas y pasar página de una vez.

—Un gesto muy sensato, desde luego.

Respiré hondo y repetí ese elogio en mi cabeza. Si quería sobrevivir, tendría que grabarme todos los comentarios amables: ese sería mi escudo.

—Estoy lista para ponerme manos a la obra. Dispara.

—No me mates, pero creo que ahora mismo lo que más te conviene es charlar con algunos miembros de la Élite u organizar una cita o algo así.

—Acabo de estar con ellos —protesté—. Están todos bien.

—Me refería a citas un poco más íntimas. Además de los detalles de la ceremonia de coronación, de los que no debes preocuparte en lo más mínimo, no hay nada en la agenda que no pueda esperar hasta el lunes. Tu vida profesional está avanzando. Y, si no recuerdo mal, fuiste tú quien aseguró que iba muy unida a tu vida personal —puntualizó con las cejas arqueadas.

—De acuerdo.

—¿A qué vienen esos morros? Todos los candidatos

cuentan con sus posibilidades, ¿verdad? Aseguraste que todos eran favoritos.

—Es complicado. Necesito mantener una conversación con uno en particular, pero está molesto y hace un par de días que ni siquiera me dirige la palabra. —Suspiré—. Deséame suerte.

—No la vas a necesitar.

Capítulo 18

$\mathcal{M}$e senté en una silla de mi habitación y esperé a que Hale llegara. Quería mantener aquella conversación en un lugar íntimo pero cómodo a la vez. Me sudaban las palmas de la mano. De repente, caí en la cuenta de que me había encariñado de aquellos muchachos y de que, en el fondo, no quería enviarlos a su casa. Sabía que al final solo quedaría uno de ellos, pero deseaba que todos se sintieran en palacio como en su casa y que, una vez acabara todo, me prometieran que vendrían de visita en vacaciones.

Al oír un golpe en la puerta me sobresalté. Enseguida me levanté a abrir. Había enviado a Eloise a hacer unos recados porque no quería que nos molestara.

Hale me saludó con una reverencia.

—Alteza.

—Entra. ¿Te apetece picar algo? ¿Algo de beber?

—No, estoy bien —contestó, y se frotó las manos. Parecía tan nervioso como yo.

Me senté frente a la mesa. Y él hizo lo mismo.

El silencio que siguió me incomodó. Cuando no pude soportarlo más, hablé.

—Necesito saber qué está pasando, Hale.

Él se aclaró la garganta.

—Y yo necesito contártelo. Pero me asusta que, cuando te enteres, me odies.

A pesar del calor que hacía en la habitación, sentí un escalofrío.

—¿Y por qué iba a odiarte, Hale? ¿Qué has hecho?

—No es por algo que haya hecho, sino por algo que no puedo hacer.

—¿Y de qué se trata?

—No puedo casarme contigo.

No me pilló totalmente por sorpresa. No es que estuviera enamorada de él, pero la noticia me cayó como un jarro de agua fría.

—¿Qué...? —empecé, pero tuve que parar para coger aire. Aquel era mi mayor miedo y se había hecho realidad. Nunca encontraría a un chico que me quisiera de corazón. Porque era una persona despreciable. Lo sabía. A Hale le habían bastado unas semanas a mi lado para darse cuenta—. ¿Qué ha pasado para que estés tan seguro de que no puedes casarte conmigo?

Él se quedó callado unos minutos. Parecía nervioso y me consoló ver que su intención no había sido romperme el corazón.

—He conocido a alguien especial.

Al menos esa explicación era más fácil de asumir que mi primera hipótesis.

—¿Carrie?

Sacudió la cabeza.

—Ean.

Me quedé muda de repente. ¿Ean? O sea, ¿Ean Ean?

Aquello sí que no me lo esperaba. Hale había sido un candidato tierno, romántico. Pero al enterarme de que, en realidad, quien le gustaba era Ean, todo cuadró.

Cuando se instaló el sistema de castas, la ley era bien clara: las familias debían pertenecer a la misma casta del marido. Y, precisamente por ello, solo podía haber un patriarca en cada familia. Las mujeres tampoco escapaban de la ley: si la pareja no estaba casada, la familia no se consideraba legítima. Había quien convivía con su pareja sin haber pasado

149

por el altar, aunque no era socialmente bien aceptado. Mamá me contó la historia de una pareja homosexual de Carolina; todo el mundo empezó a excluirlos y, al final, el pueblo los echó a patadas.

Aquella historia nunca me había conmovido especialmente. Mamá no había tenido una infancia fácil. Por lo visto, muchos habían sufrido verdaderas calamidades para salir adelante. Sin embargo, me costaba entender que alguien se tomara tantas molestias para hacerle la vida imposible a otra persona.

En aquella época, las parejas homosexuales solían vivir en la sombra, apartadas de la sociedad. Por desgracia, su situación no había cambiado. Ahora por fin entendía por qué Ean había aceptado que jamás encontraría el amor.

Pero ¿Hale?

—¿Y cómo...? ¿Cómo os habéis...?

—Una noche empezamos a hablar en el Salón de Hombres. Recuerdo que no podía dormir, así que decidí encerrarme allí para leer un poco. Le encontré escribiendo su diario —explicó. Sonrió con timidez—. Sé que no lo parece, pero es un chico muy poético.

Hizo una breve pausa y luego continuó.

—En fin, empezamos a hablar. No sé cómo pasó, pero una cosa llevó a la otra y, de repente, me vi sentado a su lado, y luego él me besó y... Y entonces supe que nunca había estado enamorado de Carrie. Y también supe que, aunque eres la chica más lista, divertida y valiente que jamás he conocido, no podría casarme contigo.

Cerré los ojos e intenté digerir toda aquella información. Estaba horrorizada porque intuía que aquello solo iba a traer consecuencias negativas. Hale iba a tener que explicar a su familia lo que había descubierto sobre sí mismo en el palacio. A Ean no le iba a quedar más remedio que sincerarse y admitir que le gustaban los hombres. Sin embargo, en aquel momento, todo eso me importaba un pimiento. ¿Qué diría la prensa al enterarse de que no solo uno, sino dos de mis pretendientes, preferían estar juntos que estar conmigo?

A veces era una persona horrible.

—Conozco la ley. Que un seleccionado mantenga una relación extraoficial se considera traición —resopló Hale. Arqueé las cejas, pues me había olvidado de aquel detalle—. Sin embargo, sé que es mejor haber tenido una vida corta pero sincera que una vida larga pero basada en el engaño.

—Hale —dije, y le cogí de la mano—. ¿Qué te hace pensar que voy a castigarte?

—Las normas son claras.

Solté un suspiro.

—Estamos atados a ellas, ¿verdad?

Él asintió con la cabeza.

—Te propongo un trato.

—¿Qué tipo de trato?

Le solté la mano y traté de organizar todas las ideas que me rondaban por la cabeza.

—Necesito que Ean y tú me hagáis un favor: quedaos en palacio hasta que pase la coronación, por favor. Dejad que sea yo quien os elimine de la Selección. Os echaré con pocos días de diferencia, os lo prometo. A cambio, podréis iros de palacio sin ningún tipo de represalia.

Él me miraba sin pestañear.

—¿Hablas en serio?

—Reconozco que me preocupan los efectos colaterales que pueda tener todo esto. Pero si damos a entender que os enamorasteis después de ser eliminados, nadie podrá acusaros de traición. Y, lo siento, pero si la prensa se enterara de esto, me despedazaría sin ningún miramiento.

—No pretendía arruinarte la vida, te lo prometo. Aunque no esté enamorado de ti, te quiero lo suficiente como para decirte la verdad.

Nos pusimos de pie, pero fui yo la que se acercó a él. Le abracé y apoyé la cabeza sobre su hombro.

—Lo sé. Yo también te quiero. Jamás desearía que pasaras tu vida encadenado a mí, porque sé que serías un hombre desdichado.

—¿Hay algo más que pueda hacer por ti? Salir de esta sala con tu bendición es más de lo que esperaba. ¿Cómo puedo ayudarte?

Di un paso atrás y me separé de él.

—Sigue comportándote como un candidato ejemplar durante unos días más. Sé que eso es pedir mucho, pero si pudieras aguantar hasta la coronación te estaría eternamente agradecida.

—Eso no es pedir mucho, Eadlyn.

Le pellizqué la mejilla. «Intentaré ganarme tu mano día a día.»

—Y bien, ¿crees que es el amor de tu vida?

Hale soltó una carcajada y, por fin, se relajó.

—No tengo ni idea. Nunca había sentido algo así por nadie.

Asentí.

—Puesto que Ean y yo no solemos charlar muy a menudo, ¿qué te parecería contarle cómo se sucederán vuestras eliminaciones? Lo más probable es que él se marche antes que tú, ya que, a ojos del público, es el candidato menos favorito.

Al decir aquello en voz alta, sentí un pinchazo en el pecho. Ean había sido una red de seguridad. Aunque sabía la verdad, la idea de que se marchara de palacio no me entusiasmaba.

—Gracias. Por todo.

—No hay de qué.

Hale se despidió con un fuerte abrazo y luego salió a toda prisa. No pude evitar sonreír. Ambos estábamos en una situación parecida: a punto de tomar una decisión que cambiaría nuestras vidas, pero no teníamos ninguna garantía de conseguir el ansiado final feliz. El destino había decidido que teníamos que conocernos.

O al menos eso quería pensar.

Υ

Había sido un día de locos. Había empezado de maravilla, pero, en un momento dado, todo se había complicado. Estaba agotada y dispuesta a saltarme la cena para poder descansar en mi habitación. Abrí la puerta y traté de recordar los mejores momentos del día. Lady Brice había asegurado que era una chica sensata. La prensa parecía empezar a confiar en mí. Hale se había sincerado conmigo y, a pesar de todo, se había marchado con una sonrisa en los labios.

—¿Sabes? —dijo una voz ronca—. Creo que soy el preferido de tu doncella personal.

Kile estaba tumbado sobre mi cama, con los brazos cruzados detrás de la cabeza.

Me reí.

—¿Y por qué estás tan seguro?

—Porque ha sido muy fácil sobornarla. Demasiado.

—Lo menos que podrías hacer es quitarte los zapatos.

Él puso una mueca de aburrimiento y se descalzó. Luego dio unas palmaditas sobre el edredón, invitándome a sentarme a su lado.

Me dejé caer a lo bruto, algo que una señorita jamás debe hacer. Él se giró y me miró directamente a los ojos. Me fijé en sus dedos y pregunté:

—¿Qué diablos has estado haciendo?

—Me he pasado toda la tarde haciendo bocetos con carboncillo —respondió, y escondió las manos bajo la almohada—. No te preocupes por las sábanas. El carboncillo me ha teñido los dedos, pero te aseguro que no mancharé nada.

—¿Y en qué estás pensando?

—Es un proyecto ambicioso… Bueno, tal vez me he pasado un poco de la raya. El caso es que he estado dándole muchas vueltas a la asamblea popular que celebraste el otro día. Fue una reunión muy provechosa para todo el mundo. Quién sabe, quizá quieras hacerlo más a menudo. Así que he rediseñado uno de los salones para convertirlo en un salón de visitas permanente. Allí podrías recibir a la gente, escu-

153

char peticiones individuales y dirigirte a tu pueblo cara a cara. Algo oficial, pero discreto.

—Qué detalle, Kile.

Él se encogió de hombros.

—Ya te lo dije. Estoy diseñando para ti.

El brillo que advertí en su mirada era tan aniñado, tan inocente que, por un momento, olvidé que estábamos a las puertas de algo muy serio, tan serio como el matrimonio.

—Tal vez deberías plantearte instalar una emisora de radio en palacio —dijo.

—Puf, ¿en serio? Ya tengo bastante con el *Report*.

—Cuando iba a clases a Fennley, mis amigos y yo escuchábamos muchísimo la radio. La dejábamos encendida en la cocina o mientras trabajábamos. En cuanto oíamos algo que nos interesaba, dejábamos lo que estábamos haciendo, escuchábamos la noticia y empezábamos nuestro propio debate al respecto. Creo que sería una forma de llegar a la gente. Y piensa que no tendrás una cámara enfocándote todo el rato.

—Interesante. Me lo pensaré —dije, y le acaricié aquellas manos negruzcas—. ¿Has trabajado en algo más?

Kile hizo una mueca.

—¿Recuerdas aquellas pequeñas unidades de las que te hablé? He intentado ver si se podría construir un piso superior, para familias numerosas. Pero, teniendo en cuenta los materiales que quiero utilizar, es imposible. El metal sería demasiado fino. Me encantaría poder construir una de esas cabañas y comprobarlo con mis propios ojos. Quién sabe, tal vez un día lo consiga.

Le miré sin pestañear.

—Kile, ya sabes que los príncipes casi nunca se ensucian las manos.

—Sí, ya lo sé —contestó él—. Pero me gusta pensar en ello. —Se revolvió y cambió de tema de conversación—. La prensa ha reaccionado muy bien hoy.

—Sí. A ver cuánto dura. He de conseguir que siga apoyándome, pero no tengo ni la más remota idea de qué hacer para conseguirlo.

—No tienes que hacer nada. A veces las cosas pasan porque sí.

—Me encantaría no tener que «esforzarme» tanto —dije, y bostecé.

Hasta los días tranquilos eran extenuantes.

—¿Quieres que me vaya para que así puedas descansar?

—No —respondí. Me escurrí entre las sábanas para estar más cerca de él—. ¿Puedes quedarte un rato más?

—Claro.

Él me cogió de la mano y contemplamos la hermosa pintura que ocupaba el techo de la habitación.

—¿Eadlyn?

—¿Sí?

—¿Estás bien?

—Sí. Creo que lo llevaría mejor si pudiera reducir el ritmo de trabajo, pero todo tiene que ser para ahora, ahora, ahora.

—Puedes retrasar la coronación, si quieres. Seguir siendo reina regente durante unas semanas. Es prácticamente lo mismo.

—Lo sé, pero en el fondo tú y yo sabemos que no es igual. Para mi padre fue un alivio nombrarme reina regente, pero lo cierto es que desde que pusimos fecha a la coronación está mucho mejor. Parece exultante. Sé que es una cuestión mental, pero ahora por fin puede dormir más de cinco horas seguidas. Y mamá no puede estar más agradecida. Verlo así la ayuda a recuperarse...

—Entiendo a lo que te refieres. Pero ¿qué más? No estarás forzando el desenlace de la Selección, ¿verdad?

—No a propósito. Pero las circunstancias han acelerado el proceso. Entre tú y yo, el final está muy cerca.

—¿Qué quieres decir?

Solté un suspiro.

—Todavía no puedo contarte nada. Tal vez cuando esté todo resuelto...

155

—Puedes confiar en mí.

—Lo sé —susurré, y apoyé la cabeza sobre su hombro—. ¿Kile?

—¿Sí?

—¿Recuerdas nuestro primer beso?

—¿Cómo olvidarlo? Apareció en las portadas de todos los periódicos.

—No, no me refiero a ese, sino a nuestro primer primer beso.

Tras unos segundos de confusión, él inspiró hondo en un gesto casi teatral.

—Madre... del... amor... hermoso.

Me eché a reír.

Éramos pequeños. Yo debía de tener cuatro años; Kile, seis. Nos pasábamos los días jugando juntos. No recuerdo qué ocurrió para que él empezara a odiar la vida en palacio, ni en qué momento empezamos a caernos mal, pero por aquel entonces Kile era como Ahren, solo que con un par de años más. Cada dos por tres jugábamos al escondite. Kile siempre me encontraba, pero, en lugar de sacarme de mi escondrijo a rastras, se agachaba y me besaba en los labios.

Indignada, me levantaba y lo empujaba hasta tirarlo al suelo. Luego juraba que, si volvía a intentarlo, haría que lo decapitaran.

—¿Qué niña de cuatro años sabe amenazar de esa manera? —se mofó él.

—Una a la que han criado así, supongo.

—Espera, ¿esta es tu manera de decirme que vas a hacer que me decapiten? Porque, de ser así, esperaba que lo hicieras con un poco más de tacto.

—No —dije entre risas—. Pero creo que te mereces una disculpa.

—No sucede nada. Han pasado muchos años, Eady. Cuando la gente me pregunta sobre mi primer beso, nunca hablo de ese. Siempre les digo que fue con la hija del primer ministro saudí. Aunque en realidad ese fue el segundo.

—¿Y por qué nunca has contado que fue conmigo?

—Porque siempre creí que cumplirías tu promesa de decapitarme —bromeó, y yo me reí con él—. Supongo que mi memoria bloqueó ese recuerdo. Tampoco fue un primer beso para lanzar cohetes, la verdad.

Yo no podía dejar de reír.

—Mamá me confesó que papá no había besado a ninguna chica antes que a ella. ¿Puedes creerlo? Al enterarse intentó eludir el beso.

—¿De veras?

—Te lo prometo.

Kile rio a carcajadas.

—¿Sabes con quién fue el primer beso de Ahren?

—No —mintió él tratando de contenerse. Al final, explotó y se echó a reír—. Fue con una de las chicas italianas, pero se había resfriado y... —Kile no podía parar de reírse, así que tuvo que parar para continuar—. Madre mía, a tu hermano le vino el estornudo justo cuando estaba besando a esa chica. Había mocos por todas partes.

—¿Qué?

—No vi el beso, pero sí el desastre de después. Le cogí y nos marchamos pitando.

Me dolía la tripa de tanto reírme. Tardamos un buen rato en recuperar la seriedad. Y entonces me di cuenta de algo.

—No he conocido a nadie que haya tenido un primer beso memorable.

Él tardó un segundo en contestar.

—Yo tampoco. Tal vez los primeros besos no son tan especiales. Tal vez los que son especiales son los últimos.

Capítulo 19

Estaba sobre una especie de pedestal. Trataba de no moverme ni un milímetro porque Neena estaba colocando un sinfín de alfileres por la espalda de lo que iba a ser mi vestido de coronación. Sería todo un éxito. Era un vestido con escote corazón, falda a media pierna y cintura bien ajustada. Y dorado. La capa pesaba un poco, pero solo tendría que llevarla en la iglesia. Me habían ofrecido tres opciones distintas y, aunque finalmente me había decantado por este, la verdad es que no habría sido el que habría lucido en mi coronación si hubiera tenido tiempo para diseñarlo yo misma. Sin embargo, todo el mundo ahogaba un grito al verlo, así que me mordí la lengua y agradecí poder llevar un vestido tan espectacular.

—Estás preciosa, cielo —dijo mamá al verme subida sobre aquella plataforma y rodeada de espejos gigantescos que habían instalado en mi habitación solo para esa prueba.

—Gracias, mamá. ¿Se puede comparar con el tuyo?

Ella soltó una risita.

—Mi vestido de coronación fue el mismo que el de mi boda, así que no hay punto de comparación. Tu vestido es perfecto para la ocasión.

Acaricié los bordados del corpiño y oí a Neena reírse por lo bajo.

—Es el vestido más ostentoso que jamás he llevado, desde luego.

—Pues recuerda que tendrás que superar esto el día de tu boda —bromeó Neena.

Mi sonrisa se desvaneció.

—Tienes razón. Será todo un desafío, ¿eh?

—¿Estás bien? —preguntó, y me miró a través del espejo.

—Sí. Un poco cansada, eso es todo.

—Me da lo mismo lo que tengas esta semana en tu agenda. Necesitas descansar —ordenó mamá—. El sábado será un día muy largo para todos, pero especialmente para ti. Serás el centro de atención.

—Sí, señora —contesté, y vi que jugueteaba con un collar—. ¿Mamá? ¿Qué crees que habrías hecho si no hubieras podido casarte con papá? Imagina haber llegado a la final y no ser la elegida; imagina que papá se hubiera decantado por otra de sus candidatas.

Ella sacudió la cabeza.

—Estuvo a punto de hacerlo. Ya has oído hablar de la masacre —contestó. Luego se quedó callada unos instantes y hurgó en su memoria. Siempre que recordaba ese momento, se entristecía—. Ese día, tu padre podría haber elegido tomar un camino muy distinto. A mí no me habría quedado más remedio que hacer lo mismo.

—Pero ¿habrías estado bien?

—Supongo que sí —murmuró—. No creo que hubiéramos tenido una vida desdichada o traumática. Pero tampoco habría sido una vida plenamente feliz.

—Pero ¿no crees que habrías sido infeliz el resto de tu vida?

Ella examinó mi reflejo.

—Si lo que te preocupa es defraudar a tus candidatos…, lo siento, pero no te puedes guiar por eso.

Apoyé ambas manos en el estómago para impedir que el vestido se moviera mientras Neena trabajaba.

—Lo sé. Pero me está costando más de lo que pensaba.

—Tus dudas se irán despejando, ya lo verás. Confía en

mí. Tu padre y yo te apoyaremos siempre, sea cual sea tu decisión final.

—Gracias.

—Bueno, esto ya está —dijo Neena, que retrocedió varios pasos para evaluar los cambios y retoques que acababa de hacer—. Si estás conforme, puedes quitártelo. Se lo daré a un mensajero para que lo lleve de inmediato a Allmond.

Mamá dio un mordisco a un trozo de manzana.

—No entiendo por qué ese diseñador no deja que cosas el vestido. Tienes unas manitas de oro.

Neena encogió los hombros.

—Yo solo sigo órdenes.

Se oyó un golpecito en la puerta y las tres nos giramos.

—Adelante —dijo Neena, como si fuera mi doncella.

Deseaba que fuera ella quien se encargara de todos los asuntos de mi vida. Hacía que todo pareciera fácil.

Entró un mayordomo e hizo una reverencia.

—Perdóneme, alteza. Pero, por lo visto, ha habido un malentendido con el traje de uno de los caballeros.

—¿De quién?

—De Erik, señorita.

—¿El traductor? —preguntó mamá.

—Sí, majestad.

—Yo me ocupo —dije, y bajé del pedestal, dispuesta a solucionar ese problema de inmediato.

—¿No quieres quitarte el vestido? —preguntó Neena.

—No, prefiero practicar un poco.

Y así lo hice. Pesaba una barbaridad. Para ser sincera, me costó muchísimo bajar las escaleras con delicadeza y elegancia. No iba a poder ponerme unos tacones de aguja, eso estaba claro.

Apenas estaba a unos metros de la habitación de Erik cuando oí a alguien rogarle que reconsiderara la idea.

—No formo parte de la Élite. Me parece inapropiado.

Abrí las puertas de par en par y le vi ataviado con un traje distinguido y elegante; tenía varias marcas de tiza en la espalda y un montón de alfileres clavados en los dobladillos.

—Alteza —musitó el sastre, que de inmediato bajó la cabeza como muestra de respeto.

Erik, en cambio, ni se inmutó. Tenía la mirada clavada en el espejo y por un momento pensé que no me había visto.

—Tenemos un pequeño problema con su traje, señorita —explicó el sastre, que señaló aquel vestido repleto de marcas dibujadas con tiza.

El traductor aterrizó de su nube.

—Si llevo un traje casi idéntico al de la Élite, la gente se confundirá y creerá que también soy uno de los seleccionados.

—Pero usted también acudirá al desfile. Y, créame, habrá decenas de fotografías —insistió el sastre—. La uniformidad es la mejor opción.

Erik me miró con ojos de cordero degollado.

Me llevé un dedo a los labios y traté de dar con una solución.

161

—¿Nos deja un minuto a solas, por favor?

El sastre hizo una reverencia y se marchó casi corriendo. Atravesé la habitación y me coloqué frente a Erik.

—Es un traje elegante, desde luego —dije con una sonrisa.

—Sí —admitió—. Es solo que no lo veo apropiado.

—¿El qué? ¿Estar perfecto?

—No formo parte de la Élite. Es... extraño estar a su lado, con un traje casi clavado al suyo, cuando no puedo..., cuando en realidad no soy...

Apoyé una mano sobre su pecho y, por fin, dejó de tartamudear.

—El sastre lleva razón. Es mejor que pases desapercibido. Si cambiamos el color del traje, será peor, créeme.

Resopló.

—Pero soy...

—¿Qué te parecería si te cambiáramos la corbata por otra de distinto color? —ofrecí casi de inmediato.

—¿Es mi única opción?

—Sí. Además, piensa en la ilusión que le va a hacer a tu madre verte por televisión.

Erik puso los ojos en blanco.

—Qué injusta es la vida. De acuerdo, tú ganas.

Di una palmada y sonreí.

—¿Ves? No ha costado tanto.

—Para ti ha sido facilísimo, desde luego. Solo has tenido que dar órdenes.

—No pretendía darte órdenes, Erik.

Él sonrió con cierta suficiencia.

—Oh, por supuesto que sí. Se te da de maravilla.

Nunca sabré si aquello fue una crítica o un cumplido.

—Y bien, ¿qué opinas? —pregunté. Después extendí los brazos y di una vuelta—. Tienes que imaginártelo sin todos estos alfileres, claro.

Erik meditó su respuesta.

—Estás impresionante, Eadlyn. Me has dejado anonadado. Ni siquiera recuerdo por qué estaba tan molesto cuando has entrado.

Intenté no ruborizarme.

—Entre nosotros, no sé si es un poco excesivo.

—Es perfecto. Se aleja un poco de tu estilo habitual, pero un acto de coronación no es algo que ocurra todos los días, ¿verdad?

Me volví y me miré en el espejo. Esa frase me había acabado de convencer.

—Gracias. Le he estado dando tantas vueltas que casi me vuelvo loca.

Él se colocó a mi lado. La estampa era bastante cómica; ahí estábamos, vestidos con nuestras mejores galas; él con la americana repleta de rayas blancas y yo con un ejército de alfileres en la espalda. Parecíamos un par de muñecos.

—Esa es una de tus virtudes.

Hice una mueca, pero sonreí. La verdad era que me encantaba analizar hasta el último detalle.

—Sé muy bien que no soy nadie para decirte qué debes o no debes hacer —dijo—, pero, al parecer, las cosas te salen mejor cuando no las piensas tanto. No caviles tanto tus decisiones. Confía en tu instinto. Déjate guiar por tu corazón.

—Mi corazón me aterroriza —solté.

No pretendía decir esas palabras en voz alta, pero hubo algo en él que me hizo sentir lo bastante cómoda como para sincerarme.

Él se acercó y me susurró al oído:

—No tienes nada que temer.

Después se aclaró la garganta y volvió a observar nuestro reflejo en el espejo.

—Tal vez lo que necesitas sea un poquito de suerte. ¿Ves este anillo? —preguntó mostrándome el meñique.

Me había fijado en él decenas de veces. ¿Por qué alguien que quería pasar desapercibido y que se negaba a ponerse un traje llevaba una joya en el dedo?

—Era la alianza de mi tatarabuela. El trenzado es un detalle tradicional de Swendway. Si alguna vez viajas al país, lo verás por todas partes —explicó. Se quitó el anillo y lo sujetó entre dos dedos—. Este anillo ha sobrevivido a guerras, a hambrunas e incluso a la mudanza de mi familia a Illéa. Se supone que debo entregárselo a la chica con la que me case. Órdenes de mamá.

Sonreí, encantada por el entusiasmo que había mostrado. Me pregunté si habría alguna chica con la esperanza de llevarlo en su dedo algún día.

—Pero, al parecer, este anillo trae buena suerte —prosiguió—. Y creo que ahora mismo es justo lo que necesitas. Sí, no te vendría nada mal.

Él me ofreció el anillo y yo meneé la cabeza.

—¡No puedo aceptarlo! Es una reliquia familiar.

—Sí, pero una reliquia que, como ya he dicho, trae buena suerte. Muchos han encontrado a su alma gemela gracias a ella. Y será algo temporal. Puedes quedártelo hasta que se acabe la Selección… o hasta que elimines a Henri.

163

Todavía un poco dubitativa, me lo puse en un dedo.

—Muchas gracias, Erik.

Contemplé aquellos ojos tan azules. De repente, escuché a mi corazón, el mismo corazón en el que tan poca fe tenía. Su mirada era penetrante. Su piel olía a esa esencia cálida e indescriptible… Y entonces mi corazón empezó a gritar.

No me paré a pensar en cómo aquello podría complicarlo todo. De hecho, ni siquiera sabía si él sentía algo parecido por mí, pero me dio lo mismo. Me incliné hacia Erik. Y él no se apartó. Estábamos tan cerquita que incluso podía notar su aliento en mis labios.

—¿Hemos tomado una decisión? —preguntó el sastre, que asomó su cabecita por la puerta.

Me alejé de Erik con un movimiento brusco y salí disparada hacia el pasillo. El corazón me latía a mil por hora. Cuando quise darme cuenta, me había metido en una habitación de invitados. Cerré de un portazo.

164 Albergaba ese sentimiento desde hacía varias semanas, pero había optado por ocultarlo. Ahora había salido a la superficie y no podía seguir ignorándolo. Había conocido a Erik, a esa persona que se empeñaba en pasar desapercibida. Y mi corazón, mi estúpido, inútil y absurdo corazón, no dejaba de suspirar su nombre. Me llevé la mano al pecho porque por un momento creí que iba a sufrir un infarto.

—¿Cómo puedes ser tan traicionero? ¿Qué has hecho?

Reconozco que, al empezar la Selección, me parecía casi imposible encontrar al amor de mi vida entre un grupo de chicos elegidos al azar.

Ahora, en cambio, no podía ponerlo en duda.

Capítulo 20

Aquella semana fue de locos. Los días pasaron a la velocidad de la luz. Todo el personal de palacio estaba ocupado ultimando los preparativos de la coronación. Yo, por mi parte, hice todo lo posible por no salir de mi despacho y pedí que me llevaran el desayuno, el almuerzo y la cena a mi habitación. Pero, aun así, no logré esquivar a Erik.

Nos citaron a todos en la iglesia para ensayar el desfile. Él estaba obligado a participar para que el número de personas que caminaban detrás de mí fuera exacto. También tuvo que acompañar a Henri al Gran Salón y explicarle cómo circular por allí durante la fiesta. Y, por si eso fuera poco, me hicieron asistir a la prueba final de los trajes de los chicos para que los aprobara. Logré hacerlo sin establecer ningún contacto visual, lo cual me costó muchísimo más de lo que había imaginado.

La coronación iba a ser uno de los momentos más importantes de mi vida. Sin embargo, solo podía pensar en una cosa: en cómo habría sido ese beso.

Iba con retraso. Y yo nunca iba con retraso.

No obstante, la tenacilla no lograba rizarme el pelo y la costura de la cintura se había abierto. Además, aunque había elegido unos zapatos de tacón cómodos a principios de semana, al probarlos con el vestido, me parecieron horrorosos.

Eloise ahogó un grito cuando, por fin, logró acabarme el peinado; practicó con una corona falsa para comprobar que no se me movería ni un solo pelo cuando llegara el momento de verdad. Neena estaba ocupada asegurándose de que todo el mundo estuviera vestido y arreglado, al igual que Hale, que entró corriendo en el último momento con aguja e hilo en mano para ayudarme con los últimos arreglos.

—Gracias —murmuré.

Dio una última puntada y cortó el hilo.

—Cuando quieras —dijo, y echó un vistazo al reloj—, aunque podrías habérmelo pedido antes.

—¡La costura estaba perfecta hasta que me lo he puesto! Él sonrió.

—He repasado todas las costuras por encima. Por lo visto, esa era la única que no estaba bien rematada. Mejor habernos dado cuenta ahora que al mediodía.

Asentí con la cabeza.

—Hoy necesito que todo salga perfecto. Por una vez me gustaría no tener que estar pendiente de nada, que todo marchara sobre ruedas, pero sin que parezca forzado y sin que nadie se dé cuenta de que estoy deseando que se acabe de una vez.

Hale se rio por lo bajo.

—Bueno, si la costura vuelve a abrirse, no te preocupes, tú haz como si nada.

Eloise fue a buscar algo al cuarto de baño. Aproveché ese momento para hablar de cosas más íntimas.

—¿Cómo está Ean? —pregunté en voz baja.

—Bien. Sorprendido —contestó un tanto confuso—. Los dos queremos ayudarte en todo lo que podamos. Nos estás dando una oportunidad de futuro, así que te debemos una.

—Ayudadme a sobrevivir al día de hoy. Eso me vendría de maravilla.

—Día a día —me recordó.

Me bajé del pedestal de un salto y le abracé.

—Me ha encantado conocerte. Eres un chico muy noble.

—Me alegra saberlo —respondió él, y me estrechó aún más fuerte entre sus brazos—. De acuerdo, tengo que ir a recoger mi traje. Si me necesitas, no tienes más que decírmelo.

Agaché la barbilla y vi que Eloise regresaba del baño para darme los últimos retoques.

—Ese chico es majísimo —opinó, y me roció todo el cabello con el último bote de laca.

—Lo es.

—Aunque yo elegiría a Kile —señaló con una risita tonta.

—¡Ya lo sé! —exclamé—. Todavía no he olvidado que le dejaste colarse en mi habitación.

Ella se encogió de hombros.

—Es mi favorito. ¡Tengo que hacer todo lo que esté en mi mano!

Todo estaba listo, por fin. Salí de la habitación y empecé a bajar las escaleras con elegancia y frescura al mismo tiempo. Tenía la cola de la capa enrollada alrededor del brazo para evitar cualquier tropezón. El recibidor estaba lleno. A un lado, el general Leger, que besaba la mano de Lucy. Junto a ellos, Josie y Neena, las dos con un vestido azul pálido precioso. Ellas serían quienes me sujetaran la cola cuando caminara por el pasillo de la iglesia. Y, cómo no, los cinco miembros de la Élite. Se habían apiñado en una esquina. También vi a Erik, que llevaba una corbata azul ligeramente más brillante que el resto.

Sin embargo, yo solo tenía ojos para un chico. Aún no había bajado todos los peldaños cuando avisté a Ahren. Había venido.

Me abrí camino entre la muchedumbre, ignorando por completo el protocolo. Pasé de largo frente a mis asesores y amigos. Sin embargo, no me lancé a los brazos de mi hermano, sino a los de Camille.

—¿Está bien? —pregunté con un hilo de voz.

—*Oui*, mucho.

—¿Y el país está contento? ¿Le ha aceptado?

—Como si fuera uno de los suyos.

Me aferré a ella aún más fuerte.

—Gracias —murmuré.

Después me aparté y le miré. Ahí estaba. El estúpido de mi hermano.

—Veo que has pasado por chapa y pintura —bromeó.

No sabía si contestarle con una burla o si darle un puñetazo en el brazo, o si gritar o si reír o si hacer algo. Al final, me abalancé sobre él y le abracé.

—Lo siento —susurró—. No debería haberme marchado como lo hice. Sé que no debería haberte dejado sola.

Negué con la cabeza.

—Hiciste lo correcto. Te echo muchísimo de menos, pero tenías que irte.

—En cuanto me enteré del infarto de mamá, quise volver. Pero no sabía si regresar a palacio mejoraría o empeoraría las cosas, o si era justo que me presentara en Illéa a sabiendas de que había sido culpa mía.

—No digas tonterías. Lo único que importa ahora es que estás aquí.

Él me sujetó entre sus brazos unos instantes más, mientras Lady Brice organizaba los coches. Los asesores reales fueron los primeros en irse, seguidos de la Élite. Todos se despidieron con una reverencia un tanto exagerada, sobre todo Erik. Esquivó mi mirada, cosa que, a decir verdad, agradecí. ¿Quién sabe cómo habría reaccionado mi torpe y necio corazón?

Y lo cierto es que se derritió al ver a Erik partir. El pobre no dejaba de estirarse las mangas. No se sentía nada cómodo con aquel traje.

—De acuerdo, siguiente coche —anunció Lady Brice—. Todos los que se apelliden Schreave, incluso tú *monsieur* príncipe francés.

—Sí, señora —dijo Ahren, que cogió a Camille de la mano.

—Eadlyn irá primero, acompañada de Neena y Josie. El resto de la familia irá en el segundo coche. Cuando todos estéis listos, me subiré en el último y os seguiré.

Papá se detuvo.

—Brice, deberías venir con nosotros.

—Sin duda —añadió mamá—. En esa limusina hay espacio de sobra para todos. Además, tú eres quien ha organizado todo este tinglado.

—No sé si será apropiado —contestó.

Neena ladeó la cabeza, pensativa. Estaba tramando algo, tal vez un modo de convencerla.

—El trayecto dura diez minutos, tiempo suficiente para que se produzca una hecatombe.

—Además, dudo mucho que alguien crea que Neena y yo somos hermanas —añadí—. Quédate con nosotras.

Ella apretó los labios. No estaba del todo convencida, pero al final accedió.

—De acuerdo. Vamos.

Subimos a la limusina. A pesar de ser solo cuatro, acabamos como sardinas en lata. Y es que mi vestido ocupaba al menos tres asientos. Entre las bromas y los diversos pisotones, todo aquello empezó a parecerme divertido. Inspiré hondo. Lo único que debía hacer era decir cuatro palabras y formular una promesa que, en el fondo, ya había hecho hacía mucho tiempo. Miré el coche de mamá por encima del hombro. Ella me guiñó el ojo y me tranquilicé. Era justo lo que necesitaba.

Aquel día, el pasillo de la iglesia me pareció interminable. Josie y Neena avanzaban detrás de mí, sujetándome la capa para que no rozara el suelo. En un momento dado, miré el anillo que me había regalado papá. Era de un sello único en el mundo. Justo en el centro, brillaba el flamante escudo familiar. Papá confiaba en mí. Por eso me lo había entregado. De hecho, estaba muy orgulloso de cómo había desempeñado el papel de reina hasta el momento, así que aquel acto solo era una formalidad, una excusa para hacerlo oficial.

Traté de mirar a todos los invitados a los ojos con la esperanza de transmitirles mi gratitud. Cuando llegué al altar de la iglesia, me arrodillé sobre una banqueta de madera. Por fin dejé de notar el peso del vestido sobre mis hombros. El obispo cogió la corona ceremonial y la sostuvo sobre mi cabeza.

—Eadlyn Schreave, ¿está dispuesta a tomar este juramento?

—Sí, lo estoy.

—¿Promete preservar las leyes y el honor de Illéa durante todos los días de su vida? ¿Promete gobernar la nación protegiendo siempre las tradiciones y costumbres de sus habitantes?

—Sí, lo prometo.

—¿Y promete proteger los intereses de Illéa, tanto dentro como fuera de sus fronteras?

—Sí, lo prometo.

—¿Y promete utilizar su posición y todos sus recursos para que el pueblo de Illéa pueda llevar una vida justa?

—Sí, lo prometo.

Me pareció adecuado y sensato que el juramento de fidelidad a un país incluyera cuatro promesas, cuatro afirmaciones distintas. En cambio, el compromiso con otra persona solo requiere una. Tras articular esas últimas palabras, el obispo me colocó la corona. Me puse en pie y, con sumo cuidado, me giré para contemplar a mi pueblo. La capa se enroscó en torno a mí y adoptó una forma hermosa, como si fuera un gato que se hubiera hecho un ovillo a mis pies. Entonces el obispo me entregó el cetro, que acepté con la mano izquierda, así como el orbe, que sujeté con la derecha.

De pronto se oyó un golpe de bastón sobre el suelo y todo el mundo gritó al mismo tiempo:

—¡Dios salve a la reina!

Lo decían por mí. No pude evitar emocionarme.

Capítulo 21

—*O*sten, por el amor de Dios, levántate —ordenó mamá.

—Pero es que hace mucho calor —protestó él.

Acabábamos de empezar lo que iba a ser una sesión fotográfica maratoniana.

Papá se colocó detrás de mí.

—Puedes soportar cinco minutos de fotografías, hijo.

Ahren soltó una carcajada.

—Oh, cuánto os he echado de menos.

Con disimulo, le atesté un codazo.

—Menos mal que nadie está grabando esto.

—De acuerdo. Estamos listos —informó papá al fotógrafo.

Mamá y él posaban a mi espalda, con los brazos apoyados en el respaldo del trono. Osten y Ahren estaban arrodillados a ambos lados. Y Kaden estaba de pie, con una mano tras la espalda, una postura típica de los retratos reales.

El fotógrafo disparó varias instantáneas hasta quedar satisfecho.

—¿Quién es el siguiente?

Todos nos quedamos donde estábamos. Camille entró en escena. Después, para que pudiéramos tener una fotografía de toda la familia, todos los chicos de la Élite fueron rotando por aquella estampa familiar.

Y así acabó la serie que podríamos haber titulado como

«Retratos de familia». Luego posé junto a los Leger, junto a cada miembro del gabinete de asesores reales, incluida Lady Brice, que se saltó el protocolo y en lugar de ponerse rígida y seria para la fotografía me abrazó como si fuera su hija.

—¡Estoy tan orgullosa! —exclamó—. ¡Tan y tan orgullosa!

Como era de esperar, también tuve que posar junto a toda la familia Woodwork.

Josie entró casi corriendo. Sin que nadie le dijera nada, se colocó en el centro, casi delante de mí. Sacudí la cabeza y Marlee se acercó a darme un abrazo.

—Me alegro muchísimo por ti, cielo. Has crecido tan rápido.

Sonreí.

—Gracias. Estoy encantada de teneros a todos aquí hoy.

Woodwork dibujó una sonrisa.

—¿Cómo íbamos a perdernos algo así? Felicidades.

Me cogió de la mano.

—Estos últimos meses han sido maravillosos. Has ascendido al trono y, si no me equivoco, Kile y tú habéis arreglado vuestras rencillas…

Sonreí una vez más.

—Francamente, se ha convertido en uno de mis mejores amigos y no me imagino la vida sin él. Me cuesta creer que tardáramos tanto tiempo en conocernos de verdad.

—La vida da muchas vueltas —respondió ella—. Es una lástima que Josie y tú no paséis más tiempo juntas.

—¿Qué? —dijo Josie; esa chica oiría su nombre incluso en morse.

—Os vendría de maravilla hacer más cosas juntas —insistió su madre con una sonrisa de oreja a oreja. No podía estar más ilusionada.

—¡Sí! ¡Deberíamos hacerlo! —graznó Josie.

—Y a mí me encantaría —mentí—, pero ahora que soy reina me temo que mi tiempo libre se verá drásticamente reducido.

Mamá, que estaba detrás de su amiga, me lanzó una sonrisa cómplice. Se había dado cuenta de lo que estaba haciendo.

Marlee frunció el ceño.

—Es verdad. ¡Oh, ya lo tengo! ¿Por qué no nombras a Josie tu aprendiz? Será tu sombra durante unos días, nada más. Siempre ha mostrado mucho interés por conocer la vida de una princesa. ¡Ahora podrá estudiar cómo es la vida de una reina!

—Eso... sería... ¡genial! —gritó Josie, que no dudó en aferrarse a mi brazo y, aunque me costó horrores, no la aparté de un manotazo.

Todos los ojos estaban puestos en mí, esperando a que diera una respuesta. Miré a mi madre y vi esa expresión de advertencia. Casi podía leerle la mente. «Más te vale no decepcionar a mi mejor amiga.» Así pues, no tuve alternativa.

—Claro. Josie puede acompañarme. Será... increíble.

Josie se puso a brincar y a bailar como una tonta. Miré de reojo a Kile. Estaba conteniéndose para no explotar de la risa. Su madre me había puesto en un aprieto. Y menudo aprieto. Kile me hizo sonreír. Al menos así parecería feliz en las fotos.

Por fin llegó el momento de los retratos individuales con la Élite. Y por fin pude levantarme del trono. Me arreglé la falda del vestido. Uno a uno, mis candidatos fueron entrando.

Fox fue el primero. Aquel traje gris oscuro le sentaba como anillo al dedo.

—Y bien, ¿qué tengo que hacer? —preguntó—. En la fotografía familiar he colocado los brazos detrás de la espalda, pero quizá debería, no sé, cogerte de la mano o algo así.

—Sí, así está perfecto —dijo el fotógrafo al ver que Fox me cogía de la mano.

Antes de que la cámara empezara a disparar, él se acercó un poco más a mí y los dos dibujamos una tímida sonrisa.

173

Ean fue el siguiente. A simple vista, parecía contento.

—Estás asombrosa, Eadlyn. Absolutamente asombrosa.

—Gracias. Tú tampoco estás mal.

—Lo sé, lo sé —dijo con una sonrisa de suficiencia.

Se colocó detrás de mí.

—Todavía no he podido darte las gracias. Por tu perdón y por tu discreción.

—Eres un chico de pocas palabras, pero sabía que estabas agradecido.

—Siempre creí que la vida que me esperaba sería terrible, llena de decepción e infelicidad —admitió. Percibí una nota de nerviosismo en su voz—. Tú me has abierto un mundo nuevo y desconocido. Aunque no sé muy bien cómo actuar.

—Vive, y punto.

Ean me dedicó una sonrisa, me dio un beso casto en la frente y se deslizó a un lado.

Después le llegó el turno a Kile, que entró en el set a toda prisa. Luego me cogió en volandas y empezó a dar vueltas.

—¡Bájame!

—¿Por qué? ¿Porque eres reina? Vas a necesitar una excusa bastante mejor.

Cuando perdí la cuenta de las piruetas, paró. Y lo hizo justo enfrente de la cámara. No hacía falta ser un genio para saber que los dos sonreíamos como un par de idiotas. Aquellas instantáneas iban a quedar espectaculares, desde luego.

—Me he tropezado con esa capa y casi me rompo la crisma —murmuró—. La moda es mortal.

—No digas eso delante de Hale —dije.

—¿Decirme el qué? —dijo Hale, que fue el siguiente en entrar.

—Que la moda puede ser mortal —respondió Kile, y se colocó bien la corbata.

—La moda que le gusta a la reina, desde luego. Estás espectacular —susurró, y luego me abrazó.

—Muchas gracias por echarme una mano esta mañana. El vestido sigue intacto.

—¿Acaso dudabas de mi talento? —bromeó.

—Jamás.

Me separé para que nos tomaran alguna fotografía de cara, aunque me moría de ganas por ver las primeras. Aquel abrazo había sido de lo más sincero y esperaba que así se reflejara en la imagen.

Al final llegó el turno de Henri. Al verle sonreír de aquel modo sentí que, solo por eso, el día había merecido la pena. Se detuvo a varios pasos de distancia y cogió aire.

—Estás muy preciosa. Yo estoy feliz por ti.

Me llevé una mano a la boca, conmovida.

—Henri. ¡Gracias! ¡Muchas gracias!

Encogí los hombros.

—Yo intentar.

—Lo estás haciendo muy bien. De veras.

Asintió con la cabeza y, por fin, se acercó. Me rodeó y deslizó aquella gigantesca capa hacia un lado. Se colocó en el lado opuesto y apoyó sus manos sobre mi cintura. Le miré por el rabillo del ojo y vi que posaba con ademán orgulloso.

Era evidente que Henri había meditado mucho cómo quería aparecer en ese retrato. Era admirable. Cuando el fotógrafo acabó, se marchó, pero, tras un par de pasos, se detuvo.

—Ejem, ¿*entä* Erik? —preguntó, señalando a su amigo.

Kile, que no se perdía una, arqueó las cejas y sonrió.

—Sí, Erik es como uno de nosotros, así que también debería subirse ahí.

Erik se limitó a negar con la cabeza.

—No, estoy bien. Dejemos las cosas como están.

—Vamos, tío. Solo es una foto —insistió Kile, que le dio un suave empujón, pero el traductor no se movió un centímetro.

El corazón me golpeaba con fuerza en el pecho. Una parte de mí estaba preocupada porque alguien pudiera oír a mi subconsciente gritando el nombre de Erik. Durante toda la semana, había hecho mil y una maniobras para intentar esquivarlo, pero era ridículo tratar de evitarle en ese momento, en un espacio cerrado y con decenas de ojos mirándonos.

Así que tomé la iniciativa y me acerqué a él. Erik levantó la mirada del suelo. Todo a nuestro alrededor cobró vida. La luz del sol empezó a entonar una melodía preciosa y cada vez que alguien se movía sentía un cosquilleo en la punta de los dedos.

Cuando nos miramos, el mundo se despertó.

Me paré delante de Erik con la esperanza de no parecer tan aturdida y confundida como realmente estaba.

—No te lo estoy ordenando, Erik. Te lo estoy pidiendo.

Él dejó escapar un suspiro.

—Eso lo empeora todavía más —contestó y, sin perder la sonrisa, me cogió de la mano. Tiré de él para volver al set, pero él se quedó ahí parado y con la cabeza gacha. Al parecer, en cuanto la ceremonia había acabado, él se había quitado la americana, de forma que solo llevaba la corbata y el chaleco—. Encima no voy ni bien vestido —se lamentó.

Exhalé y desabroché los botones que sujetaban la capa al vestido. En cuanto se cayó, Hale se acercó corriendo para apartarla y ponerla a buen recaudo.

—¿Mejor así?

—No —farfulló, y se aclaró la garganta—. Pero si insistes en...

—Insisto, insisto —dije. Ladeé la cabeza y empecé a batir las pestañas.

Él se rio y, por fin, se dio por vencido.

—¿Qué tengo que hacer?

—Mira —dije, y me acerqué un poco más a él—, pon esta mano aquí —ordené, y coloqué su mano izquierda sobre mi cintura—, y la otra aquí —añadí, y la puse sobre mi hombro. Después apoyé una mano sobre su pecho y pasé la otra por su brazo. Era un abrazo cómplice y distante al mismo tiempo—. Y ahora sonríe a cámara.

—De acuerdo —murmuró.

Bajo la palma de mi mano, sentía el latido de su corazón.

—Tranquilo —musité—. Imagina que estamos solos.

—No puedo.

—Entonces, no sé, di algo en finés.

Él se rio por lo bajo y me susurró al oído:

—*Vain koska pyysit, hauska nainen.*

Por supuesto, no entendí ni una de aquellas palabras, pero jamás olvidaré el tono de su voz. No me hizo falta mirarle para saber que estaba sonriendo. Me dolían las mejillas de tanto hacer lo mismo. Escuchaba con atención, tratando de percibir cualquier movimiento, gesto o palabra que pudiera surgir de Erik. Tuve que acordarme de respirar. Sabía que me había dicho algo importante, pero ¿qué?

—Ya lo tenemos —anunció el fotógrafo.

Casi de inmediato, Erik bajó las manos.

—¿Ves? No ha sido tan horroroso, ¿no?

—Pensé que sería mucho, mucho peor —confesó él.

Percibí una nota de humor en su voz, como si me hubiera perdido algún detalle.

Y entonces lo oí de nuevo, aquel *ra-ta-ta-ta* de mi estúpido corazón. Me aclaré la garganta y decidí ignorarlo. Oí unos pasos que se acercaban por el pasillo y me volví.

—Marid —dije al verlo.

—Perdón por interrumpir, pero no he podido evitarlo. ¿Podría hacerme una fotografía oficial con la nueva reina? —pidió Marid.

—Desde luego —contesté, y le ofrecí la mano.

Él se acercó con una sonrisa de oreja a oreja.

—Todo el país está emocionado —dijo—. No sé si has tenido tiempo para nada más, pero las reacciones están siendo muy positivas.

—No he tenido ni un segundo libre para echar un vistazo a la prensa —confesé.

No me había dado cuenta de que Marid me había cogido de la mano y, de repente, noté una suave caricia en el brazo. Los dos nos volvimos hacia la cámara.

177

—No hace falta. Tienes la gran suerte de contar con un equipo fantástico que se encargará de hacerte un buen resumen. Pero me alegro de ser el primero en decirte que todo va sobre ruedas.

Me estrechó la mano y pensé que, tal vez, por fin las cosas empezaban a encajar.

Capítulo 22

*P*erdí la cuenta de las copas de champán que bebí. Me reí a carcajadas, sin complejos y sin miedo al ridículo. Y me zampé varios kilos de chocolate. Quería disfrutar de aquella ridícula opulencia que durante tantos años había subestimado. Me lo había ganado. Al día siguiente, ya me encargaría de beber agua y sentar la cabeza. Al día siguiente, ya me preocuparía de mantener al país unido. Al día siguiente, ya pensaría en maridos.

Pero esa noche… Esa noche pretendía exprimir el momento al máximo. Porque era un momento perfecto, mágico.

—¿Otro baile? —me pidió Ahren mientras sorbía de una copa de champán. Había jurado que aquella sería la última—. Dentro de pocas horas estaré montado en un avión rumbo a Francia, pero no quiero irme sin decirte adiós.

Me levanté y acepté el ofrecimiento.

—Después de la última vez, cualquier adiós me vale.

—Ya te he pedido perdón por eso, pero sabes muy bien que no me quedó otra opción.

Él me agarró por la cintura y empezamos a deslizarnos por la pista de baile.

—Es verdad. Pero, entre nosotros, no me sirve de consuelo. Te he echado mucho de menos. Y cuando las cosas se han puesto feas por aquí, te he necesitado.

—Lo siento mucho, Eadlyn. Pero escúchame bien: lo estás haciendo muy bien, mejor de lo que imaginas.

—No cantes victoria antes de tiempo. Todavía tengo que elegir a los miembros de mi Gobierno, asegurarme de que mamá y papá empiezan a delegar y, cómo no, encontrar a mi futuro marido.

Él se encogió de hombros.

—Vamos, poca cosa.

—Unas vacaciones.

Ahren se rio entre dientes. Oh, cómo había añorado el sonido de su risa.

—Siento que mi carta fuera tan dura. Mamá y papá habrían preferido protegerte, mantenerte al margen, pero temía que no saberlo te perjudicara. Temía un linchamiento, Eady.

—Me dolió leerla, la verdad, pero luego me enteré de lo mismo por otras vías. Debería haberme dado cuenta yo solita. Si no hubiera sido tan egocéntrica…

—Era tu forma de escudarte —interrumpió—. Estás haciendo algo que nadie más de este país ha hecho. Es normal que buscaras un modo de hacerlo más fácil y llevadero.

Meneé la cabeza.

—Papá estaba agotado. Mamá se negaba a rebajar el ritmo de trabajo. Tú estabas enamorado de Camille e intenté disuadirte para que no te casaras con ella. Hay una palabra para describirme, pero como soy una señorita es mejor que me la calle.

Al oír ese último comentario, él soltó una carcajada. En ese instante me percaté de que varias personas nos observaban, entre ellas, Camille. Me había empeñado en estar furiosa con ella por varios motivos; también había heredado un trono y, según la prensa internacional, era una reina diez veces mejor que yo. Y, por si eso fuera poco, también me había arrebatado a mi hermano mellizo. Pero, a juzgar por cómo nos miraba, estaba emocionada, feliz de vernos juntos.

—Eh —murmuró al verme de repente inquieta—. Todo va a salir bien. Lo harás de maravilla.

Sonreí y traté de encontrar aquella sensación que me había invadido hacía cuestión de segundos. Era la nueva reina de Illéa. Nadie entendería que estuviera triste precisamente ese día.

—Lo sé. Pero no sé cómo voy a lograrlo.

La canción se terminó y Ahren hizo una reverencia.

—Tienes que venir a París a pasar la Nochevieja.

—Y tú tienes que celebrar tu próximo cumpleaños aquí, en Illéa —insistí.

—Vale, entonces para tu luna de miel tendrás que viajar a Francia.

—No a menos que asistas a la boda, que se celebrará aquí.

Él me extendió la mano.

—Trato hecho.

Nos dimos un buen apretón de manos. Luego mi querido hermano me dio un abrazo de oso.

—Estuve llorando durante días. Pensé que jamás me perdonarías que me hubiera marchado así, sin avisar. Que no estés enfadada hace que esta despedida sea aún más amarga.

—Tienes que llamar más a menudo. Y no solo a papá y a mamá, también a mí.

—Lo haré.

—Te quiero, Ahren.

—Te quiero, majestad.

Me reí. Los dos casi nos echamos a llorar.

—Y hablando de boda —empezó—, ¿ya sabes quién será el novio?

Miramos fugazmente hacia el salón. Allí estaban, con un traje de tres piezas con corbata. Para qué engañarnos, eran los chicos más atractivos de la fiesta. Ningún otro miembro de la realeza podía compararse a ellos. Les había estado observando toda la noche, fijándome en cómo se comportaban, en cómo se movían y en cómo manejaban la situación. Al fin y al cabo, era información que, tal vez, me ayudaría a decantarme por uno u otro.

Kile había entretenido a los invitados más pequeños. Fox debió de hartarse de saludar a todo el mundo, pues, en un momento dado, vi que se masajeaba la muñeca. Aunque Ean y Hale estaban fuera de la competición, les oí hacer un par de comentarios sobre mi carácter a la prensa. Y todo habían sido alabanzas.

Y luego estaba Henri. Erik no se había separado de él en toda la velada. Le había ayudado a entablar conversaciones y a presentarse a los invitados, pero de pronto le vi estudiando a todo el mundo desde su asiento e intuí que, para él, no había sido en absoluto divertido.

—No dejo de cambiar de opinión. Es muy difícil adivinar cuál es la opción más apropiada. Solo quiero hacer lo que sea mejor para todos.

—¿Tú incluida?

Sonreí, pero no fui capaz de contestar.

—Si hay algo que espero haberte enseñado —dijo con tono serio—, es que debes hacer todo lo que esté en tu mano para estar al lado de la persona a la que amas.

El amor. Para mí siempre había sido como una prenda de ropa: no existe un vestido que le siente igual a dos personas. Ahora me daba cuenta de que estaba equivocada. Todavía no había descifrado el sentido real de aquella palabra, pero me parecía que no tardaría mucho en dar con él. Pero ¿me conformaría con eso?

—Escúchame bien, Eady: las guerras, los tratados e incluso los países van y vienen. Pero tu vida es tuya, privada y sagrada. Deberías compartirla con aquella persona que te haga sentir viva, que te haga sentir que cada segundo a su lado es maravilloso.

Bajé la mirada y contemplé mi vestido. De pronto, noté el peso de la corona sobre mi cabeza. Sí, mi vida era privada y sagrada. Y era así desde el día en que nací, siete minutos antes que él. Desde entonces me había pertenecido a mí y solo a mí.

—Gracias, Ahren. Lo recordaré.

—Hazlo.

Puse una mano sobre su hombro.

—Ve a buscar a tu esposa. Espero que tengáis un buen viaje de vuelta a casa. Avisadnos cuando lleguéis, ¿de acuerdo?

Él me cogió la mano y la besó.

—Adiós, Eady.

—Adiós.

Estaba cansada, pero, aun así, me quedé. Sabía que todavía no era el momento de escabullirme. «Una última vuelta», me dije para mis adentros. Estrecharía varias manos más, concedería dos o tres entrevistas. Luego me escaparía por una puerta lateral. Nadie se daría cuenta.

Empecé la ronda de despedidas: sonrisas melancólicas, abrazos sinceros y un sinfín de buenos deseos y de promesas de volver a vernos pronto. La energía fluía por la sala. No me quedaban fuerzas ni para tenerme en pie. En una esquina, vi que Ean estaba charlando con varias personas. Al verlos me fijé en que eran los afortunados que habían ganado la lotería de asistir a la coronación. Y justo entonces empezó a sonar otro vals.

—¡Oh, un baile! —rogó una jovencita.

Pensé que querría bailar con Ean, pero de repente le empezó a empujar hacia mí. Él no se amilanó y me acompañó hasta la pista de baile.

Tras dar varias vueltas y llevarme algún que otro pisotón, no pude aguantar más.

—¿Desde cuándo te gusta Hale?

Él sonrió.

—Desde que empezamos los preparativos de la Selección. Recuerdo que estaba tan contento… Parecía un dibujo animado. Era adorable.

—Es adorable —puntualicé.

—Siento haberte mentido. Iba a llevarme el secreto a la tumba.

—¿Y ahora?

183

Se encogió los hombros.

—No estoy seguro. Pero Hale es tan condenadamente pesado en ser sincero con uno mismo que, al menos, no intentaré utilizar a nadie para esconder mi realidad, como hice contigo. No es justo para nadie.

—No siempre es fácil ser fiel a uno mismo, ¿verdad?

Asintió con la cabeza.

—Aunque yo no me atrevería a comparar nuestras circunstancias. Al fin y al cabo, yo soy un don nadie. Y tú, bueno, tú eres la reina.

—No seas tonto. A mí me importas. Me importaba aquel esnob fanfarrón que apareció en palacio el primer día —dije. Ambos nos echamos a reír. Parte de aquella fachada se había venido abajo. No toda, pero yo mejor que nadie sabía lo difícil que era quitarse una coraza—. Y también me importa este chico nervioso y amable que ahora mismo está bailando conmigo.

Ean no era de la clase de chicos que lloraba. No se le hizo un nudo en la garganta. Ni se le humedecieron los ojos. De hecho, ni siquiera pestañeó. Pero intuía que, si alguna vez había estado a punto de echar una lagrimita, fue ese día.

—Me alegro de haber podido estar presente en el día de tu coronación. Gracias, majestad. Por todo.

—Cuando quieras.

La canción se acabó y ambos agachamos la cabeza.

—¿Te importa que me marche a primera hora de la mañana? —preguntó—. Me gustaría pasar unos días con mi familia.

—Claro. Estamos en contacto.

Él asintió y se dio media vuelta, listo para empezar su nueva vida.

Lo había logrado. Había conseguido sobrevivir a aquel día. Y lo había hecho sin humillarme, sin que nadie protestara. Y al parecer sin una arruga en el vestido. Para mí, la fiesta se había acabado. Podía escabullirme a mi habitación para disfrutar de un poco de paz y tranquilidad.

Y justo cuando estaba a punto de marcharme por una puerta lateral, vi que Marid hablaba con una periodista. Al verme, se le iluminó la mirada con una explosión de fuegos artificiales. Me hizo un gesto para que me acercara a la cámara y le ayudara con la entrevista. No había nada que me apeteciera más que tumbarme en la cama y descansar, pero su sonrisa era tan cautivadora que no pude resistirme. Así pues, acepté.

185

Capítulo 23

—Aquí está, la chica del momento —anunció Marid, que me rodeó la cintura con el brazo.

La periodista soltó una risita tonta.

—Majestad, ¿cómo se siente? —preguntó, y me apuntó directamente con el micrófono.

—¿Se me permite decir que estoy cansada? —bromeé—. No, hablando en serio, ha sido un día increíble. Durante las últimas semanas, el país ha vivido momentos angustiantes y difíciles, así que espero que esta jornada haya servido para animar un poco a la ciudadanía. Y estoy ansiosa por ponerme a trabajar. Gracias a los pretendientes de mi Selección y a mis amigos, entre los que se encuentra el señor Illéa, he podido conocer de cerca la vida del pueblo. Espero que, a partir de ahora, podamos encontrar el modo de escuchar y atender sus necesidades de una forma más eficaz.

—¿Nos puede dar alguna pista sobre lo que pretende hacer? —preguntó con cierta impaciencia.

—Bueno, creo que la asamblea popular que celebramos en palacio, que por cierto fue idea de Marid —le señalé—, empezó con el pie izquierdo, pero, al final, fue muy útil para todos. Y el señor Woodwork tiene una propuesta muy interesante para que los ciudadanos de a pie puedan formular sus peticiones individuales a la Corona de una forma más sencilla y ágil. No puedo desvelar nada más de momento, pero es una idea inspiradora.

—Y hablando de propuestas —dijo con gran entusiasmo—, ¿alguna novedad en el frente?

Solté una risa.

—Deje que sobreviva a mi primera semana como reina y después le prometo que volveré a centrarme en el amor.

—Me parece justo. ¿Y qué me dice usted, señor? ¿Algún consejo para nuestra nueva reina?

Me giré y vi que Marid se encogía de hombros y agachaba la cabeza.

—Le deseo toda la suerte del mundo en su reinado y en su Selección. El joven que consiga ganarse su corazón será muy afortunado.

Marid tragó saliva, como si le avergonzara hablar de ese tema delante de la periodista. Ella puso cara de lástima y asintió.

—Muy afortunado, sin duda —murmuró la chica.

Entrelacé mi brazo con el de Marid y me lo llevé de allí. Necesitaba hablar con él a solas.

—No pretendo parecer una desagradecida después de todo lo que me has ayudado, pero ese comportamiento me parece inapropiado.

—¿A qué te refieres? —preguntó, desconcertado.

—Das a entender que, de no haber sido por la Selección, tú y yo habríamos tenido algo. Esta es la tercera vez que te oigo decir algo así. Da lugar a malinterpretaciones, y lo sabes. Hacía años que no nos veíamos. Es un honor, además de un deber, casarme con uno de mis candidatos, así que actuar como si estuvieras dolido es sencillamente inaceptable. Quiero que pares esto y que lo hagas ya.

—¿Y por qué iba a hacerlo? —preguntó con voz maliciosa.

—¿Perdón?

—Si tu familia hubiera prestado un poquito más de atención a su pueblo, tal vez se hubiera dado cuenta de que, en lo referente al público, mi voz es muy muy influyente. El pueblo me admira, me valora. Deberías ver la cantidad de cartas que recibo a diario. No todo el mundo cree que el apellido Schreave deba seguir gobernando el país.

Me quedé de piedra. Me aterraba que hubiera algo de verdad en sus palabras.

—Tienes una deuda conmigo, Eadlyn. Siempre he hablado bien de ti a la prensa. Cuando en una entrevista me han preguntado por ti, no he tenido más que buenas palabras. Y, por si lo has olvidado, fui yo quien salvó esa asamblea popular. Fui yo. No tú.

—Pero podría...

—No, no podrías. Y ese es el problema. No puedes encargarte del país tú sola. Es casi imposible. Por eso la idea de casarte es maravillosa. Pero estás buscando a tu futuro marido en el lugar equivocado.

Estaba tan pasmada que no podía articular palabra.

—Dejémonos de tonterías, Eadlyn. Si esos chicos sintieran algo por ti, ¿no crees que estarían pululando por aquí? Desde fuera parece que pasen de ti.

Empecé a angustiarme. Miré a mi alrededor. Tenía razón. Mis pretendientes merodeaban por el salón completamente ajenos a mi presencia.

—Sin embargo, si decidieras casarte conmigo, la alianza Illéa-Schreave aseguraría el reinado. Nadie se atrevería a cuestionar tu derecho a gobernar si fueras mi esposa.

El salón empezó a balancearse y traté de mantener el equilibrio.

—Puedes echar un vistazo a las estadísticas, pero mi opinión influye más que la tuya en la opinión pública. Dame veinticuatro horas y conseguiré que el pueblo pase de tolerarte a adorarte.

—Marid —susurré. Me reprendí por haber sonado tan débil—. Lo que me propones es imposible.

—Pero es la cruda realidad. Puedes continuar con esta pantomima de la Selección, pero piensa que puedo esparcir rumores sobre nosotros. Nadie te tomará en serio. Solo necesito una semana para convencer al pueblo de Illéa de que eres una reina cruel y despiadada.

Erguí la espalda.

—Voy a hundirte —prometí.

—Inténtalo. Ya verás con qué rapidez se vuelven en tu contra —añadió. Me dio un beso en la mejilla—. Tienes mi número.

Marid se dio media vuelta y se marchó. Estrechó la mano de todo aquel que se cruzó en su camino, como si perteneciera a la familia real. Aproveché ese momento de protagonismo para huir del salón.

Me sentí como una tonta. Había creído que Hale sentía algo especial por mí, que Ean me apoyaba en todas mis decisiones. Y no había podido estar más equivocada. Había cometido un tremendo error al confiar en Burke, en Jack y en Baden. En ningún momento había dudado de Marid. Pensaba que había venido a ayudarme, pero lo único que había querido era hacerse con el trono. Mi instinto me había jugado demasiadas malas pasadas. Por lo visto, todos los que me rodeaban eran unos farsantes.

¿Me había equivocado con todo el mundo? ¿De veras podía confiar en Neena o en Lady Brice? ¿Kile también me había engañado? ¿Acaso para él nuestra amistad no era más que una patraña? ¿Podía fiarme de mi sexto sentido, de esos instintos que tantas veces me habían traicionado?

Estaba a punto de echarme a llorar. Me apoyé contra la pared y respiré hondo. Era la reina. No había nadie más poderoso que yo. Y, sin embargo, nunca me había sentido más vulnerable.

De pronto, la puerta se abrió. Antes de que pudiera escabullirme, apareció Erik.

—Majestad, lo siento. El salón sigue abarrotado de personalidades y necesitaba un poco de aire fresco.

No respondí de inmediato.

—Parece que tú también te has agobiado un poco —añadió con cautela.

No despegué la mirada del suelo.

189

—¿Majestad? —preguntó. Se acercó un poco más—. ¿Puedo ayudarte en algo?

Levanté los ojos, contemplé aquella mirada azul cristal. De repente, todas mis preocupaciones desaparecieron. Mi corazón gritaba: «¡Corre!». Así que le cogí de la mano y eché a correr.

Crucé el pasillo, mirando de vez en cuando por encima del hombro para comprobar que nadie nos estuviera siguiendo.

Tal y como había imaginado, el Salón de Mujeres estaba vacío. Preferí dejar las luces apagadas. Lo último que me apetecía era llamar la atención. Fui hasta la ventana para aprovechar el resplandor de la luz de la luna.

—A riesgo de parecer todavía más estúpida, por favor, ¿puedes responderme a algo? Y necesito que seas totalmente sincero conmigo. Tienes mi permiso para decir lo que quieras, aunque creas que vayas a hacerme daño. Pero necesito saber la verdad.

Después de unos instantes, que por cierto se me hicieron eternos, Erik asintió. A juzgar por su expresión estaba muerto de miedo.

—¿Sientes algo por mí? Si has sentido ni que sea una milésima parte de lo que yo siento por ti, necesito saberlo, porque me estoy volviendo loca.

Erik respiró hondo. Parecía sorprendido y triste al mismo tiempo.

—Majestad, yo…

—¡No! —grité. Me quité la corona y la arrojé al otro lado de la sala—. Majestad, no. Eadlyn. Soy Eadlyn.

Él sonrió.

—Para mí siempre serás Eadlyn. Y siempre serás la reina. Eres especial para todo el mundo. Y, para mí, eres infinitamente especial.

Apoyé una mano sobre su pecho y noté que el corazón le latía a mil por hora, igual que a mí. De repente, en ese preciso momento, Erik se dio cuenta de lo desesperada que estaba. Sin decir nada, me acarició la mejilla y se inclinó para besarme.

Recordé todos los momentos que habíamos vivido juntos. La postura rígida que tenía el día en que nos conocimos. La reprimenda que le di antes del desfile por morderse las uñas. El modo en que me protegió durante la pelea en las cocinas. Cómo le había buscado en la sala de la enfermería cuando el resto de los candidatos rezaban por la vida de mi madre. Cuando, en el Salón de Mujeres, Camille me había preguntado qué candidatos me gustaban, la verdad es que tuve que contenerme para no decir su nombre en voz alta.

Cada segundo que pasábamos juntos era mágico, pero también prohibido. Era una traición en toda regla. Cuando al fin nos separamos, estaba hecha un mar de lágrimas. Ni la partida de Ahren ni el miedo de perder a mi madre me habían hecho tanto daño como ese beso.

Él sacudió la cabeza, pero siguió abrazándome.

—Siempre he sido reacio al amor. Y resulta que he acabado enamorándome de alguien que vive en otra estratosfera.

Me aferré a su camisa, furiosa por no poder detener el tiempo.

—Esta va a ser la primera vez en mi vida que no consigo lo que de verdad quiero. Y eres tú. La vida es cruel.

Él tragó saliva.

—¿Entonces es completamente imposible?

Agaché la cabeza. No quería decir aquello en voz alta.

—Me temo que sí. Y por muchas razones. Todavía no he asimilado todo lo que está ocurriendo, pero estoy convencida de que mi vida va a ser más complicada a partir de ahora.

—No me debes una explicación. Ya lo sabía. Cometí el error de albergar una esperanza. Eso es todo.

—Lo siento mucho —susurré. Cerré los ojos—. Si pudiera cancelar la Selección, lo haría sin pensármelo dos veces. Pero todo el país se me echaría encima. Otro error que añadir a la lista de cosas absurdas y egoístas que he hecho.

Con suma delicadeza, me levantó la barbilla.

—Por favor, no hables así de la mujer a la que amo.

Apenas pude esbozar una sonrisa.

—He sido tan injusta contigo. Pero este sentimiento me estaba consumiendo por dentro. Tal vez habría sido mejor no habernos conocido.

—No —respondió él, que en ningún momento perdió los estribos—. Nadie debe avergonzarse por amar a quien ama. Además, Eadlyn, la sensatez es una gran virtud. Es una lástima que, en nuestro caso, no se cumpla la primera afirmación. Pero eso no significa que este momento no sea importante para mí.

—O para mí.

Él me sostenía la mano con ternura. Erik parecía sorprendido. Tal vez no se esperaba reunir el valor de confesarme cómo se sentía.

—Debería volver —dijo—. No querría armar un escándalo.

192

Suspiré.

—Tienes razón —admití, pero me negaba a dejarlo marchar. Permanecí entre sus brazos unos instantes más—. Todavía no soy una mujer prometida —susurré—. ¿Nos vemos mañana por la noche?

Todos los engranajes de su cabeza se pusieron en marcha. Tras cavilar durante unos segundos, dejó de darle vueltas al asunto y asintió.

—Te informaré de los detalles. Ahora vete, yo saldré dentro de unos minutos.

Erik me dio un último beso, un tanto apresurado, y salió corriendo hacia el pasillo. Recuperé la corona del suelo y fui hacia una puerta oculta que había detrás de una librería. Quería estar segura de que nadie me encontrara esa noche.

En Illéa ya no había rebeldes ni amenazas lo suficientemente peligrosas como para huir de ellas. Pero el palacio estaba lleno de pasadizos secretos. Y yo los conocía todos.

Capítulo 24

—*B*uenos días, majestad —saludó Lady Brice en cuanto entré al despacho.

El domingo era mi día libre. De hecho, podía quedarme en la cama hasta las tantas y nadie me lo reprocharía. Pero no pretendía pasarme de aquella manera mi primer día como reina, sobre todo después de cómo habían acabado las cosas la noche anterior.

Solté un suspiro, cansada pero emocionada al mismo tiempo.

—Ayer lo oí un millón de veces, pero se me hace extraño que la gente se dirija a mí con ese título.

—Tienes décadas para acostumbrarte —respondió con una sonrisa casi maternal.

—Por cierto, quiero comentarte un par de cosas sobre la Selección. Y sobre mi reinado. Y sobre una complicación inesperada.

—¿Complicación?

—¿Puedes decirme algo? ¿Marid es un tipo muy popular?

Ella soltó un silbido.

—La verdad es que ha conseguido hacerse un nombre en Illéa, sobre todo en los últimos años. Suelen entrevistarle en la radio y, bueno, como es tan atractivo y viene de una familia tan conocida ha acabado ocupando las portadas de la mayoría de las revistas. Mucha gente le escucha cuando habla. Qué suerte que haya aparecido justo ahora, ¿eh?

Y antes de que pudiera explicarle lo ocurrido la noche anterior, la puerta se abrió a mis espaldas. Era Josie, que entró en el despacho como si fuera su habitación.

—¡Hola! ¡Espero no llegar tarde! —gritó.

Puse los ojos en blanco, frustrada. Había olvidado por completo que ese día Josie se iba a convertir en mi sombra.

—¿Puedo ayudarte en algo? —preguntó Lady Brice.

—Oh, no, no. He venido a echaros una mano —anunció—. Hoy me voy a pegar a Eadlyn como una lapa. Y si todo va bien, quizá me quede por aquí unos días más.

—Marlee lo sugirió durante la sesión de retratos familiares de ayer —me apresuré a decir.

Lady Brice asintió. En ese preciso instante, Neena entró en el despacho. No me gustaba la idea de compartir ciertas cosas delante de Josie. Esa chica me incomodaba, pero, por lo visto, no me quedaba alternativa.

—De acuerdo —dije articulando las palabras poco a poco—. Tenemos un problema. Y se llama Marid Illéa.

—¿En serio? —preguntó Neena—. Hasta ahora se ha mostrado muy servicial.

—Sí, pero no era más que una fachada. En realidad, su objetivo siempre ha sido hacerse con la corona —confesé, y tragué saliva. No podía sentirme más estúpida—. Anoche le pedí que parara de sugerir entre la prensa que éramos algo más que amigos. Me dejó bien clarito que utilizaría toda su influencia para conseguir que el pueblo me exigiera casarme con él.

Lady Brice hundió la cabeza entre las manos.

—Sabía que iba a sabotear tu reinado. Lo sabía. Deberíamos haber acallado esos rumores.

Sacudí la cabeza.

—No es culpa tuya. Me diste la oportunidad de hacerlo, pero me negué. Nunca sospeché que intentaría colarse en palacio así, como un gusano.

—Es un chico muy escurridizo —dijo ella, que cerró los puños—. Sus padres atacaron el palacio arrojándonos piedras e insultando a la corte. Él, en cambio, solo ha tenido que dar un par de discursos bien meditados para lograr entrar en palacio. Y sin un atisbo de violencia.

—Exacto. Y... tengo miedo. Si manipula a la opinión pública y la convence de que él debería ser el príncipe consorte, todo el país se volverá en contra de la monarquía. El pueblo lleva varios meses al borde de la rebelión. Ahora que mi padre se ha jubilado, ya no hay nada que los detenga. Pero si cedemos y él se instala aquí..., si Marid ha sido capaz de mentir y engañar a todo el mundo para acercarse a mí...

—¿Qué hará cuando vea que ya no te necesita? —dijo ella en tono pesimista.

Ya me había imaginado unos diez escenarios distintos. Diría que me había tropezado con un escalón, o que me había quedado dormida en la bañera, o que, al igual que buena parte de la familia Singer, sufría una enfermedad cardiaca. No quería ver a Marid como a un ser malvado y despiadado, pero era evidente que no me tenía ningún aprecio.

Tal vez estaba siendo un poco paranoica. Pero después de haber cometido tantísimos errores durante los últimos meses, errores que deberían haberme servido para aprender a ser más cuidadosa, a expresar mi opinión y a actuar con madurez, ahora no era momento de asumir que todo saldría bien.

—Tenemos que hacer que se calle. ¿Cómo lo conseguimos? —preguntó Neena.

—Pero ¿a qué viene tanto estrés? —quiso saber Josie. Las tres nos volvimos y, al ver nuestras miradas casi asesinas, su sonrisa se desvaneció—. A ver, eres la reina. Podrías sentenciarle a muerte si quisieras. Podrías acusarle de traición, ¿verdad?

—Si actúa como un traidor, sí. Pero si da a entender que está enamorado de mí y yo decido enviarlo a la horca, ¿cómo crees que va a reaccionar el pueblo?

Ella entrecerró los ojos y caviló la respuesta.

—Fatal.

—Peor que eso. Ha logrado ponerme entre la espada y la pared. No puedo condenarle a muerte. Ni siquiera puedo decir públicamente que no tengo el más mínimo interés por él porque el pueblo se rebelaría contra mí.

—Entonces, ¿qué hacemos? —preguntó Lady Brice.

—Esto no puede salir de aquí. ¿Lo entendéis? —murmuré, y clavé la mirada en Josie: esperaba que entendiera lo importante que era mantener el secreto—. Empezaremos por ignorar a Marid. A partir de hoy, tiene prohibida la entrada a palacio. Si intenta ponerse en contacto por teléfono, no quiero que se le atienda. Tiene todas las puertas de esta casa cerradas. No podemos explicar todo eso a la prensa, pero sí darle alguna pista.

—De acuerdo —respondió Lady Brice.

—En segundo lugar, la Selección. Ya he planeado las próximas semanas. Ean se marcha a casa esta misma mañana. Hablamos anoche y está preparado para irse. A principios de la semana que viene Hale también abandonará el palacio.

Neena hizo una mueca.

—Me da tanta pena que Hale se vaya…

—A mí también. Pero es una decisión de mutuo acuerdo y te aseguro que nos hemos despedido sin rencor.

—Así no habrá sido tan doloroso —dijo ella—. Un momento: ¿no se supone que cuando reduces la Élite a tres candidatos debes tomar una elección en un plazo máximo de cuatro días?

—Sí. La única forma de ganarle la partida a Marid es elegir al futuro príncipe consorte lo antes posible. Llegados a este punto, da lo mismo si estoy enamorada o no. Eso sí, debe parecer una historia de amor como la que vivieron mis padres. O, a poder ser, mejor —dije, e inspiré hondo—. Así que cuando Hale ya haya hecho las maletas, esperaremos un par de días y eliminaremos a Fox. Es un chico muy majo, pero entre nosotros no hay química. Los dos finalistas serán Kile y Henri. Mi intención es grabar un programa dentro de un par de semanas para anunciar a mi prometido. Y quiero que sea en directo.

—¡Dos semanas! —gritó Neena—. ¡Eadlyn!

—Necesitaré toda vuestra ayuda —proseguí—. He repasado los últimos sondeos y, por lo visto, Hale y Kile siempre han sido los favoritos del público. La eliminación de Kile puede ser un asunto espinoso, así que tengo que ingeniármelas para que los espectadores vean su salida como necesaria. Si no, se me echarán encima. Pero necesitamos hacer de Henri un muchacho sensacional. Podemos decir que, en sus ratos libres, cocina en varios asilos o que su familia es descendiente de la nobleza de su país. Si tenéis que exagerar la realidad, hacedlo. Quiero que llegue a la final con el apoyo del país.

Todas nos quedamos en silencio durante unos momentos.

—Pero ¿quieres a Kile? —preguntó Josie. Por una vez en la vida, abandonó esa expresión ridícula e infantil. De pronto, vi a una muchacha preocupada.

Pensé en Erik. En cómo me había jurado que, para él, había merecido la pena. En cómo me había tratado desde el día en que nos conocimos. En cómo me había besado.

En cuánto le echaría de menos cuando se marchara.

—Sería feliz a su lado.

Los grandes líderes de la historia habían tenido que hacer mayores sacrificios, desde luego, pero Lady Brice, Neena y Josie me observaban como si estuviera cavando mi propia tumba.

—¿Vais a ayudarme o no?

—Veré qué encuentro sobre Henri —respondió Lady Brice—. De momento, preferiría sacar a la luz noticias veraces sobre él.

—Estoy de acuerdo contigo. Encontrarás algo sobre él, créeme. Es un encanto.

—Lo es —murmuró Neena—. Igual que Kile. La verdad, podría ser mucho peor.

«Sí. Pero también podría ser mucho mejor.»

—Haced lo que tengáis que hacer y empezad a organizarlo todo. Si me disculpáis, me retiro a mi habitación. Trabajaré desde allí. ¿Josie? —pregunté. Estaba tan absorta en sus pensamientos que se sobresaltó—. ¿Te volveremos a ver por aquí mañana o ya has tenido bastante?

—No, no. He tenido más que suficiente —dijo, y tragó saliva.

—Ni una palabra, ¿de acuerdo?

Ella asintió con la cabeza y me miró con esos ojos tristes y lastimeros. No soportaba que, de todas las personas del mundo, fuera Josie quien se compadeciera de mí. Me volví hacia Neena y Lady Brice. Me miraban con la misma expresión de pena.

Erguí la espalda todo lo que pude y salí del despacho repitiéndome que, a pesar de todo, continuaba siendo la reina.

Capítulo 25

—¿*D*ónde estamos? —preguntó Erik.

Me había esmerado para darle un toque acogedor. Al mediodía, me había escapado con una cesta llena de velas y mantas. Por la tarde, mientras todos se arreglaban para la cena, había aprovechado para llevar otra cesta repleta de comida.

Erik se había inventado que estaba enfermo. Yo había asegurado que tenía muchísimo trabajo pendiente. Nos reunimos en un lugar muy discreto ubicado en la segunda planta de palacio. Uno de los pasajes que conducían al gigantesco búnker que ocupaba los sótanos de palacio estaba junto a la antigua habitación de mi madre, la que había utilizado durante su Selección. A veces hacía peregrinaciones hasta allí porque, según ella, era el rincón más tranquilo de todo el palacio.

—En la época en que los rebeldes amenazaban con quemar el palacio, la familia real solía esconderse aquí abajo —le expliqué a Erik mientras avanzábamos por el pasaje—. Sin embargo, hace más de diez años que no se utiliza. Es uno de los secretos mejor guardados de palacio.

—En otras palabras, nadie nos vendrá a buscar aquí —respondió él con una sonrisa.

—No, a menos que queramos.

Erik respiró hondo.

—Llevo todo el día nervioso, inquieto. Tu invitación me pilló por sorpresa, pero me encantó. Y también me siento impotente porque ni siquiera soy una opción.

Asentí y empecé a sacar los platos de la cesta y a dejarlos sobre las mantas.

—Lo sé. He renegado de la Selección en muchas ocasiones, pero nunca tanto como en estos últimos días. Créeme, me he arrepentido un millón de veces. Pero luego recapacito y pienso que ha sido lo mejor que ha podido ocurrirme. Si no fuera por la Selección...

Compartimos una mirada cómplice. Suspiré y rompí ese silencio. Y luego continué con aquel pícnic improvisado a la luz de las velas.

—¿Quieres saber algo? Nadie se esperaba que mi padre se casara con mi madre.

—¿Me tomas el pelo? —preguntó, y se sentó a mi lado.

—Por lo visto, mi abuelo eligió a dedo a las chicas que vinieron a competir por el príncipe. Solo dejó al azar a tres Cincos para contentar a las castas más bajas. Odió a mi madre desde el primer día. Y, por si eso fuera poco, me he enterado de que mis padres discutían cada dos por tres —expliqué, y me encogí de hombros. Aquella escabrosa historia de amor nunca dejaría de sorprenderme—. Crecí creyendo que eran los protagonistas de un cuento de hadas. Y resulta que son como cualquier otra pareja. Y eso les hace todavía más especiales.

Las palabras se quedaron suspendidas en el aire y pensé en todo lo que había averiguado en las últimas semanas.

—Todavía bailan cuando llueve. No tengo ni idea de por qué, pero cada vez que el cielo se pone gris, tienen la necesidad de estar juntos. —Sonreí—. Recuerdo una vez que papá entró en el Salón de Mujeres sin tan siquiera llamar, algo, por cierto, muy indecoroso. Se supone que deben invitarte para poder pasar. Pero estaba lloviendo y no estaba dispuesto a esperar a que ella se escabullera de allí. Él la arrastró hasta el vestíbulo y ella no paraba de reírse. Por aquel entonces, mamá llevaba el pelo suelto; nunca olvidaré aquella melena…, era como una cascada de color rojo. Cada vez que llueve, se rencuentran. No sé cómo explicarlo…

—Sé a lo que te refieres —señaló Erik. Se fijó en la botella de vino tinto que había cogido de la bodega y sonrió—. Mis padres se rencuentran cada vez que disfrutan de un *omenalörtsy*.

Me abracé las rodillas y me recoloqué la falda del vestido.

—¿Qué es eso?

—Es un dulce parecido a una rosquilla de manzana. Mi madre solía cocinarle un plato de *omenalörtsy* cuando empezaron a salir. Al final, se convirtió en algo especial. Cuando ocurre algo bueno: *omenalörtsy*. Cuando se reconcilian después de una pelea: *omenalörtsy*. Cuando todo apunta a que va a ser un viernes maravilloso: *omenalörtsy*.

—¿Cómo se conocieron?

—Sé que sonará raro, pero entre tornillos y llaves inglesas.

Entorné los ojos.

—Entonces… ¿son mecánicos?

—No —respondió él, y soltó una risita—. Mis padres se conocen de toda la vida, desde que eran niños. Se criaron en un pueblecito de Swendway. Cuando tenían once años, unos niños del colegio comenzaron a meterse con mi padre; en un momento dado, le tiraron todos los libros al barro. Mi madre, que era una niña bastante menuda, fue directa a ellos, les soltó varios improperios y se llevó a mi padre de allí.

»Él estaba avergonzado; ella, hecha una furia. Mi madre le obligó a vengarse de sus compañeros. Esa misma noche se reunieron en un callejón, se colaron en las casas de aquellos matones y les robaron los tornillos de las ruedas de las bicicletas para que así tuvieran que ir a todas partes a pie. Después de eso se pasaron semanas vigilándolos. Cada vez que uno de esos bravucones cambiaba los tornillos de su bici, mis padres se las ingeniaban para robárselos. Al cabo de un tiempo, se rindieron y aparcaron sus bicicletas de por vida.

201

—Tu madre me cae bien —dije, y di un mordisco a un trozo de pan.

—Oh, os llevaríais de maravilla. Le encanta la comida y la música. Y siempre busca una excusa para reírse. Mi padre, en cambio… Bueno, si crees que yo soy tímido, espera a conocerle a él. Se siente más cómodo rodeado de libros que de personas y suele tardar bastante en abrirse a la gente que no conoce. El caso es que mis padres crecieron. Como eran personas tan distintas, empezaron a moverse por círculos también muy diferentes. Mi madre iba de flor en flor mientras mi padre se pasaba los fines de semana encerrado en la biblioteca. Años después, papá se compró una bicicleta. Y una mañana se levantó y descubrió que los tornillos de las ruedas habían desaparecido.

—¡No!

—Sí. Mi madre siguió haciéndolo hasta que él se dio cuenta de que era ella. Y, a partir de entonces, empezó a acompañarla al colegio. No han vuelto a separarse.

—Es una historia maravillosa.

Él asintió.

—Se casaron jóvenes, pero esperaron varios años a formar una familia. Al parecer, no estaban preparados para compartir su amor con nadie más, ni siquiera conmigo.

Sacudí la cabeza.

—Ojalá pudiera conocerlos.

—Les habrías encantado. Papá se habría pasado la mayor parte de la visita escondido en su habitación, pero igualmente le habrías encantado.

Erik descorchó el vino y comimos fruta, pan y queso. Nos quedamos callados durante un buen rato. El silencio hacía que todas las sensaciones fueran más intensas. No necesitábamos llenar el espacio. Después de varios días de mucho ruido, aquella quietud tan cómoda, junto a Erik, consiguió relajarme. Era como estar sola, pero sin estar sola.

—Quiero hacerte una pregunta un poco embarazosa —dije de repente.

202

—Oh, no —susurró. Cogió aire—. De acuerdo, estoy preparado.

—¿Cuál es tu nombre completo?

Casi escupe el vino.

—Pensaba que iba a tener que confesar algún secreto oscuro de mi pasado. ¿Lo preguntas en serio?

—Me siento culpable por haberte besado sin saber cómo te apellidas.

Él asintió.

—Es Eikko Petteri Koskinen.

—¿Eikko Pet... Petteri?

—Koskinen.

—Koskinen.

—Perfecto.

—¿Te importa que te llame Eikko? Me gusta cómo suena.

Erik se encogió de hombros.

—Lo cambié porque pensé que era demasiado extraño.

—No —insistí—, no es extraño.

Él bajó la mirada y empezó a juguetear con la cesta.

—¿Y qué me dices de ti? ¿Nombre completo?

Solté un suspiro.

—Hubo un pequeño rifirrafe con mi segundo nombre, así que al final me bautizaron como Eadlyn Helena Margarete Schreave.

—Es un trabalenguas —bromeó.

—Además de pretencioso. Mi nombre de pila significa «princesa perla resplandeciente», literalmente.

Él trató de contener la sonrisa.

—¿Tus padres te llamaron «princesa»?

—Sí, sí, soy la Reina Princesa Schreave, gracias.

—No debería reírme.

—Pero lo estás haciendo —dije, y me sacudí las migas del vestido—. Con ese nombre estaba condenada a convertirme en una niña mimada.

Él me cogió de la mano y la zarandeó para que le mirara a los ojos.

203

—No eres una niña mimada.

—La primera vez que hablamos, te reñí por tus modales.

Erik encogió los hombros.

—Tal vez debía corregirlos.

Esbocé una sonrisa.

—No sé por qué, pero cada vez que lo pienso me entran ganas de llorar.

—No lo hagas, por favor. Fue un día maravilloso, al menos para mí.

Le miré con aire incrédulo. Él, sin soltarme de la mano, continuó:

—¿Recuerdas cuando te pusiste de pie sobre la carroza y charlaste con Henri? Luego me buscaste entre el público para informarme de que todo iba bien. No tenías que hacerlo. Estabas ocupada y con un millón de cosas en la cabeza. Sin embargo, te acordaste de mí. No sé si lo recordarás, pero minutos antes te habías enterado de que era de esa clase de personas que cuando están nerviosas se muerden las uñas.

Iba a romper a llorar en cualquier momento.

—¿Fue entonces cuando te fijaste en mí?

—Sí, más o menos. Y he tratado de contenerme desde ese día. Pero, por supuesto, asumí que nadie se daría cuenta. Y mucho menos tú.

—Yo tardé un poco más —admití—. Creo que fue cuando me sacaste de la cocina. No estabas preocupado por lo que estaba ocurriendo ni por haber irrumpido en una sala llena de gente. Recuerdo que estaba muy alterada y que, gracias a ti, volví a poner los pies en el suelo. Hay varias personas en palacio que se encargan de eso, de mantenerme a raya, pero nunca he conocido a nadie capaz de hacerme sentir tan normal como tú.

Él tragó saliva.

—Me temo que no podré seguir haciendo eso mucho más tiempo.

—Y no te imaginas cuánto desearía que pudieras.

Tras unos segundos de silencio, Erik se aclaró la garganta.

—Por favor, ¿te importaría…? Cuando todo esto acabe, ¿te importaría no ponerte en contacto conmigo? Sé que solo tienes que chasquear los dedos para dar con el teléfono de alguien. Pero no lo hagas, por favor. Has sido una amiga fantástica, igual que los pretendientes que he conocido. No querría convertirme en la clase de hombre que traiciona a sus amigos.

—Y yo no querría convertirme en la clase de mujer que engaña a su marido. Cuando la Selección llegue a su fin, esto también acabará.

—Gracias —musitó.

—Pero la Selección sigue en pie, al menos por esta noche —le recordé.

Él bajó la mirada y esbozó una tímida sonrisa.

—Lo sé. Aunque no sé si soy lo bastante valiente como para pedirte otro beso.

Me acerqué a él.

—Puedes pedirme uno. O dos. O una docena.

Él se rio, me agarró por la cintura y luego se dejó caer sobre la manta. Aquel movimiento brusco tumbó su copa de vino e hizo parpadear la llama de las velas.

Capítulo 26

Al día siguiente llegué al despacho un poco más tarde de lo habitual. Me había recogido el pelo en una coleta, sin molestarme siquiera en desenredarlo. Me había vestido con lo primero que había encontrado. No dediqué ni un solo minuto a maquillarme. De hecho, ni me miré al espejo antes de salir de mi habitación. Pero, aun así, sabía que aquella mañana estaba espléndida. No podía dejar de sonreír.

La sensación de estar enamorada era verdaderamente deliciosa. Había crecido rodeada de lujos y, hasta ese momento, creía haber saboreado los placeres del amor. Ahora me daba cuenta de que no eran más que una imitación barata de algo que, para empezar, no podía copiarse.

Y, muy a mi pesar, ese algo estaba destinado a acabarse. Ya lo había asumido. Sabía que Kile sería mi elegido. Se lo había confesado a Eikko la noche anterior.

Sería feliz al lado de Kile y esperaba que él también lo fuera. Imaginaba que, después de la final, tendría que sentarme con él y contarle toda la verdad. Conocía muy bien a Kile y sabía que, si le confesaba que había tenido ciertas dudas y que besar a Eikko no había sido algo que hubiera planeado, lo cual era totalmente cierto, me entendería. No quería empezar un matrimonio con mentiras ni secretos. Por ambas partes.

Pasar la vida junto a Kile tampoco podía compararse con

una sentencia de muerte. Era un chico listo, apasionado, divertido, encantador... Encarnaba el marido perfecto, desde luego. El pueblo (nuestro pueblo) le adoraría y él me defendería a capa y espada de ese gusano de Marid. Era carismático, tal vez lo suficiente como para ridiculizar a Marid y dejarlo a la altura del betún.

No quería darlo todo por perdido. Tal vez, con el tiempo, aprendería a amarlo. Ahora, al menos, el amor ya no era un completo desconocido para mí.

Eikko tenía las horas contadas en palacio e iba a exprimir todas y cada una de ellas. No quería desperdiciar el poco tiempo que nos quedaba juntos.

Neena tamborileó los dedos sobre el escritorio para llamar mi atención y volví a la realidad.

—¿Estás bien? ¿En qué piensas?

Para ser sincera, estaba pensando en cómo sonaba «su majestad Eadlyn Helena Margarete Schreave de Koskinen» y en cómo, de repente, aquel trabalenguas era igual que un verso. Levanté la vista y observé que tenía los ojos rojos.

—En ti —mentí—. ¿Te encuentras bien?

—Sí, estoy bien —respondió en un tono que decía «bueno, en realidad no»—. Es Mark. Trabaja día y noche. Y ahora que soy tu mano derecha apenas tenemos tiempo para nosotros. La misma historia de siempre, ya lo sabes. La distancia no es un problema hasta que empieza a serlo.

La cogí de una mano.

—Neena, lo último que querría es que perdieras al amor de tu vida por un estúpido trabajo. Eres una chica brillante, podrías trabajar donde quisieras y...

—¿Me estás despidiendo? —susurró con voz temblorosa, como si estuviera a punto de romper a llorar.

—¡Por supuesto que no! La idea de no tenerte a mi lado me parte el corazón. Si las almas gemelas existieran, tú serías la mía. No quiero que te marches a ningún lado —expliqué. Aún con los ojos vidriosos, ella sonrió—. Pero no soportaría ver cómo pierdes algo que te importa tanto.

—Lo entiendo. Ni te imaginas lo duro que es para mí ver todo lo que te está pasando y no poder hacer nada para ayudarte.

Suspiré.

—Mi vida ha dado un giro de ciento ochenta grados, pero, como tú misma dijiste, podría ser mucho peor.

—Eadlyn, por favor, recapacita. Tiene que haber otro modo de detener a Marid.

—Tal vez tengas razón, pero el tiempo apremia y no podemos perder ni un segundo. Si no protejo la Corona ahora, mi gobierno se verá amenazado. Muchas personas tratarán de usurpar el poder. No puedo permitirlo. Esto es importante para mí. No quiero correr ningún riesgo.

Ella asintió.

—Lo entiendo. Y no pienso dejarte sola en tal situación.

Neena era una bendición caída del cielo y estaba agradecida, como siempre, por que hubiera aparecido en mi vida.

—Si cambias de opinión, no tienes más que decírmelo —insistí—. Si necesitas unos días libres, podría…

Al ver a Josie entrando en el despacho con una bandeja en las manos, enmudecí. Dejó una taza de café para Neena y otra para mí.

—Me han dicho que tomas el café con dos azucarillos —dijo—, pero si lo prefieres de otro modo, puedo preparar otro.

—No, no —respondí un tanto confundida—. Así está bien.

—De acuerdo. También he pasado por la estafeta de palacio y he visto esto encima del mostrador. Toma —dijo, y dejó un puñado de cartas en el buzón de madera que había sobre el escritorio.

—Gracias.

Josie agachó la cabeza.

—He visto a tu madre a primera hora de la mañana. Me ha asegurado que se encuentra bien. He pasado por el ala donde se alojan los chicos, pero no he visto a nadie.

—Sí, son escurridizos —respondí con una sonrisa—. Muchas gracias, Josie.

—Es lo menos que podía hacer —musitó ella—. Estoy libre, por si necesitas que te eche una mano con algo.

—¿Neena?

Me volví. Parecía sorprendida. La aparente buena voluntad de Josie nos había pillado a todas desprevenidas.

—¿Qué tal tu caligrafía? —preguntó al fin.

—Es excelente —contestó Josie con una amplia sonrisa.

—Perfecto entonces.

Y así incorporamos otro miembro a nuestro equipo de trabajo.

Fox parecía haberse quedado mudo de repente. Sí, pasear por los eternos pasillos de palacio no era una cita especialmente emocionante, pero tenía la cabeza en otra parte. La incertidumbre del futuro había engullido toda mi creatividad. Sin embargo, cuando el fotógrafo echó un vistazo a la pantalla de su cámara, pareció satisfecho.

—Es una lástima que no podamos salir a cenar a un restaurante o ir a algún sitio divertido como… ¿Te gusta jugar a los bolos? —preguntó Fox.

—No —respondí entre risas—. ¿Ponerme unos zapatos que han pasado por cientos de pies y meter los dedos en unos agujeros que ve tú a saber qué gérmenes pueden tener? —dije, y saqué la lengua con una mueca de disgusto—. No es lo mío.

Él sonrió.

—¡Pero si es superdivertido! ¿Cómo puedes pensar en gérmenes?

—Una vez Osten quiso celebrar su cumpleaños en una bolera. Así que alquilamos toda una para pasar la tarde. Cuando me dijeron que teníamos que calzarnos zapatos usados, casi me muero. Los rocié con espray desinfectante, pero dio lo mismo. No estoy hecha para eso. Todo el mundo jugó, incluso mamá, pero yo preferí mirar.

—Qué triste. ¿Te asustan los gérmenes? —preguntó con una nota de burla.

Opté por ignorar la mofa.

—No. Es solo que no me llama la atención.

—Bueno, eso tiene arreglo.

—¿Arreglo?

—Si al final te casas conmigo, lo primero que haré será construir nuestra propia bolera.

Solté una carcajada.

—No lo digo en broma. Podemos transformar el estudio en una bolera.

—¿Y dónde grabaremos el *Report*? —repliqué—. Aunque ahora que lo pienso… ¿Por qué no? Trato hecho.

—¡Podrías diseñar tus zapatos!

—¡Ohhhhh! —exclamé. Ya me lo estaba imaginando. Podría transformar aquellos zapatos tan ridículos en un par dignos de la realeza. Sería un proyecto muy divertido, sin lugar a dudas—. Eso es algo que me encanta de ti, Fox. Tienes el don de subirme el ánimo.

—Creo que podemos dejarlo aquí, majestad —dijo el fotógrafo—. Gracias.

—Gracias a ti —contesté—. Lo siento, pero puesto que estamos a las puertas de la final, el público no deja de pedir imágenes de los cuatro finalistas.

—Oh, no me importa —dijo él—. Me siento afortunado por haber llegado hasta aquí. Y por poder pasar un rato contigo.

Le acaricié la mano.

—Gracias, Fox. Sé que últimamente no os he dedicado mucho tiempo, pero he estado muy ocupada.

—¿Acaso me ves triste? Estoy teniendo una cita con la reina. ¿No te parece increíble?

No lo había mirado desde esa perspectiva, la verdad. Pensaba que Fox intuiría que sería uno de los siguientes eliminados. Ahora me sentía atrapada.

—Me he comportado como una egoísta. Dime, ¿cómo estás? ¿Qué tal tu familia?

—Papá está bien. No deja de presumir de mí con todo el mundo. «¿Ya te has enterado de que Fox es uno de los cuatro finalistas? Ese es mi chico» —contestó, y luego meneó la cabeza—. Supongo que es la primera vez que puede alardear de algo. He intentado frenarle, pero me ha sido imposible. Al menos no estoy allí para verlo de primera mano.

Me reí entre dientes.

—Sé a qué te refieres. Mi padre es un apasionado de la fotografía y le encanta documentarlo todo, hasta los momentos más absurdos. Estoy más que acostumbrada a convivir con periodistas, pero él me pone nerviosa.

—Es tu padre. Es personal.

—Sí, supongo.

Nos quedamos en silencio y sentí que el palacio se quedaba vacío. En ese momento eché de menos a todos esos chicos que habían puesto mi vida patas arriba hacía apenas un par de meses. Me pregunté si cuando la Selección acabara seguiría pensando en ellos.

—Está bien, después de todo lo que ha pasado —dijo Fox, rompiendo así el silencio—. Se le ve muy orgulloso de mí, pero a veces me hace preguntas que no sé muy bien cómo contestar.

—¿A qué te refieres?

La expresión de Fox cambió de repente. Aquel chico tan seguro de sí mismo se transformó en un chico tímido que se había ruborizado.

—No deja de atosigarme a preguntas. Que si te quiero de verdad, que si creo que estás enamorada de mí... Ya le he dicho mil veces que no puedo irrumpir en tu despacho y exigirte una declaración de amor —explicó. Esbozó una sonrisa, para demostrarme que sabía que era una petición inaceptable—. Jamás te exigiría que me dijeras lo que sientes por mí. No sería justo por mi parte. Pero creo que deberías saber que yo..., en fin, que yo...

—No sigas, por favor.

—¿Por qué no? Hace tiempo que siento algo por ti y quiero decírtelo.

211

—Lo siento, pero no estoy preparada para oírlo —repliqué.

Di un paso atrás, nerviosa y un poco desconcertada. El corazón se me aceleró: sus latidos retumbaron en mis oídos. La conversación acababa de dar un giro demasiado repentino. Apenas habíamos hablado en las últimas semanas, ¿y ahora me soltaba eso?

—Eadlyn. Deja que te diga al menos qué siento. Sé que vas a tomar una decisión en breve y creo que este tipo de información puede ser muy valiosa para ti. ¿No opinas lo mismo?

Me volví hacia él y cuadré los hombros. Si podía enfrentarme a periodistas y a grandes dignatarios, también podía enfrentarme a un muchacho como Fox.

—Te escucho, Fox.

Esbozó una sonrisa tímida pero sincera.

—Corrígeme si me equivoco, pero creo que, desde aquella fatídica noche, no me has considerado como uno de tus favoritos. Sin embargo, creo que me aprecias y que te has encariñado de mí. Jamás olvidaré lo bien que te portaste conmigo en la que, sin duda, ha sido la peor noche de mi vida. Me muero de ganas de presentarte a mi familia. Quiero invitarte a pasar un día en la playa, en Clermont. Y quiero que compartas la mesa con toda mi familia. Sé que encajarías a la perfección y que, en cuestión de días, serías como una Wesleye más.

Luego hizo una pausa y sacudió la cabeza, como si no pudiera creerse lo que acababa de decir.

—Quiero ayudarte. Deseo apoyarte en todo lo que puedas necesitar. Y quiero pensar que ese sentimiento es recíproco y que tú harías lo mismo por mí. No sé cuánto tiempo más podré disfrutar de la compañía de mi padre... No quiero que se muera pensando que soy un bala perdida. Quiero que sepa que he elegido un camino.

Cerré los ojos y me embargó un sentimiento de culpabilidad. No hacía tanto mi madre yacía en lo que parecía su lecho de muerte. Así que entendía perfectamente su deseo.

—Pero eso no significa que pueda hacerlo realidad —musité.

—¿Perdón?

—Nada —respondí—. Fox, esas palabras son preciosas. Y admiro tu honestidad, pero no puedo prometerte nada.

—No te estoy pidiendo que lo hagas. —Se acercó y me cogió de la mano—. Solo necesitaba decirte lo que siento por ti.

—Aceptaré tu sugerencia y lo tendré en cuenta en el momento de tomar una decisión, lo que será muy pronto, por cierto.

Él me acarició la mano con el pulgar, pero aquel gesto, en principio cariñoso y cómplice, me incomodó un poco.

—No estoy de broma, Eadlyn.

—Oh, no lo dudo —murmuré—. No lo dudo en lo más mínimo.

Capítulo 27

—No lo entiendo —confesó Neena al día siguiente, después de que le contara mi cita con Fox—. Ha confesado que está enamorado de ti. ¿No deberías sentirte alagada? Tal vez podría ser uno de tus dos finalistas, ¿no crees?

Todo el mundo seguía desayunando en el comedor, por lo que el despacho estaba vacío. La luz del sol se filtraba por las ventanas, iluminando la estancia con un resplandor cálido y familiar. Neena y yo estábamos tumbadas sobre un sofá, como si acabáramos de despertarnos de una fiesta de pijamas.

—Creo que no. Hubo algo en la situación que me pareció forzado. No me refiero a que mintiera respecto a lo que siente por mí, pero me dio la impresión de que lo había preparado de tal forma que me había obligado a oírlo —expliqué. Apoyé la cabeza sobre una mano y rememoré la conversación por enésima vez—. Y luego me sentí culpable. Mencionó a su padre y me dio a entender que su familia me recibiría con los brazos abiertos... No sé, hay algo que no encaja.

Con la mano que tenía libre, cogí el bajo de la falda y empecé a enredarlo entre mis dedos, convencida de que así podría aclarar mis ideas.

—Creo que lo que me hace dudar —empecé— es el hecho de que empezara a sentir algo especial por mí justo la noche de la pelea en las cocinas. La verdad es que apenas hemos cruzado un par de palabras desde entonces. Esa atracción tan profunda e intensa hacia mí... ¿de dónde ha salido?

Neena asintió.

—Es como si se hubiera enamorado de un espejismo y no de quién eres en realidad.

Solté un suspiro de alivio.

—Eso es. Has dado en el clavo, Neena.

—¿Y por qué no le envías a su casa?

Negué con la cabeza.

—No, le prometí a Hale que sería el siguiente en marcharse. Lo está esperando y no quiero fallarle, no después de todo lo que ha hecho por mí.

—Buenos días, majestad. Hola, Neena —saludó Lady Brice, que entró en el despacho con una magdalena en la mano—. Majestad, tu hermano me ha enviado unos documentos que deberías revisar. Al parecer, Francia quiere renegociar su tratado de comercio. Lo he leído por encima. La verdad, es el mejor que nos han propuesto desde hace años.

—*Ouuuch*, pero qué monada de hermano tengo, por favor —dije.

Estaba segura de que había sido idea de Camille, pero sabía que la presencia de Ahren en Francia también habría tenido algo que ver.

—Toda la razón. Te he dejado sobre tu escritorio los tres contratos que nos ha mandado Nueva Asia para que les eches un vistazo. Ah, y al productor del *Report* le gustaría grabar una entrevista contigo esta misma tarde. Ha dicho algo sobre unas escenas de transición, pero no lo he entendido.

—Oh, otro día tranquilo y relajado en el paraíso —bromeé.

—¡Como siempre!

—Brice, ¿ayudabas a mi padre tanto como a mí?

Ella se rio entre dientes.

—Solo durante unos meses. Tu padre siempre quiso tenerte a su lado, así que cuando fuiste lo bastante madura, te obligó a asumir varias responsabilidades. El caso es que cuando creas que puedas apañártelas tú sola, me haré a un lado o, quién sabe, tal vez me jubile.

Me levanté del sofá de un brinco y la agarré por los hombros.

—No. Jamás. ¡Vivirás y morirás en este despacho!

—Como desees, mi reina.

—¡Majestad! ¡Majestad! —gritó alguien.

—¿Josie? —murmuré al verla entrar en el despacho corriendo y casi sin aliento—. ¿Qué ocurre?

—Estaba mirando la tele. Marid —respondió entre jadeos.

—¿Qué pasa con Marid?

Ella tragó saliva y trató de recomponerse.

—Se le ha visto en varias joyerías. Al parecer ha comprado un anillo de compromiso. Todos los canales están emitiendo las imágenes.

Los asesores reales acudieron al despacho de inmediato para enterarse de lo ocurrido. En cuestión de segundos, todas las personas a las que me negaba a desvelar mis secretos averiguaron el plan que Marid había estado tramando para usurpar el trono.

—Tiene toda la pinta de un rey, eso es indudable —decía la presentadora de las noticias.

—¡Desde luego! ¡Es descendiente de la realeza, no lo olvides! —respondió su compañero.

—¿No sería superromántico?

—Lo sería. Oh, pero la reina está en mitad de una Selección.

La presentadora hizo un gesto un tanto despectivo con la mano.

—¿Y qué más da? Que los eche a todos. Ninguno tiene el encanto de Marid Illéa. Ni por asomo.

Cambié de canal.

—Según el joyero que atendió al señor Illéa, estaba buscando una joya exclusiva, lo cual sería totalmente comprensible si pretende declararse a la reina.

—Otro despropósito que podemos añadir a la serie de disparates sin precedentes que ha llevado a cabo la familia real. Primero, nos venden una Selección encabezada por una princesa en lugar de un príncipe. Segundo, ascienden a una jovencita sin motivo alguno: además de no tener una formación apropiada, su padre sigue vivo. Y ahora aparece un caballero que pretende robar el corazón de la reina y avanzarse así a la Élite. Es un espectáculo absolutamente fascinante.

Volví a cambiar de canal.

—Kathy estaba en el lugar de los hechos. Por lo visto, atendió personalmente al joven señor Illéa. ¿Podrías contarnos qué pasó?

—Bueno, al principio se mostró un poco tímido, como si no quisiera admitir qué quería comprar en realidad. Pero, después de quince minutos merodeando por la joyería, quedó bastante claro qué estaba buscando.

—¿Y se decantó por algún anillo en especial?

—Le mostré al menos doce anillos diferentes, pero ninguno le convencía del todo, así que le ofrecí la posibilidad de diseñar una pieza única. Y ahora que nadie nos oye, le cambió la cara. Espero que vuelva pronto.

—¿A quién votarías como futuro rey? ¿A Hale? ¿A Kile? ¿A Marid?

—¡Oh, por el amor de Dios! No sabría qué decir. Lo único que sé es que la reina Eadlyn es una jovencita muy afortunada por poder elegir entre tantos solteros de oro.

No pude soportarlo más. Apagué el televisor y me dejé caer sobre el sofá.

—Tendría que haberlo imaginado —lamenté—. Pensé

que el silencio sería la mejor opción, pero Marid se ha encargado de darle aún más bombo al asunto.

Rasmus gruñó.

—Necesitamos un plan.

—Tenemos un plan —espeté—. ¿Hay algo más que podamos hacer además de adelantar mi boda?

El general Leger estaba de pie, con la espalda apoyada sobre una estantería repleta de libros y parecía no dar crédito a lo que estaba escuchando.

—Podríamos matarle.

Ahogué un grito.

—No te ofendas, pero preferiría no gastar ese cartucho.

Andrews estaba furioso, pero por razones que mi mente no lograba entender.

—No deberíamos haberle provocado.

—Yo no he hecho nada —respondí un tanto a la defensiva.

—Se le ha ignorado de forma descarada.

—Cálmate, Andrews —ordenó Lady Brice, enfadada. No dejaba de caminar de un lado a otro. De pronto, avisté a Josie en una esquina. No había encontrado el momento de escabullirse del despacho y seguía allí, atrapada. El ambiente tenso que se respiraba en aquella sala la había asustado—. Tenemos que conseguir que se calle de una vez por todas.

—El único modo de conseguirlo es que la reina se prometa en matrimonio ya —sentenció Andrews.

—Sí, eso ya lo sabemos —apuntó Lady Brice con tono cansado—. Pero no deberíamos precipitarnos. Si forzamos esa boda, es muy probable que el matrimonio de Eadlyn no triunfe. Podría ser un tremendo fracaso.

—¡Su obligación es hacer que triunfe!

—¿Obligación? Eadlyn, además de reina, también es una persona —discutió Lady Brice—. Ha aceptado hacer esto, pero eso no es motivo para...

—¡Pero nunca ha sido «solo» una persona! —recordó

Andrews—. Desde el momento en que nació, ha sido una mercancía, y tenemos que…

El general Leger se acercó a Andrews con paso firme.

—Repítelo. A mí no me asusta gastar el cartucho de la violencia.

—¿Me estás amenazando, pequeño…?

—Parad —susurré.

La respuesta fue espectacular. Tras oír aquella orden, toda la sala enmudeció.

Sabía muy bien cuáles eran sus intenciones. Marid ambicionaba el trono. Ahora me daba cuenta de que debería haberme enfrentado a la situación y llegar a un acuerdo con él. Ya me había demostrado lo influyente que era. Aunque había intentado defenderme, no lo había logrado. La idea de que ni siquiera una boda precipitada pudiera convencer a mi pueblo me asustaba, pero era lo único que podía hacer.

—Brice, por favor, trae a Fox al despacho. Ha llegado el momento de la despedida.

—¿Estás segura, majestad? Ya sabes que cuando la Élite se reduce a tres candidatos…

—No pienso reducirla a tres —repliqué, y tragué saliva—. Dile a Hale que venga después, por favor. Esta noche tomaré mi decisión final. Mañana, en lugar del *Report*, emitiremos un programa en directo. Todo el mundo estará pegado al televisor, sin duda.

—Como quieras, majestad.

—Ahí lo tienes, Andrews. No podemos adelantar más los acontecimientos. Anunciaré el compromiso desde palacio mañana por la tarde.

—¿Está segura de que podemos esperar tanto? Si Marid…

—Si Marid nos ataca con otra artimaña estúpida, la aplacaremos en menos de veinticuatro horas. Si me compensa a mí, desde luego te compensa a ti.

Me levanté. No había vuelta atrás.

Estaba segura de que todos los consejeros se habían percatado de que una parte de mí se estaba ahogando y apenas podía respirar. En mi cabeza, me imaginé a Eikko haciendo la maleta y desapareciendo de mi vida para siempre. Aquel era un dolor totalmente nuevo para mí, solo comparable con el que uno siente cuando una daga le atraviesa el corazón.

Capítulo 28

*T*odo el mundo se marchó indignado a almorzar, salvo yo. Necesitaba estar sola. Bueno, en realidad, necesitaba a Eikko, pero no podía secuestrarlo sin levantar sospechas. Así que, a regañadientes, encendí de nuevo el televisor. Bajé el volumen y me dediqué a ver las imágenes de Marid en la pantalla.

Tal vez la gente tuviera razón. Quizá lo más sensato era abdicar. Podíamos preparar a Kaden como futuro rey y, ¿quién sabe?, salvar la Corona. Había asumido el cargo esa misma semana, de modo que renunciar a él sería una humillación pública, pero al menos así evitaría el bochorno al resto de la familia.

—¿Majestad? —llamó Josie, que entró en la sala con sigilo—. ¿Quieres que te traiga algo? ¿Un tentempié? ¿Un café?

—No, Josie. He perdido el apetito.

—Y no te culpo —dijo con una sonrisita.

—Gracias por avisarme tan rápido esta mañana. Sé que puede parecer una tontería, pero esos cinco minutos me han ayudado a prepararme para la reunión con los asesores reales. Habría sido muchísimo peor si Andrews hubiera sido el primero en enterarse.

Ella abrió los ojos como platos.

—Es un tipo horrible. ¿Siempre gritan así?

Asentí.

—Todos, excepto Brice y el general Leger. De cualquier modo, no me sorprende. Todos se comportaban así incluso con papá. Es su forma de demostrar lo inflexibles y firmes que son.

Nos quedamos en silencio durante un minuto, mirando a Marid, tan guapo él, saludando a la cámara. Tenía carisma. Eso era indudable.

—Lo siento mucho, Eadlyn —murmuró Josie un tanto avergonzada—. Por todo lo que está pasando, por la enorme responsabilidad que acarrea tu cargo y por cómo me he portado contigo.

—No tenías la menor idea, ¿verdad? —pregunté con voz amable.

Ella meneó la cabeza.

—Pensaba que tu trabajo sería más sencillo. Que tenías empleados que se encargaban de todo y que tú solo tenías que decir sí o no.

—¿Qué creías? ¿Que todo eran fiestas, dinero y poder?

—Sí —contestó, y soltó una risa triste—. No puedo creer que me haya pasado toda la vida deseando ser princesa. Ahora que sé lo que conlleva, creo que no podría hacerlo.

Me revolví en el sofá y por fin dije en voz alta algo que pensaba desde el día en que se inauguró la Selección.

—¿Por eso metiste la papeleta con el nombre de Kile en el bombo? ¿Para poder ser princesa algún día?

Josie se puso roja como un tomate.

—Fue una travesura y te juro que no pensé que saldría su nombre. Y, de hacerlo, nunca creí que llegara a la final. Pero cuando vi ese beso en la portada de todos los periódicos, empecé a ilusionarme. Incluso comencé a diseñar tiaras en mis libretas.

—¿Y ahora?

—Reconozco que me encantaría tener una tiara, pero sé que no me la merezco —admitió con las mejillas todavía sonrojadas—. Y sé que aunque Kile ganara la Selección, no me nombrarían princesa. Pero de todas formas es algo importante para mí. Admiro a tu tía May. Es una mujer que derrocha *glamour*, que viaja por todo el mundo, que conoce a las grandes eminencias del país y que, además, parece una modelo de pasarela.

—Entiendo esa admiración —dije—. La familia de mi madre salió ganando con la Selección, desde luego.

Al pensar en todos mis tíos, me vino una idea magnífica a la mente. Fue un consuelo saber que al menos podría sacar algo positivo de todo aquello.

—Sí, parece divertido. Pero estaba demasiado obsesionada. Siento haberte hecho pasar momentos tan difíciles.

—Yo también. No me ha sido nada fácil crecer junto a alguien que anhelaba ser como yo, pero sin las responsabilidades que eso implica.

—Y a mí tampoco me ha sido nada sencillo crecer a tu lado. Tú siempre me has hecho sombra —replicó ella con profunda tristeza. De pronto, aquella fachada de seguridad se derrumbó.

—Mira, Josie, nunca es demasiado tarde para encontrar otra pasión. Tienes la gran suerte de vivir en palacio, lo cual te ofrece infinitas posibilidades. Me encantaría ayudarte a encontrar tu propio camino, siempre y cuando esté lejos de mis tiaras.

Ella se rio por lo bajo.

—No sé por dónde empezar.

—Bueno, estos días has demostrado que eres una persona fiel y servicial. ¿Qué te parecería estar en nómina? ¿Becaria en prácticas? No sé qué pretendes hacer con tu futuro, pero vas a necesitar dinero para pagarlo.

—¿En serio? —musitó.

—En serio.

Josie cruzó la sala corriendo y se abalanzó sobre mí para darme un abrazo. Por primera vez, no me importó tenerla tan cerca.

—Gracias.

223

—De nada. Mientras esté en el trono, algo bueno tendré que hacer.

Ella se apartó de repente.

—Si abdicas, no te lo perdonaré nunca. Te lo juro.

Josie sabía leer entre líneas, eso estaba claro.

—Sé que es una tontería, pero da lo mismo. No lo hagas. No puedes hacerlo.

Negué con la cabeza.

—No lo haré, te lo prometo. Aunque es tentador, soy demasiado orgullosa, ya me conoces.

Querido tío Gerad:

Sé que esta carta llega con retraso. ¿Cómo estás? ¿Qué tal va el trabajo? ¿Cómo...?

De acuerdo, necesito un favor. El novio de mi ayuda de cámara también es un científico de renombre. No sé si su campo de trabajo y el tuyo son similares, pero he pensado que tal vez querrías tener su contacto por si sale alguna vacante aquí, en Angeles. A ella le haría muchísima ilusión que él pudiera mudarse a la ciudad. Y a mí me encantaría verla feliz. ¿Crees que podrías echarme una mano con esto?

Un simple y amistoso recordatorio: soy tu reina.

¡Muchísimas gracias! ¡Te quiero un montón! ¡Ven a visitarme pronto!

EADLYN

Capítulo 29

$\mathcal{F}$ox sabía muy bien por qué le habían citado esa mañana en mi despacho. Él prefirió no despedirse en persona, pero me mandó saludos a través de Neena, que se encargó de reservarle una habitación de hotel, ya que el vuelo de vuelta a Clermont salía al día siguiente por la mañana.

Me sentí menospreciada, rechazada incluso. Al parecer, a Fox no le había importado en lo más mínimo que quisiera expulsarle. Pensaba que se enojaría, que vendría hecho una furia. Sin embargo, en lugar de iniciar una guerra, prefirió retirarse sin montar ningún escándalo.

Hale, en cambio, entró por la puerta con una sonrisa de oreja a oreja, vestido de punta en blanco, listo para marcharse de palacio como un caballero. Cruzó el despacho con los brazos extendidos. Al verle, no pude evitar lanzarme a ellos.

—Voy a echarte muchísimo de menos —me susurró al oído.

—Yo también. Pero ya sabes cómo contactar conmigo si lo necesitas, ¿verdad?

Él asintió.

—Neena me ha dado unos datos junto con los detalles de mi vuelo.

—Bien. Porque lo más probable es que te necesite muy pronto.

—¿Ah, sí? —preguntó. Luego dio un paso atrás y se estiró la chaqueta del traje.

—Por supuesto. Alguien tiene que diseñar mi vestido de novia.

Hale se quedó de pie como un pasmarote. Y, de repente, se le borró la sonrisa, como si pensara que le había gastado una broma pesada.

—Eadlyn..., ¿lo dices en serio?

Le agarré por los hombros.

—Tú me defendiste cuando el público empezó a tirarme fruta podrida durante el desfile. Me ofreciste tu amistad sin condiciones. Incluso ahora me has protegido, a pesar de que no lo merezco. Lo menos que puedo hacer por ti es ser tu primer cliente. Estaré observando tu carrera con gran interés. Y auguro que tu éxito subirá como la espuma, señor.

Los ojos se le llenaron de lágrimas al instante, pero en ningún momento perdió la compostura.

226 —Me asusta un poco irme de aquí —confesó—. Cuando salga de estos muros, nada volverá a ser lo mismo.

Asentí.

—Pero eso no significa que vaya a ir mal.

Él soltó una carcajada.

—¿Desde cuándo eres una persona tan optimista?

—Depende del día.

—Como todo en esta vida —dijo con un suspiro.

—Como todo en esta vida —repetí, y le di un último abrazo—. Que tengas buen viaje. Y en cuanto llegues a casa, empieza a darle vueltas a mi vestido.

—¿Me tomas el pelo? ¡Empezaré a diseñarlo en el taxi!

Hale me dio un beso en la mejilla y luego me guiñó un ojo.

—Adiós, Eadlyn.

—Adiós.

La eliminación de Hale era la antesala de la final. Ya no había marcha atrás. Solo quedaban dos candidatos legítimos... y un alma gemela de ojos azules. Dudaba de con quién hablar primero. Después de darle varias vueltas al tema, caí en la cuenta de que Eikko debía de intuir lo que se avecinaba. Mi anuncio no le pillaría por sorpresa. Pero a Henri sí. Y sospechaba que no sería una noticia fácil de digerir. Decidí ver a Kile primero. Sería una visita rápida, lo que me dejaría más tiempo para charlar tranquilamente con Henri, con la dolorosa ayuda de su maravilloso traductor.

Llamé a la puerta de Kile. Me temblaban hasta las pestañas. No me había preparado un discurso ni nada parecido. Aunque imaginaba que diría que sí, en realidad no estaba del todo segura. ¿Y si me decía que todo aquel teatro ya no merecía la pena?

Su mayordomo abrió la puerta. Al verme, hizo una reverencia.

—Majestad.

—Necesito hablar con Kile, por favor.

—Lo siento, señorita, pero no está aquí. Mencionó que estaría en su antigua habitación.

—Oh. De acuerdo, entonces ya sé dónde está. Gracias.

Subí hasta el tercer piso y seguí el mismo camino que había tomado la noche en que Kile aceptó besarme en mitad del pasillo. De pronto pensé en cuánto nos había cambiado la vida desde entonces.

La puerta de la habitación de Kile estaba entreabierta. Me asomé. A través de aquella estrecha ranura, le vi jugueteando con algo en un rincón. Eché un vistazo a la sala y vi que había tirado la americana y la corbata sobre la cama. Al parecer, estaba puliendo una pequeña pieza de madera para después fijarla a una estructura que tenía al lado.

—¿Puedo pasar?

Él levantó la cabeza de inmediato y varios mechones se deslizaron sobre su rostro. Se estaba dejando el pelo largo, aunque a decir verdad no le quedaba tan mal como recordaba.

—Hola —saludó. Se sacudió las manos y enseguida vino a saludarme—. Esperaba poder verte hoy.

227

—¿Ah, sí?

Me rodeó la cintura con un brazo y me empujó hacia el fondo de la habitación.

—Esta mañana he visto las noticias. Y pensar que Marid parecía una mosquita muerta…

Puse los ojos en blanco.

—No me lo recuerdes. En menudo lío me ha metido.

Kile quería mostrarme su último proyecto. Quitó el polvo de la silla con un trapo y me senté a su lado para observar todas sus creaciones. Minuciosos bocetos con tinta azul y negra, varias pilas de libros con trozos de papel asomándose por ciertas páginas y diversos edificios en miniatura repartidos por encima de la mesa formando un pueblecito. Había ideado todo un mundo ahí arriba.

—¿Podría pedir tu mano? —preguntó. Parecía nervioso, como si temiera que Marid me arrebatara el país y, peor aún, acabara casado conmigo.

—Supongo que sí, pero jamás le aceptaría. —Suspiré—. Al final Marid no ha sido el aliado que todos creíamos. Me amenazó con manipular a la opinión pública. Admito que al principio dudaba de que fuera tan influyente. Pero ahora que he visto cómo se ha metido a todo el mundo en el bolsillo… reconozco que es brillante. Como ha dicho Lady Brice esta mañana, es un ataque directo, pero sin un atisbo de violencia.

—¿Ataque? ¿A qué te refieres? ¿Ahora pretende competir por la corona? ¿Así, de la noche a la mañana?

Pasé los dedos sobre las líneas de uno de los bocetos de Kile.

—No creo que haya sido tan repentino. Intuyo que su familia y él llevan tramando su regreso a palacio desde hace mucho tiempo. Y la joven e inepta reina ha sido una oportunidad de oro, desde luego. Su verdadero deseo es convertirse en mi consorte y utilizar mi nombre para llevar a cabo sus planes. Así que mi única esperanza es anunciar mi compromiso antes de que él me pida matrimonio. Si no actúo rápido, él encontrará el modo de pedirme la mano. Si le rechazo, la prensa me hará picadillo.

—Hagámoslo.

—¿Hacer el qué?

—Casarnos. Eadlyn, puedo casarme contigo esta noche si quieres. Entre tú y yo le ganaremos la batalla. El público me ha apoyado desde el principio. Cásate conmigo, Eadlyn.

Contemplé el rostro de Kile Woodwork durante unos instantes. Me miraba con ternura y preocupación. A decir verdad, por un momento pensé que podría hacerlo. Me repetí varias veces que sería fácil, tan solo tendría que atravesar un pasillo de la mano de mi padre. Él me estaría esperando en el altar. Kile siempre me sacaba una sonrisa. Además, después de todo lo que habíamos vivido en los últimos dos meses, sabía que sería un compañero leal.

—Confieso que he venido aquí a hacerte la misma propuesta. Pero... no puedo.

229

—¿Por qué? ¿Es porque no he hincado la rodilla? —dijo y, sin pensárselo dos veces, se arrodilló y me cogió de las manos—. Oh, espera, ¿o es porque eres tú quién se supone que debe pedirlo?

Me agaché y me senté a su lado.

—No. No es por nada de eso.

Kile parecía apenado.

—No me quieres.

Sacudí la cabeza y sonreí.

—No, tampoco es por eso. De hecho, creo que te quiero demasiado. Tal vez no de una forma romántica, por así decirlo, pero te quiero, Kile.

—¿Y entonces por qué?

—Por esto —contesté, y señalé todos los bocetos que colgaban de las paredes de su habitación—. Kile, no existen palabras para agradecerte el sacrificio al que estás dispuesto. Lo que acabas de hacer, pedirme que me case contigo para salvarme de esa cucaracha, significa mucho para mí. Y, teniendo en cuenta lo desagradable y pesada que he sido contigo, es casi un milagro.

Él se rio entre dientes, pero no me soltó de la mano.

—Pero tú siempre has querido escapar de estas cuatro paredes. Tu pasión es diseñar. Y es algo precioso. La mayoría de la gente prefiere derribar cosas. En cambio, tú quieres construirlas. ¿No te parece algo maravilloso?

—Pero estoy dispuesto a renunciar a ello. No me importaría.

—Pero «a mí» sí. A mí sí me importaría. Y al final, cuando mi vida se haya tragado todas tus ideas, todos tus proyectos, te arrepentirás de esta decisión. El rencor te corroerá por dentro. Y me lo reprocharás de por vida —dije, y los ojos se me llenaron de lágrimas—. No soportaría que me odiaras, Kile.

—Me quedaré, Eady. Es lo que quiero, te lo juro.

—No puedo.

—Sí puedes. Acabas de decir que «necesitas» casarte. ¿Quién podría ser mejor candidato que yo?

Las lágrimas empezaron a caerme por las mejillas.

—Por favor, no me obligues a repetírtelo.

—No puedes expulsarme, Eadlyn.

Al final, aparté las manos y me puse de pie. Me sequé las lágrimas y observé a Kile, a mi dulce y abnegado amigo.

—Kile Woodwork, a partir de hoy y durante un año, te declaro persona *non grata* en este palacio.

—¿Qué? —murmuró él, que se puso de pie y cerró los puños.

—Para compensar esta mudanza forzada y como agradecimiento por los servicios prestados a la familia real, tendrás un piso con todos los gastos pagados en Bonita.

—¿Bonita? ¡Pero si eso está en la otra punta del país!

—Además se te asignarán unos fondos y una lista de material para que puedas iniciar un proyecto de viviendas de protección oficial para los sin techo, que se construirá en la capital de la provincia.

Al oír eso suavizó el gesto.

—¿Qué?

—Si consideras que los fondos o los materiales son insuficientes, no dudes en ponerte en contacto con palacio para pedir más. Haré que te manden todo lo que necesites lo más rápido posible.

—Eadlyn…

—Siempre serás como uno más de la familia, Kile, pero no puedo elegirte como marido. No puedo hacerte eso.

—Pero tendrás que elegir a «algún» marido. No te queda más remedio.

—Será Henri. Fox se ha marchado hace un par de horas. Hale acaba de subirse a un taxi.

Kile se quedó anonadado.

—Así que esto va en serio. Es el final, ¿verdad?

—Estaba dispuesta a pasar el resto de mi vida a tu lado. Y, en cierto modo, supongo que podría hacerlo. Pero sé que jamás me perdonaría haberte retenido aquí. Sería egoísta y cruel por mi parte.

—¿Y qué hay de Henri? ¿Serás feliz a su lado?

Me aclaré la garganta.

—Henri me adora. Podría decirse que besa el suelo por donde piso.

Kile asintió. Sabía que llevaba razón.

—Sí, ese chico siente verdadera devoción por ti.

Sonreí.

—Gracias, Kile. Gracias por haberme ayudado a no volverme loca durante todo este proceso, pero no puedo arrebatarte lo único que te importa.

Él bajó la cabeza.

—Lo entiendo.

Me acerqué con cierta cautela. Enseguida me rodeó entre sus brazos: me abrazó tan fuerte que sentí que me quedaba sin aire en los pulmones.

—Si en algún momento se te ocurre algo que pueda hacer por ti, por favor, dímelo —susurró.

De repente, se me humedecieron los ojos.

—De acuerdo. Lo mismo digo, puedes pedirme cualquier cosa.

—Salvo que te cases conmigo.

Me separé un poco y me alegré de verle sonreír.

—Salvo que me case contigo —apunté; tras unos instantes, me aparté de él y entrelacé los dedos—. Voy a anunciarlo de forma oficial mañana. Así que necesito que te quedes en palacio hasta entonces. No quiero que la prensa sospeche nada de lo que está pasando. Después de eso, no quiero volverte a ver por aquí hasta dentro de un año. ¿Me escuchas, Woodwork?

—Me darás permiso para asistir a la boda, ¿verdad?

—Sí, por supuesto.

—¿Y en Navidad?

—Obviamente.

Él se quedó pensativo.

—¿Y qué me dices de tu cumpleaños?

—Ahren me aseguró que no se perdería mi cumpleaños, así que intuyo que será una fiesta memorable.

Él asintió.

—De acuerdo, entonces. Un año sin pisar el palacio, excepto en esos tres días.

—Perfecto. Y, mientras tanto, estarás dedicando tu vida a hacer lo que realmente te apasiona —dije encogiendo los hombros, como si fuera una tontería.

Él sacudió la cabeza.

—Voy a construir algo. Te lo prometo, Eady, voy a construir algo.

—Y, gracias a eso, cambiarás la vida de muchísimas personas.

—Gracias, majestad.

—De nada —respondí.

Luego le di un beso en la mejilla y salí disparada hacia la puerta por miedo a cambiar de opinión.

Una vez en el pasillo, me llevé la mano al estómago y res-

232

piré hondo. Había tomado una decisión. ¿Por qué de repente sentía que había perdido totalmente el control?

Regresé al despacho corriendo: todo el mundo estaba trabajando para evitar que al día siguiente surgiera cualquier imprevisto. Todo tenía que salir perfecto. Yo, en cambio, tenía los nervios a flor de piel y sabía que no podía concentrarme.

—Brice, ¿puedes llamar a Erik, por favor? Necesito comentarle un par de detalles para lo de mañana.

—Cuenta con ello.

233

Capítulo 30

*E*staba nerviosa. Qué digo nerviosa, estaba histérica. Había citado a Erik en el salón contiguo al despacho, pero él todavía no había aparecido. Tenía un nudo en la garganta que crecía por segundos. Si tardaba mucho más, temía que esa bola se tragara todas las palabras que quería decir.

—¿Majestad? —susurró.

Había gente pululando por su alrededor, pero, aun así, él no se lo pensó dos veces y me dedicó una sonrisa, como si yo fuera su sol y sus estrellas.

—Necesito comentarte un par de cosas sobre mañana. ¿Puedes cerrar la puerta, por favor? —pedí.

Traté de controlar el tono de voz, pero me conocía demasiado bien. Era imposible engañarle. Aunque quisiera quitarle hierro al asunto, la realidad era muy dolorosa.

—¿Estás bien? —murmuró a pesar de estar solos.

Cogí aire y traté de mantener la calma.

—No mucho.

—Según las noticias, ha aparecido un nuevo candidato —dijo él.

Asentí con la cabeza.

—¿Cuándo empezó el problema?

—Antes de lo que imaginaba.

—Supongo que toda esta situación te ha provocado mucho estrés.

—Esa es la punta del iceberg —farfullé, y me aclaré la garganta—. Este problema me ha obligado a anunciar mi compromiso mañana mismo.

—Oh —exclamó un tanto sorprendido.

—Y puesto que Kile tiene unas inquietudes que no puedo ignorar, he decidido proponerle matrimonio a Henri. Hoy.

Ante esa última noticia, Erik se quedó mudo.

Le rocé la mano y él enseguida respondió con el mismo gesto. Ni siquiera se enfadó, lo cual habría sido justo y comprensible. Estaba triste, simple y llanamente. Un sentimiento que reconocía a primera vista.

—Espero que comprendas que me iré de palacio pasado mañana —susurró.

—Neena encontrará a otro traductor. No estás obligado a buscar un sustituto, claro —añadí, y, de repente, me quedé sin aire y los ojos se me llenaron de lágrimas—. Iré a verle dentro de una hora. ¿Crees…? ¿Te importaría no estar en su habitación?

Él asintió.

—Si me hubieras pedido que me quedara, sería la primera vez que te diría que no.

Nos quedamos allí de pie, como dos pasmarotes, en silencio y cogidos de la mano. Tal vez, si no nos movíamos, el tiempo se detendría.

—No te preocupes por mí —dijo—. Sabía muy bien cómo acabaría esto, aunque…

Me rompía el corazón ver a Eikko tan apenado y compungido.

Al final, me lancé a sus brazos.

—Eikko, necesito decírtelo. Aunque solo sea una vez. Necesito decírtelo mirándote a los ojos. Te quiero. Si fuera una persona libre, si fuera dueña de mi vida, me escaparía contigo ahora mismo. Pero sé que Marid utilizaría mi ausencia para usurpar el trono y mi país —dije, y meneé la cabeza—. No puedo…

Me sujetó la cara con ambas manos y me miró directa-

235

mente a los ojos. Los tenía vidriosos, pero seguían siendo los más hermosos que jamás había visto.

—Me siento un privilegiado por ocupar ese segundo lugar, sobre todo ahora que sé que el puesto número uno le pertenece a tu pueblo. Te has convertido en una reina excepcional, incapaz de separarse de la gente a la que representa.

Le atraje hacia mí y le besé como si nuestras vidas dependieran de eso, como si el mundo fuera a acabarse al día siguiente. Tal vez no fuese el beso más bonito; teníamos la nariz roja y húmeda y, por si fuera poco, se me había corrido el rímel y tenía las mejillas manchadas. Sin embargo, aquel beso condensaba todos los que jamás podríamos darnos.

Kile había acertado de lleno. Los besos más especiales eran los últimos.

Me retiré y me sequé la cara como pude. No quería volver a perder la compostura. Reuní fuerzas y me quité el anillo de su tatarabuela.

—No seas tonta.

—Es una reliquia familiar, Eikko.

Él me cogió de la mano.

—No te lo regalé pensando que me lo devolverías. Eres la única que merece tenerlo.

Esbocé una triste sonrisa. Al final, claudiqué.

—Está bien —musité, y le ofrecí mi anillo de sello, sobre el que estaba grabado el escudo familiar.

—Eadlyn, ese anillo es solo para la realeza.

—Y tú habrías sido un príncipe maravilloso. Y esta es la prueba que lo demuestra.

Nos quedamos embobados contemplando nuestros anillos. No ocupaban nuestro anular izquierdo, pero al menos tendríamos un recuerdo de por vida. Una parte de mi corazón siempre sería suya.

—Tengo que irme —dijo—. Supongo que Henri estará en su habitación.

236

Asentí.

Eikko me dio un beso casto en la mejilla y me susurró al oído:

—Te quiero. Espero que tengas una vida preciosa.

Tras esa despedida tan amarga, desapareció como por arte de magia.

Me desplomé sobre el sofá, abatida. Me había quedado sin fuerzas. Por un momento, temí desmayarme. También noté unos retortijones en el estómago. Pensé que vomitaría, así que corrí hacia la puerta que daba al pasillo y subí corriendo a mi habitación.

—¿Alteza? —llamó Eloise al verme entrar como un rayo.

Ni siquiera pude contestarle. Pasé de largo y fui directa al cuarto de baño. Me arrodillé frente a la taza y vomité todo lo que había comido.

Las náuseas no cesaban y, al final, me derrumbé y me eché a llorar, de rabia, de tristeza y, sobre todo, de cansancio.

—Sáquelo todo —murmuró Eloise, que se acercó con un paño húmedo—. Venga, la ayudaré.

Se colocó a mi espalda, me abrazó por la cintura y me presionó el estómago.

—No quiero imaginarme cómo debe de ser su día a día. Supongo que todo el mundo opina sin saber. Debe de recibir un sinfín de peticiones. Pero escúcheme bien: cuando esté aquí, puede gritar y llorar todo lo que quiera, ¿de acuerdo? Juntas, superaremos todos los obstáculos.

Me volví para darle las gracias, pero no podía dejar de sollozar. De repente, me vino una arcada y le vomité encima. En lugar de apartarse o quejarse, Eloise no dijo nada y siguió sujetándome.

—Gracias —dije cuando recuperé el aliento.

—De nada. ¿De veras quiere volver al trabajo?

—Tengo que proponerle matrimonio a Henri.

Eloise ni siquiera reaccionó ante aquella noticia bomba.

—De acuerdo, pero lo primero es lo primero. Lavemos esa cara.

Y así empecé a prepararme para el primer día del resto de mi vida.

Capítulo 31

*E*loise me ayudó a arreglarme. Hizo un trabajo espectacular. Cuando me miré al espejo, apenas me reconocí. Estaba guapísima. Bajé a la habitación de Henri. Al igual que me había ocurrido con Kile, me repetí varias veces que no me estaba equivocando. Henri iba a ser un marido entregado y fiel. Sabía que, al menos durante un tiempo, nuestra comunicación iba a ser poco convencional (por decirlo de algún modo), pero eso no impediría que pudiéramos tener una vida feliz.

Su mayordomo abrió la puerta y, con suma amabilidad, me invitó a pasar. Henri estaba sentado frente a su escritorio, rodeado de libros y con una taza de té caliente. Al verme, se puso de pie y realizó una reverencia que solo podía catalogarse como alegre.

—¡Buenos días hoy!

Me reí por lo bajo y me acerqué con aquella enorme caja de madera entre los brazos.

—Hola, Henri —saludé, y dejé la caja sobre la mesa. Luego le di un abrazo, un gesto que pareció animarle—. ¿Qué es todo esto?

Pasé los dedos por encima de aquellos libros y eché un vistazo a las páginas. Como era de esperar, eran libros de gramática inglesa. Henri no desaprovechaba ni un segundo para mejorar su inglés. Cogió una libreta y me la mostró.

—Escribo para ti. Puedo leer, ¿sí?

—Oh, sí, por favor.

—Bien, bien —farfulló él; luego respiró hondo y me regaló una sonrisa—. Querida Eadlyn. Sé que no puedo decir, pero pienso en ti todos el día. Mis palabras todavía no son buenas, pero no existen palabras —leyó, y se llevó una mano al pecho— para decir lo que mi corazón sentir. Ni siquiera conocer esas palabras en mi idioma.

Él se encogió de hombros y yo me limité a sonreír.

—Tú eres precioso, talento, listo y mucho amable. Espero demostrarte lo bien que pensar de ti. Ah, y más besar.

Esta vez no pude contener la risa. Él se alegró de verme de tan buen humor.

—Todavía faltar trabajo —dijo, y dejó la libreta a un lado—. Ejem, ¿buscar Erik?

—No —respondí—. Solo tú.

Saber que iba a tener que charlar conmigo sin la ayuda del traductor le puso nervioso. Pero, aunque estaba lejos de ser fluida, aquella había sido sin lugar a dudas la mejor conversación que habíamos mantenido. Él asintió y se frotó las manos con energía.

—Henri, te gusto, ¿verdad?

Él dijo que sí con la cabeza.

—Sí. Me gusto.

—A mí también me gustas.

Henri sonrió.

—¡Bien!

Y una vez más me eché a reír. «¿Lo ves, Eadlyn? Todo va a salir bien.»

—Henri… Henri, ¿te casarías conmigo?

Parecía confundido y me miró con los ojos entrecerrados. Tras procesar la propuesta, abrió los ojos como platos, atónito.

—¿Yo casar contigo?

—Sí, si tú quieres, claro.

Sin perder la sonrisa, Henri dio un paso atrás y hubo algo

en su expresión que no logré descifrar. ¿Desconfianza? ¿Duda? Y, de repente, se desvaneció.

—Espera, espera —musitó; hincó la rodilla y me cogió de las manos—. ¿Querer casarte conmigo?

—Sí.

Soltó una risa y empezó a besarme las manos una y otra vez; luego se quedó observándolas durante unos instantes, como si no pudiera creerse que iba a poder tocarlas siempre que quisiera durante el resto de su vida.

—Ven —murmuré, y le indiqué que se levantara.

Él obedeció y me estrechó entre sus brazos. Fue un gesto tierno y, aun así, me volvieron a entrar ganas de llorar.

—Tienes que darme un anillo —dije, y cogí la caja que había dejado encima del escritorio.

Oí a Henri ahogar un grito.

Dentro de aquella caja, forrada de terciopelo azul, había veinticinco anillos de compromiso distintos, todos de tamaño y color diferentes, pero todos perfectos para una futura reina.

Henri echó un vistazo y luego se volvió hacia mí.

—¿Elegir para ti?

—Sí.

Hizo una mueca. Tener tantas opciones parecía abrumarlo. Henri acarició aquellas alianzas de ensueño. Pasó un dedo por un anillo que combinaba rubíes y amatistas y vi que se fijaba en los diamantes solitarios. Algunos eran tan grandes que incluso se podía patinar sobre ellos. Y entonces clavó la mirada en una perla enorme encastada en un anillo de oro rosado y protegida por un círculo de diamantes. Cogió esa alianza, la miró de cerca y asintió con la cabeza.

—Para ti.

Extendí la mano izquierda y él deslizó aquel anillo tan maravilloso.

—¿Bien bien?

Tendría que conformarme con eso. Ni un ¡perfecto! Ni

un ¡maravilloso! Simple y llanamente, «bien». Y, para una chica como yo, que había cometido un sinfín de errores a lo largo de su vida, aquel «bien» era más que suficiente.

Sonreí.

—Bien bien.

—Ha llegado un paquete a su nombre —anunció Eloise.

Lo miré de reojo. No sabía qué podía ser. No estaba esperando nada en especial. Dejé la caja de alianzas sobre el escritorio y meneé los dedos para llamar su atención.

—¿Y bien? ¿Qué te parece? —pregunté.

Eloise abrió los ojos de par en par.

—Nunca he visto uno igual.

—Los mejores joyeros del país diseñaron veinticinco anillos distintos a sabiendas de que solo luciría uno. Es un poco desmesurado, pero me gusta. Sin lugar a dudas, estaba entre mis favoritos.

—Le queda de maravilla, majestad —dijo con una sonrisa—. ¿Puedo ayudarla con algo más o prefiere estar un rato a solas?

—Puedes retirarte.

—Excelente. Avíseme cuando esté lista para la cena. Subiré enseguida.

Asentí y la doncella desapareció tras la puerta. La oí alejarse por el pasillo, con el susurro del bajo de su vestido rozando el suelo.

Me aferré al respaldo de la silla y respiré hondo. Paso a paso, me dije para mis adentros. Había perdido muchísimas cosas, pero también había ganado otras. Quería pensar que la balanza estaba equilibrada. Mi padre me había cedido el trono y me había nombrado reina. También me había prometido en matrimonio. Y por fin me había quitado esa coraza. Ahora no me mostraba tan arisca ni distante con la gente que me rodeaba. Sin embargo, todavía me quedaba mucho por aprender. La lista de cosas que quería hacer por mi familia y mi pueblo era casi interminable. Albergaba la esperanza de poder lograrlo.

Suspiré. Con cierta curiosidad, desenvolví aquella cajita que tenía delante. Cuando la abrí, me quedé sin respiración.

La fotografía era preciosa. En ella aparecía toda mi familia en el día de mi coronación. Osten salía con cara de pillo, como si estuviera tramando algo, como siempre. Y Ahren estaba guapísimo. Lo único que le faltaba a Kaden para parecer un príncipe del siglo pasado era una espada. Pasé a la siguiente imagen: otra instantánea de la familia al completo, pero en una pose distinta. Aquella caja no había podido llegar en mejor momento. Miré todas y cada una de las fotografías y dibujé una sonrisa de felicidad. En una salía Lady Brice dándome un abrazo, saltándose todo el protocolo. Kile me rodeaba entre sus brazos mientras los dos sonreíamos como tontos. Los Leger aparecían posando detrás de mí, con una mano apoyada sobre mi hombro, como si fuera su propia hija.

Aquellos momentos me parecían tan lejanos. En cierto modo, era como si estuviera mirando a una chica totalmente distinta. Solo se necesitaba un poco de tiempo y esperanza para cambiar a una persona.

Las fotografías de Eikko eran completamente distintas a las del resto. Me había quitado aquella capa tan pomposa y recargada; él aparecía sin la chaqueta de su traje. Al verlas me parcaté de que, sin darnos cuenta, habíamos posado como una pareja de enamorados. Yo tenía la mano apoyada sobre su pecho y él me sujetaba por la cintura. Tenía la cabeza ligeramente ladeada, como si su corazón fuera un imán que me atrajera hacia él.

Contemplé aquella fotografía durante un buen rato. Si volvía a ver a ese fotógrafo, tendría que felicitarle, pues había conseguido capturar la luz de su mirada azul a la perfección. Pocas horas después de posar para ese retrato me había reunido con Eikko. Había observado aquellos ojos y había sentido el abrigo de su abrazo. Era casi un milagro que tuviera esa fotografía entre las manos. Si no hubiera sido por los demás candidatos, no habría posado a mi lado ni me habría susurrado unas palabras en finés. Me sentía afortunada por haberle conocido. Si hubiera desobedecido a mis padres y no hubiera celebrado la Selección, si Henri no hubiera sido lo suficientemente valiente como para presentarse como candidato, o si hubiera cogido cualquier otro sobre aquel día...

Cogí la fotografía y la guardé en el cajón donde escondía todos mis tesoros. Sonreí y eché un vistazo a mi pequeña colección de alijos. Rememoré todo lo ocurrido en los últimos dos meses y me embargó un sentimiento de gratitud.

Allí estaba la camisa que Henri utilizó como trapo en la cocina. Y la horrenda corbata de Kile, tan fea que amenazaba la paz mundial. Y el alfiler de Hale, que había clavado en un retal para no perderlo. Y el dibujo infantil que Fox me había regalado. Y el poema que Gunner había escrito para mí, aunque no necesitaba tenerlo en papel porque jamás podría olvidar aquellas palabras. Aquellos eran todos los tesoros que había querido conservar.

Me quedé ahí de pie, observando la fotografía una vez más. Era un tesoro, sin lugar a dudas, pero no podía guardarla en un cajón. Mi Eikko no merecía estar encerrado allí.

Capítulo 32

*P*or fin llegó el gran día. Sin duda iba a ser el más importante de mi vida. Abrí los ojos y Eloise me informó de que me habían citado en el Salón de Mujeres. Mi madre podía citar a la corte real en cualquier lugar del palacio, pero aquel gigantesco salón era su lugar favorito para reunirse con todo el mundo. El caso fue que me llamó. No tardé en acudir a verla.

Lucy estaba en la estancia, al igual que la tía May. No sabía quién se había ido de la lengua, pero al verla allí sentada no pude evitar alegrarme. Y entonces me percaté de que mi tía no era el motivo por el que me habían llamado. Marlee estaba lloriqueando sobre el hombro de mamá.

Al oír que entraba en el salón, se giró y me atravesó con la mirada.

—Entiendo que no quieras casarte con él. De veras. Pero ¿por qué? ¿Por qué? ¿Por qué le has desterrado? ¿Cómo se supone que voy a vivir sin mis hijos?

—Josie seguirá en palacio —le recordé con tono amable.

Ella me señaló con un dedo acusador.

—No te pases de lista. Eres la reina del país, pero continúas siendo una cría.

Mamá nos miraba desconcertada. Debía de sentirse entre la espada y la pared, pues no supo cómo reaccionar. O defendía a una hija que era lo bastante mayorcita como para defenderse sola, aunque al fin y al cabo era su hija, o consolaba a su mejor amiga, que estaba destrozada por haber perdido a un hijo del que ni siquiera había podido despedirse. Sabía muy bien que mamá entendía el sufrimiento de su amiga.

—Marlee, deja que me explique —supliqué. Crucé el salón y ella se dejó caer sobre un sillón—. Quiero a Kile. Estos últimos meses me han servido para conocerle. Lo aprecio más de lo que crees. Él se habría quedado en palacio si se lo hubiera pedido. De hecho, si tú se lo hubieras pedido, jamás se hubiera mudado. Pero ¿es eso lo que quieres para él?

—¡Sí! —insistió ella, que me miraba con los ojos inyectados en sangre.

—A mi madre se le partió literalmente el corazón cuando se enteró de que Ahren se había marchado. Yo también me quedé hecha polvo. Pero ¿significa eso que debería haberse quedado aquí para siempre?

Ella no respondió. Mamá pareció un poco compungida. Apretó los labios y asintió con la cabeza, como si comprendiera perfectamente lo que acababa de decir.

—A nadie le gusta hablar de estos temas porque, al fin y al cabo, son incómodos y dolorosos. Como por ejemplo el motivo de que tengas las manos llenas de cicatrices —expliqué sin apartar la mirada de ella—. Pero no podemos ignorarlos. Es increíble lo que hiciste por amor. Precisamente por eso te envidio.

Estaba desconsolada y no podía dejar de llorar. Verla así me entristecía, pero no podía derrumbarme ahora. Había demasiada gente que dependía de mí.

—Todos sabemos por lo que has pasado. Entiendo que sientas que estás en deuda con nuestra familia. Pero no lo estás. Marlee, ¿qué más puedes hacer por nosotros? Nos has entregado tu vida.

Ella seguía sin decir nada.

—Pregúntale a mi madre. Ella tampoco quiere verte aquí atrapada. Puedes acompañar a tu hijo, si eso es lo que deseas. Juntos podréis viajar por todo el mundo: todos los países os recibirán como grandes dignatarios, te lo prometo. No nos debéis nada. Vuestra vida es vuestra y de nadie más. ¿De veras quieres que tus hijos vivan así, con la sensación de que les perdonamos la vida? ¿Quieres que Kile, un muchacho apasionado, inteligente y con talento pase toda su juventud encerrado entre estas cuatro paredes? Eso sería muy cruel.

Ella hundió la cabeza entre sus manos.

—Podrías haberte marchado —le susurró mamá—. Pensé que lo sabías.

—Esa no fue mi impresión, la verdad. De no haber sido por vosotros, Carter y yo habríamos muerto hace años. Jamás olvidaremos lo que hicisteis por nosotros. Os estaremos eternamente agradecidos.

—Tú me tendiste una mano a pesar de que era una desconocida para ti. Cuando estuve a punto de tirar la toalla y dejar la Selección, fuiste tú quien me convenció de que me quedara. En todos mis embarazos, eras tú la que me sostenía de la mano cada vez que me venían náuseas. ¿Recuerdas por qué siempre se me revolvía el estómago por la tarde?

Ambas se echaron a reír.

—Este trabajo siempre me ha asustado, y tú siempre has estado ahí para decirme que podía hacerlo. Ah, y me ayudaste a coser una herida de bala, ¡por el amor de Dios!

Me moría de curiosidad por conocer esa anécdota, pero aquel no era el momento.

Lucy se acercó y se arrodilló junto a Marlee.

—Todos tenemos un pasado, ¿no crees? —dijo, y miró de reojo a sus amigas—. Hemos cometido errores, hemos guardado secretos y hemos hecho un montón de estupideces. Pero miradnos: somos mujeres hechas y derechas. Y fíjate en Eadlyn.

Las tres se volvieron hacia mí.

—¿Crees que dentro de veinte años debería seguir pagando todos y cada uno de sus errores? ¿Quieres que viva encadenada a ellos?

Tragué saliva.

—¿Y nosotras? —concluyó.

247

Marlee bajó la cabeza y abrazó a mamá y a Lucy.

Observé aquella estampa y sentí un nudo en la garganta.

Sabía que mi madre no viviría eternamente y que, dentro de unos años, mi tía ya no podría viajar con la frecuencia con que lo hacía ahora y que todas sus amigas, al final, acabarían mudándose a otro lugar. Pero el Salón de Mujeres no quedaría vacío. Josie, Neena y yo seríamos las nuevas huéspedes. Allí nos reuniríamos con nuestras hijas, primas y amigas. Viviríamos bajo el mismo techo, tejeríamos nuestras vidas con el mismo hilo y crearíamos una hermandad sagrada de la que tan solo un puñado de mujeres afortunadas podría disfrutar.

Me alegré de que mi madre hubiera elegido trasladarse aquí. Había viajado hasta la otra punta del país a sabiendas de que viviría en una casa extraña. Había confiado en una desconocida que viajaba con ella en el avión y, al final, había acabado siendo la mejor amiga de la chica que le preparaba la bañera y le hacía la cama. Podían tomar caminos distintos porque jamás se separarían.

Capítulo 33

*E*l estudio estaba irreconocible. Aunque planear mi compromiso delante de un montón de amigos, familiares y personal de palacio a sabiendas de que se emitiría en directo para todo el país no era precisamente lo que tenía *in mente*, y es que hubiera preferido algo un poco más íntimo, a veces uno tiene que hacer de tripas corazón y seguir adelante.

Eché un vistazo a la sala en busca de papá y mamá. Necesitaba verlos, reconocer su sonrisa entre la multitud. Si estaban tranquilos y contentos, yo también lo estaría. Pero todavía no habían llegado. Kaden, en cambio, ya estaba allí.

Le observaba a través de la ranura de la puerta. El pobre miraba a su alrededor con expresión acongojada. De hecho, hasta se asustó cuando me acerqué a su lado.

—¿Estás bien?

Él se aclaró la garganta y clavó la mirada en el suelo. Me fijé bien y vi que se había ruborizado.

—Sí, todo va muy bien. Aquí, pasando el rato.

Se revolvió en su asiento. Parecía inquieto, así que repasé a todos los invitados para averiguar qué le había podido dejar tan pasmado. De repente, lo comprendí todo. Josie había renunciado a aquellos recogidos tan exagerados y a las joyas ostentosas. También había abandonado sus toneladas de maquillaje y vestidos extravagantes. Al verla ahora, con el pelo un poco ondeado, un toque de brillo en los labios y un vestido azul perfecto para su edad, por fin parecía ella misma. Siempre había intentado imitarme. Hoy, por primera vez, era ella, la verdadera Josie.

—Josie está muy guapa esta noche —dije.

—¿Qué? Ni me he fijado. Pero ahora que lo mencionas, sí, no está mal.

Marlee, que estaba más serena que por la mañana, le murmuró algo a Carter. Josie se echó a reír a carcajadas, sin ningún tipo de pudor. Aquel sonido era demasiado alto para mis oídos, pero igualmente me pareció agradable.

—Las cámaras no van a grabarte, así que si quieres puedes sentarte con ella. Creo que hay un sitio libre a su lado —propuse.

Miré a Kaden por el rabillo del ojo y advertí una tímida sonrisa, pero enseguida la borró.

—Supongo. No sé, no tenía pensado sentarme con nadie en especial.

Y, sin decir nada más, se acercó a ella. Estaba nervioso y no dejaba de arreglarse el traje. Me moría de ganas por averiguar cómo iba a acabar todo eso.

—Eadlyn.

Reconocí la voz de mamá. Al girarme, vi que se acercaba con los brazos abiertos.

—¿Cómo estás?

—¿Cómo voy a estar? Pues de maravilla. Y en absoluto aterrorizada —bromeé.

—No te preocupes. Henri es una buena opción. Una opción sorprendente, pero igualmente buena.

Eché una ojeada al fondo del estudio y localicé a Eikko, que estaba arreglándole la corbata a Henri. Estaban charlando. Traté de leerles los labios, pero no entendí una sola palabra.

—Es curioso, todavía no entiendo qué puedes envidiar.

Miré a mamá, confundida.

—¿Envidiar?

—Esta mañana, cuando discutías con Marlee, dijiste que la envidiabas por lo que había hecho por amor.

—¿En serio dije eso? —murmuré.

—Sí. Y me pregunto por qué envidiarías a alguien que ha pasado un verdadero infierno para poder estar con la persona a la que quiere. Corrígeme si me equivoco, pero Henri parece un chico dulce y tierno. Además, por lo que he visto, te adora.

Me quedé helada. Mamá me tenía acorralada. ¿Cómo podía escapar de allí?

—Tal vez la palabra más adecuada habría sido «admirar». Lo que hizo fue muy valiente.

Mamá puso los ojos en blanco.

—Cielo, si quieres seguir mintiéndome, perfecto, pero deja que te dé un consejo: no te engañes a ti misma, por favor.

Y sin decir nada más se dio media vuelta y se sentó junto a Lucy y el general Leger. El estudio era un espacio frío, sobre todo cuando los focos estaban apagados, pero el escalofrío que me sacudió no tenía nada que ver con la temperatura.

—Y espere aquí —ordenó la productora, que arrastró a Henri hasta mi lado—. Todavía tenemos unos minutos, pero no te alejes demasiado. ¿Alguien ha visto a Gavril? —gritó a nadie en particular.

Henri se señaló la corbata que Eikko acababa de arreglarle.

—¿Es bien?

—Sí —respondí, y apoyé una mano sobre su hombro.

Detrás de él estaba Eikko, tan estoico y profesional como siempre. Admiraba que fuera capaz de mantener la compostura dadas las circunstancias. Transmitía serenidad. Yo estaba hecha un manojo de nervios, pero albergaba la esperanza de que nadie lo hubiera notado.

Rodeé a Henri con el pretexto de revisar el traje desde todos los ángulos. Dejé caer el brazo al pasar delante de Eikko y noté el suave roce de sus dedos. Un segundo después, volví a colocarme frente a mi prometido.

Estaba al borde del desmayo. Entrelacé las manos. Casi sin querer, reparé en mi anillo de compromiso. La silueta de Eikko desapareció entre la multitud. Si se quedaba un segundo más, enloquecería.

—¿Y bien? —le pregunté a Henri—. ¿Estás preparado?

Él me lanzó una mirada que no supe descifrar. De repente, adoptó un ademán tristón.

—¿Y tú?

Quería decir que sí. La palabra retumbaba en mi cabeza, pero no fui capaz de pronunciarla. Así que me limité a sonreír y asentí.

Me observó durante unos instantes, como si estuviera tratando de leerme la mente.

Después, me cogió de la mano y me guio hasta el fondo del estudio, hasta Eikko.

—*En voi* —dijo Henri con un tono solemne.

Eikko nos miraba con escepticismo.

—¿*Miksi ei?*

—Soy lento con este —dijo Henri, señalándose la boca—. Pero no con este —añadió, y se señaló los ojos.

De pronto se me aceleró el corazón. Mi vida estaba a punto de venirse abajo y me aterrorizaba lo que pudiera ocurrir después.

—Vosotros sois enamorados —prosiguió.

Eikko negó con la cabeza. Henri soltó un suspiro y, con cierta desesperación, le obligó a mostrar la mano derecha, donde destacaba el anillo de sello que yo le había regalado. Y después me cogió la mano y señaló el anillo de Eikko.

—Eikko, por favor, explícaselo. No puedo anular la Selección ahora. Necesito poner punto final al proceso. Dile que puede confiar en mí.

Eikko tradujo mi súplica en un santiamén, pero a juzgar por la reacción de Henri no logró disuadirle.

—Por favor —rogué, y le sujeté por el brazo.

De pronto, suavizó el gesto.

—Digo no —dijo con voz dulce.

Acto seguido, me quitó el anillo de compromiso que había elegido para mí.

Empecé a marearme y el estudio se volvió borroso. Apenas faltaba un minuto para que las cámaras empezaran a grabar y Henri acababa de darme calabazas.

Henri me acarició la mejilla y me miró directamente a los ojos.

—Te quiero —prometió—. Te quiero —repitió. Luego se volvió hacia Eikko y le agarró por el brazo—. Y te quiero. Mi buen amigo. Mi muy buen amigo.

Eikko tragó saliva. Estaba emocionado. Los últimos dos meses los habían unido de por vida. Aquel momento estaba siendo crucial para mí. Y también para ellos.

Henri nos juntó.

—Vosotros juntos. ¡Yo preparar el pastel!

Aquel giro inesperado de los acontecimientos me asustaba, pero, aun así, me reí. Miré a Eikko. Quería dejarme llevar y no había nada en el mundo que deseara más que entregar mi corazón a la persona que tenía delante. Pero estaba muerta de miedo.

Observé el estudio. En ese momento necesitaba hablar con una persona. Y, cuando la encontré, me giré hacia mis chicos.

—Esperad aquí. Por favor.

Salí disparada, dejándoles con la palabra en la boca.

—¡Papá! Papá, necesito tu ayuda.

—Cariño, ¿qué ocurre?

Respiré hondo.

—No quiero casarme con Henri. Me he enamorado de Eikko.

—¿De quién?

—De Erik. Su traductor. Le amo y quiero casarme con él. Detesta las cámaras, pero quiero poder decorar toda una pared con fotografías nuestras y contemplarla cada mañana, igual que tú has hecho con mamá. Y quiero que me prepare rosquillas para desayunar, como su madre hace por su padre. Y también deseo encontrar esa complicidad mágica, como todas las parejas que se aman. Siento que a su lado seré feliz.

Papá me miraba con los ojos como platos.

—Pero si consideras que no es la decisión apropiada, estoy dispuesta a renunciar a él. No quiero meter la pata y sé que tú jamás permitirías que hiciera algo estúpido. Dime qué debo hacer. Prometo no cuestionarte, papá.

Él comprobó la hora.

—Eadlyn, quedan siete minutos.

Eché una ojeada a su reloj. Tenía razón: la cuenta atrás había comenzado.

—Ayúdame. ¡Dime qué debo hacer!

Después de unos segundos de estupefacción, me dio media vuelta y me empujó hacia la puerta del estudio.

—Sabemos que has querido adelantar la final de la Selección por Marid. Con esa decisión has demostrado madurez y compromiso con tu país. Pero no puedes permitir que un bravucón influya en una decisión que te cambiará la vida. Confía en mí. No te sientas obligada a anunciar tu compromiso esta noche.

—Ese no es el problema, papá. Deseo casarme con Eikko. Le quiero tanto que incluso duele, pero sé que he cometido errores en el pasado. En ciertos momentos me he comportado como una niña cretina y egoísta. Y me da miedo que la gente no me perdone ni el más mínimo fallo. No quiero decepcionarlos, no lo soportaría. Y tampoco soportaría fallarte a ti, papá.

—¿A mí? ¿Fallarme? —dijo. Negó con la cabeza—. Eadlyn, en la dinastía de los Schreave ha habido varios traidores. No me decepcionarás.

—¿Qué?

Él esbozó una triste sonrisa.

—Que tu hermano huyera a Francia a escondidas fue, técnicamente, la excusa perfecta para declarar una guerra. Y creo que él lo sabía. Pero ¿eso le detuvo?

Negué con la cabeza.

—Tu madre —prosiguió con una risita— conspiró con el Gobierno italiano para financiar a los rebeldes del norte, un acto que le podría haber costado la vida si mi padre se hubiera enterado. Se jugó el cuello, literalmente hablando.

No daba crédito a lo que estaba escuchando.

—Yo tampoco me libro. He perdonado la vida a personas condenadas a muerte.

—¿Te refieres a los Woodwork? —pregunté.

—No, me había olvidado de ellos, aunque es cierto que les concedí el indulto real. Me refería a alguien mucho más peligroso desde el punto de vista de la monarquía.

—Papá, lo siento, pero me he perdido.

Suspiró y comprobó el pasillo para asegurarse de que nadie estuviera espiándonos. Luego se desabrochó los primeros botones de la camisa. Se dio media vuelta y me mostró la espalda. Ahogué un grito, horrorizada. Tenía toda la piel marcada. Algunas cicatrices eran enormes. Era un laberinto de heridas. Aunque no había dos idénticas, todas parecían hechas con la misma vara o con el mismo látigo.

—Papá... Papá... ¿Qué te ocurrió?

—Fue mi padre —murmuró. Luego se subió la camisa y se la abrochó tan rápido como pudo—. Siento no haberte llevado nunca a la playa, cielo. Espero que ahora entiendas por qué no podía hacerlo.

Me derrumbé.

—No lo entiendo. ¿Por qué te hizo algo así?

—Para mantenerme a raya, para evitar que fuera un bala perdida, para convertirme en un mejor líder... Se escudaba en un sinfín de razones para hacerlo. Es algo que no me gusta recordar, pero creo que mereces saber al menos el motivo de dos palizas en particular. La primera fue después de que tu madre propusiera eliminar las castas.

Papá sacudió la cabeza al recordar aquel episodio.

—Ella decidió anunciarlo en un *Report*, cuando todavía no estábamos casados. De hecho, fue en pleno proceso de la

255

Selección. Mi padre, que por aquel entonces ya la odiaba, vio aquella propuesta como una amenaza a su autoridad. Y llevaba toda la razón. Una sugerencia así se considera traición. Como he dicho, es algo bastante habitual en nuestra familia. Temía que mi padre la castigara, así que dejé que se desahogara conmigo.

—Dios.

—Aquella fue la última paliza que me dio. Y juro por mi vida que jamás me arrepentiré. Volvería a pasar por aquel calvario cien veces si así le ahorro cualquier sufrimiento.

Era la primera vez que oía esa historia. Sabía que entre los dos habían logrado eliminar el sistema de castas, pero jamás me habían desvelado los detalles escabrosos que acompañaron a la decisión. Me costaba creer que algo tan maravilloso como la igualdad social implicara también actos horrendos.

—Temo preguntártelo, pero ¿cuál fue la otra paliza?

Se abrochó los últimos botones de la camisa e inspiré hondo.

—La primera.

Tragué saliva. No estaba segura de querer oír esa historia.

—Verás, mi padre era un hombre presuntuoso. Se creía el ombligo del mundo por el mero hecho de ser rey. Y, a decir verdad, no tenía motivos para ser infeliz. Tenía poder, una casa maravillosa, una mujer que le adoraba y un hijo que se encargaría de conservar el linaje familiar. Pero para él eso no era suficiente.

Clavó la mirada en ninguna parte. Por mucho que tratara de descifrar su expresión, no lograba entender nada.

—Recuerdo el ritual que seguía cada vez que su amante venía a palacio. El día antes le regalaba algo ostentoso a mi madre, como si pagara por sus pecados incluso antes de cometerlos. Después, durante la cena, le iba llenando la copa hasta que ella perdía el conocimiento. La habitación de mi madre estaba en el ala oeste del palacio, es decir, en la otra punta. Él siempre lo tenía todo controlado. Mi madre jamás se hubiera separado de él porque, en el fondo, le quería con toda su alma.

»Debía de tener once años más o menos cuando vi a su amante escabulléndose de palacio en mitad de la noche. Estaba despeinada y llevaba una enorme capa, como si quisiera tapar lo que había hecho. Yo sabía por qué estaba allí y la odiaba por eso. La despreciaba más que a él, lo cual era injusto. Aquella mujer desapareció y fui corriendo a la habitación de mi padre. Él llevaba una bata. Estaba borracho y empapado en sudor. Y entonces le dije: «Esa zorra no puede volver aquí», como si un mocoso como yo pudiera decirle al rey lo que podía y lo que no podía hacer. Jamás lo olvidaré.

»Entonces me cogió por el brazo con tanta fuerza que me dislocó el hombro. Me lanzó al suelo y me azotó la espalda con una vara. Perdí la cuenta de los azotes. Estaba tan mareado por el dolor que al final me desmayé. Al día siguiente me desperté en mi habitación con el brazo en cabestrillo. Cuando abrí los ojos, mi mayordomo me dijo que no debería jugar a caballeros y dragones con los guardias. Yo era muy pequeño y ellos tenían cosas más importantes que hacer.

Papá sacudió la cabeza.

—No sé a quién debieron de despedir o amenazar para hacer esa historia creíble, pero una cosa me quedó clara: debía mantener el pico cerrado. No era más que un niño y no me atreví a contárselo a nadie. Cuando crecí, preferí ocultarlo por vergüenza. Años después me convencí de que debía estar orgulloso de todo eso. Había soportado aquel sufrimiento solo, sin ningún tipo de apoyo. Me parecía admirable. Pero, por supuesto, no lo era. Era absurdo. Sin embargo, cuando somos pequeños siempre buscamos excusas.

Me regaló una sonrisa un tanto forzada.

—Lo siento, papá.

—No pasa nada. Aquella paliza me hizo más fuerte y mejor persona. Espero haber sido mejor padre para ti.

De pronto, se me humedecieron los ojos.

—Claro que sí.

—Me alegro. Para responder a tu pregunta, pasaron los años y pensé que mi padre se había librado de su amante. Como te he dicho, no hacía falta ser un lince para saber cuándo planeaba traerla a palacio. Le estuve vigilando durante muchísimos meses e incluso me colé en su habitación varias noches para cerciorarme de que estuviera solo. Aquella mujer estuvo varios meses desaparecida. De repente, un día la vi caminando por un pasillo como si fuera el ama y señora de esta casa.

»Estaba furioso. No podía creer que aquella mujer tuviera las agallas de pasearse por mi casa a sabiendas de que mi madre también estaba allí. Así que me planté delante de ella y le canté las cuarenta. Ella ladeó la cabeza y me miró con desprecio y aires de superioridad, como si fuera un gusano. Y luego se acercó y me susurró al oído: «Le diré a tu hermana que le mandas recuerdos». Aquella frase me dejó de piedra. Ella se marchó y yo me quedé ahí plantado, tan aturdido que apenas podía moverme.

»¿Lo había dicho solo para fastidiarme? ¿Realmente tenía una hermanastra a la que no conocía? No iba a perseguir a aquella mujer en busca de respuestas y era evidente que no podía sacarle el tema a mi padre. Cuando él falleció, traté de encontrarla.

Se aclaró la garganta.

—Y esto responde a tu pregunta. Los hijos ilegítimos de los miembros de la familia real deben morir.

—¿Qué? ¿Por qué?

—Supongo que se consideran una amenaza para la dinastía real. A nadie le conviene una guerra civil o un clima de malestar político. Fíjate en el lío en que te ha metido Marid. En el pasado, eliminábamos esas amenazas en cuanto las descubríamos —explicó con frialdad.

—Entonces..., ¿la mataste?

Él esbozó una sonrisa.

—No. Cuando fui a verla, me cautivó. No era más que una niña y no tenía ni idea de quién era su padre. No podía culparla por haber nacido de las entrañas de una plebeya que se había acostado con el rey. Así que la separé de su madre y la traje a palacio. Desde entonces he intentado protegerla.

Y, por fin, me miró a los ojos.

—¿Lady Brice? —pregunté.

—Lady Brice.

No sabía qué decir. Tenía otra tía. Y de no haber sido por su inestimable ayuda no habría sobrevivido a la coronación. No podía estarle más agradecida.

—A veces me siento culpable por mantenerla en la sombra —admitió.

—Te entiendo. Si tiene sangre real, merece algo más.

—Es imposible. Y ella lo comprende. Le encanta vivir aquí —contestó. Ninguno dijimos nada durante unos segundos, pero intuí que papá sabía como yo que eso no era suficiente—. Como ves, cielo, llevo veinte años siendo un traidor a ojos de la ley. Tu hermano también ha cometido ese delito. Y tu madre. Y me atrevería a decir que Kaden será el único de la familia que no osará saltarse ninguna norma.

Tenía razón, Kaden era un chico obediente y sensato. Todo lo contrario que Osten, que, a pesar de ser un niño, se saltaba cualquier orden.

—Sáltate esa estúpida norma, Eadlyn. Cásate con el chico del que estés enamorada. Si crees que será un marido perfecto, te apoyaré hasta el final. Y si la gente no lo aprueba, pues será problema suyo. Porque ¿quién eres?

—Soy Eadlyn Schreave. Y no hay nadie sobre la faz de la Tierra con más poder que yo —respondí de forma casi automática.

Él asintió.

—Maldita sea, tienes razón.

La productora asomó la cabeza por la puerta.

—¡Gracias a Dios! ¡Diez segundos! ¡Vamos!

Capítulo 34

*E*ntré en el estudio corriendo y busqué a Eikko. Traté de encontrarle entre toda la gente que pululaba a mi alrededor, pero no logré dar con él.

A toda prisa, subí al pequeño escenario que habían montado. Un segundo después, el piloto rojo de la cámara se encendió. Me retiré un mechón de pelo y empecé a improvisar. El discurso que había preparado ya no servía para nada.

—Buenas noches, Illéa. —Ignoré el protocolo y me salté las normas que me habían enseñado desde que era una niña para hablar en público. Mi postura era espantosa, el tono de voz irregular y ni siquiera me atrevía a mirar a cámara porque estaba demasiado ocupada buscando a Eikko—. Esta noche, tenemos preparada una pequeña sorpresa. Esta va a ser una edición especial del *Report* porque tengo un anuncio muy importante que hacer.

Y por fin le localicé. Se había escondido detrás de Henri.

—Por favor, recibamos con un fuerte aplauso al señor Eikko Koskinen.

Todos los presentes empezaron a aplaudir. Y yo me quedé allí, en mitad del plató, con la esperanza de que él tomara las riendas del programa. Eikko se aclaró la garganta y se apretó el nudo de la corbata. Luego me fijé en que Henri le daba una palmadita en la espalda en señal de ánimo.

Le ofrecí la mano y le invité a colocarse a mi lado. Estaba

histérica y preocupada. Temía que él se sintiera igual que yo.

—Algunos recordarán a este caballero. Apareció en un *Report* hace ya varias semanas. Es el traductor personal del señor Henri Jaakoppi. Desde que llegó a palacio, ha demostrado ser inteligente, cortés, honesto, divertido y un montón de cosas más que jamás pensé que necesitaría de un chico hasta que le conocí —dije. Luego le miré por el rabillo del ojo. Hubo algo en su expresión, en aquella mirada llena de esperanza, que me tranquilizó. Por fin me olvidé de las cámaras—. Quiero confesaros algo, me he enamorado perdidamente de él.

—Y yo de ti —murmuró Eikko, pero lo hizo en un tono tan bajo que nadie lo oyó.

—Eikko Petteri Koskinen, ¿me concederías el extraordinario honor de ser tu esposa?

Él dejó escapar una risa contenida pero preciosa. La palabra quedó suspendida en el aire. Aquella petición no incluía formalidades, ni rodilla hincada, ni intercambio de anillos. Estábamos él y yo. No había nadie más.

Aunque, en el fondo, sabía que millones de personas estaban pendientes de nosotros.

Él miró hacia otro lado. Estaba buscando a Henri. Su amigo se encontraba entre el público, agitando las manos y articulando la palabra «sí» de una forma exagerada, con los ojos desorbitados.

—Sí —contestó Eikko al fin.

Me lancé a sus brazos y nos besamos. Fue un beso épico, sin duda. Ni siquiera oí los aplausos ni los silbidos del público. Solo oía el latido de mi corazón.

Una parte de mí estaba preocupada por la reacción del país, por lo que ocurriría al día siguiente. Pero la otra parte logró silenciar aquellas inquietudes porque sabía, sin ningún tipo de duda, que por fin había encontrado a mi alma gemela.

Me aparté y le miré. Nunca había sido más feliz.

De pronto, él me miró un tanto confundido.

—Entonces... ¿Qué hago ahora?

261

Sonreí.

—Quédate aquí un segundo. Tengo un asunto del que ocuparme. Luego podremos estar a solas y charlar toda la noche si hace falta.

—Es lo que más me apetece.

Los aplausos se fueron apagando. Miré directamente a cámara. Me sentía pletórica. Ya no tenía miedo a nada ni a nadie. Quería dirigirme a mi pueblo y hacerlo con toda honestidad.

—Como todos sabréis, mi padre me cedió el trono hace apenas unos días. Pero lo cierto es que siempre me ha preocupado el lugar que ocupo en vuestros corazones. No sé si algún día llegaré a entender por qué algunos de vosotros me repudiáis, pero hoy me he dado cuenta de que no debo tenerlo en cuenta. Mi vida es mía y solo mía. No es vuestra. Del mismo modo que vuestra vida es vuestra, no mía.

En ese instante noté que el ambiente del estudio cambió. Tal vez me estaba volviendo loca, pero, por primera vez, me sentí la reina de la nación.

—Estos últimos meses han sido una verdadera locura para mí. He sobrevivido de milagro. Casi pierdo a mi madre, a la que, por cierto, adoro. Mi hermano mellizo se ha casado con Camille y se ha mudado a Francia. Me han nombrado reina. Y por si todo esto fuera poco, he puesto punto final a una Selección que nadie esperaba celebrar —dije.

Sonreí y pensé en lo rápido que había pasado todo. La Selección podía haberme destruido, pero había logrado resistir.

—A lo largo de este proceso, algunos me han entendido y otros me han castigado duramente. Algunos me han apoyado de forma incondicional y otros me han atacado. Hasta hace poco habría jurado que esos sentimientos no tenían fundamento alguno, pero ahora estoy convencida de que estaba equivocada.

»Antes de la Selección, llevaba una vida tranquila, rodeada de amigos que también habían crecido en el palacio. Admito que mi única preocupación era vivir cómodamente.

Para conseguirlo estaba dispuesta a sacrificar muchísimas cosas, incluido el bienestar de las personas que me quieren. No es algo de lo que hoy me sienta orgullosa.

Clavé la mirada en la alfombra durante unos segundos. Necesitaba recuperar la compostura antes de continuar.

—Conocer a estos muchachos me ha servido para darme cuenta de que existe otro mundo más allá de estas cuatro paredes. Me han enseñado todo lo que ignoraba de mi propio país. Los presupuestos y los proyectos son un reflejo de vuestras necesidades, pero conoceros en persona me ha sido de gran utilidad, porque ahora sé todas las dificultades a las que os enfrentáis cada día. Y precisamente por eso —dije, e inspiré hondo— quiero anunciar que, a partir de hoy, Illéa será una monarquía parlamentaria.

Oí gritos ahogados y murmullos en el estudio. Esperé a que todos hubieran digerido la noticia. Consideré que los espectadores que estuvieran mirando el programa desde su casa también merecían esos momentos de reflexión.

—Por favor, no me malinterpretéis. No pretendo eludir mis obligaciones como monarca. En realidad, ahora sé que os valoro y os aprecio demasiado como para llevar a cabo este trabajo yo sola. Incluso con un compañero —dije refiriéndome a Eikko—, creo que sería mucho mejor para todos, tal y como demuestran las muertes prematuras y los problemas médicos de mis predecesores. Yo me encargaré de mi parte para que así vosotros podáis llevar a cabo la vuestra.

»Durante mucho tiempo, todos los que trabajamos en palacio hemos intentado encontrar la fórmula para que disfrutéis de una vida más justa, más feliz, pero lo cierto es que es imposible. Vuestra vida está en vuestras manos. Solo así podremos llevar a cabo ese cambio que muchísimas personas llevan años esperando ver. Os prometo que encontraré a un primer ministro provisional. Nuestra intención es celebrar elecciones dentro de dos años a más tardar. Estoy ansiosa por ver lo que nos tenéis reservado.

»Estoy segura de que surgirán dudas y pequeñas compli-

263

caciones en el proceso de construir un nuevo país, pero nunca olvidéis que toda la familia real está a vuestro lado. No puedo gobernar vuestros corazones, ni vosotros el mío. Creo que ha llegado el momento de que trabajemos juntos para disfrutar de un futuro mejor para todos.

Dibujé una sonrisa. No sentía miedo, ni angustia ni nerviosismo. Solo paz. Si no hubiéramos estado tan obsesionados por la imagen que transmitíamos, por cómo se percibían nuestros actos, si nos hubiéramos centrado en actuar, habríamos llegado a esa conclusión mucho tiempo atrás.

—Gracias por vuestro apoyo. A mí, a mi familia y a mi prometido. Os quiero, Illéa. Buenas noches.

Poco a poco, todos los focos se fueron apagando. De repente, las cámaras dejaron de grabar. Acto seguido, todo el mundo empezó a gritar. Los asesores estaban furiosos, como era de esperar. En lugar de dirigirse a mí se acercaron a mi padre para exigirle respuestas.

264

—¿Por qué me chilláis, panda de locos? —les respondió, enfadado—. Ella es vuestra reina, por el amor de Dios. Preguntadle a ella.

Me giré hacia Eikko.

—¿Estás bien?

Él soltó una carcajada.

—Nunca he sido tan feliz. Ni he tenido tanto miedo.

—Es un buen resumen.

—¡Eh! —llamó Kile.

Detrás de él apareció Henri, que enseguida abrazó a Eikko. En cuanto empezaron a celebrarlo, me aparté. Todavía tenía muchas cosas de las que encargarme.

Con algún que otro codazo, me abrí camino entre mis asesores, que seguían furibundos y confusos. Me deslicé a un rincón del estudio. Me aseguré de que estaba sola y marqué un número de teléfono familiar.

Marid respondió la llamada enseguida.

—¿Qué acabas de hacer? —bramó.

—Marid, por si no lo has entendido bien, deja que te informe en persona: ya no eres bienvenido a participar en mi mandato.

—¿Te das cuenta de tu estupidez?

—Oh, cállate. Hace unas semanas, cuando celebramos la asamblea popular, no entendí por qué te habías asustado tanto. Ahora cuadra todo. ¿Por qué otorgar el poder a la gente cuando puedes acapararlo todo tú?

—Si crees que esta va a ser la última vez que vas a oírme...

—Sí, lo va a ser. A partir de hoy escucharé lo que mi pueblo tiene que decirme, así que no te necesito para nada. Adiós.

Esbocé una sonrisa, contenta y dichosa. Reparé en algo importante: nadie podría tratar de arrebatarme el país, pues le había concedido una libertad completa. La gente ansiaba ser feliz, igual que yo. Todos estábamos hartos de que otras personas intentaran dirigir nuestra vida o, peor aún, vivirla en nuestro nombre.

—¡Eadlyn! —me llamó Lady Brice, que venía corriendo hacia mí—. ¡Has estado brillante! ¡Brillante!

—Aceptarás, ¿verdad?

—¿Aceptar el qué?

—Ser primera ministra. Solo hasta las elecciones, lo prometo.

Ella se rio por lo bajo, nerviosa.

—No sé si soy la persona más indicada para ese trabajo. Además, hay...

—Vamos, tía Brice.

Durante un instante, ella se quedó horrorizada. Y después los ojos se le llenaron de lágrimas.

—Nunca pensé que oiría esas palabras.

La abracé con todas mis fuerzas. Aquella mujer se había convertido en mi gran confidente al cabo de tan solo unas semanas. Fue una sensación extraña: aunque nunca la había perdido, sentí que recuperaba algo. Como cuando Ahren asistió a mi coronación.

—¡Dios mío! ¡Tengo que llamar a Ahren! —exclamé.

—Añadiremos eso a tu lista de tareas pendientes. Anunciar tu compromiso, hecho. Renovar el país, hecho. ¿Qué toca ahora?

Eché un vistazo a la estancia y vi a mi padre estrechando la mano de Eikko y a mamá dándole un beso en la mejilla.

—Cambiar mi vida.

Epílogo

Ser la protagonista de un romance de cuento de hadas es, cuando menos, curioso. Muchas chicas sueñan con algo así. Devoran libros de amor y las apasionan las comedias románticas. Y por eso creen que pueden prever lo que se supone que puede pasar entre dos personas.

Sin embargo, la verdad es que el amor es una moneda de doble cara: puede ser fortuito, pero también planeado; puede ser hermoso, pero también desastroso.

A veces, para encontrar a un príncipe hay que besar a muchos sapos. O echarlos a patadas de tu casa. El amor también es caprichoso. A veces se te presenta de forma repentina y por fin encuentras lo que llevabas toda la vida esperando. Pero otras veces te empuja a hacer algo que siempre has temido. El clásico «y vivieron felices y comieron perdices» podría estar esperándote en cualquier lugar.

Agradecimientos

*D*e acuerdo, chicos. Me parece que, llegados a este punto, podría preguntaros a quién creéis que incluiría en la página de agradecimientos y sé que no os equivocaríais. Muchos de vosotros seguís a mi agente en Twitter y más de uno habéis etiquetado a mi publicista en Tumblr. A veces me confundo y creo que mi editora es mi hermana, pero no lo es. Cuando firmo ejemplares, siempre me preguntáis por mi marido y por mis niños. Sé que os preocupáis por ellos. Así que no nos andemos con rodeos y vayamos al grano.

Gracias.

A todo ese ejército de personas que diseñan estos libros tan bonitos, a los amigos y a la familia que me animan a salir adelante. Y a vosotros. Para mí, esta serie ha sido un viaje increíble. Podría decirse que ha sido el viaje de mi vida. Tal vez no vuelva a pasarme nada tan emocionante, pero da lo mismo, soy feliz.

Y gracias a America y a Eadlyn por haber decidido instalarse en mi cabeza. Por haberme cambiado el mundo.

Os querré siempre.

K

Este libro utiliza el tipo Aldus, que toma su nombre
del vanguardista impresor del Renacimiento
italiano Aldus Manutius. Hermann Zapf
diseñó el tipo Aldus para la imprenta
Stempel en 1954, como una réplica
más ligera y elegante del
popular tipo
Palatino

***
**
*

La corona
se acabó de imprimir
un día de verano de 2016,
en los talleres de Liberdúplex, s.l.u.
Crta. BV-2249, km 7,4, Pol. Ind. Torrentfondo
Sant Llorenç d'Hortons (Barcelona)

***
**
*